# 齋藤史『朱天』から『うたのゆくへ』の時代

「歌集」未収録作品から何を読みとるのか

内野光子

一葉社

# 齋藤史『朱天』から『うたのゆくへ』の時代

## ——「歌集」未収録作品から何を読みとるのか

目次

## 第三章　『朱天』後の作品の行方　88



## 第四章　齋藤史から何を知り、何を学ぶのか　127

カバー／『朱天』表紙と、『齋藤史全歌集』掲載の一首（表）
同歌集後記の一文。いずれも「昭和52年」記（裏）

# はじめに

## ――二〇一七年六月、「大波小波」の指摘

「テロ等準備罪」の審議が一向に深まらないまま、国会の会期末が迫る中、森友・加計問題で揺れる政権下のことだった。二〇一七年六月一二日『東京新聞（夕刊）』の匿名のコラム「大波小波（魚）」には「〈濁流〉に立つ言葉」と題して、齋藤史（一九〇九～二〇〇二）の『魚歌』（一九四〇年）と『朱天』（一九四三年）の各一首が引用されていた。

・濁流だ濁流だと叫び流れゆく末は泥土か夜明けか知らぬ（『魚歌』）
（初出『短歌研究』一九三七年三月）

・御いくさを切に思ひて眠りたる夢ひとところ白き花あり（『朱天』）
（初出『文学界』一九四二年四月）

コラムでは、齋藤史が歌集『魚歌』によって「時代の中で屹立する言語空間を創り上げた。短歌というジャンルの特性もあって当局の検閲を逃れ、体制に抗うことができたのだ。しかし、四三年の歌集『朱天』で一変する」として、前記『朱天』の一首をあげ、その「美しいイメージは権力に奉仕」

している、との警告を発している。「こうして言葉の自立性を失ったのは史ばかりではない。問われているのは、第二の〈濁流〉の中で立ち続ける言葉を持てるかどうかなのだ」と結んでいる。私も短歌という小さな世界にかかわる者として、このコラムでの指摘は、重く受け止めねばならない。

「大波小波」では、齋藤史が一九四一年一二月の「開戦」を境に「一変」したと指摘するが、私は、「一変した」のではなくて、変わる要素は、彼女が作歌を始め、時代に向き合い始めた当初より持ち合わせていたのではないかと思うようになった。というのは、私自身、作歌とともに近・現代短歌史に関心を持ったころから、著名歌人が戦中・戦後にあって戦争にどう向き合ったかに触れないわけにはいかなくなり、齋藤史にも着目していた。彼女の短歌には、老若男女の歌人を惹きつける魅力があり、作歌はしないが愛読者だというファンも多い。そうした人々はもちろんだが、短歌史や彼女の評伝の執筆者たちでさえ、「一変」したことには、とくに関心を払わず、あるいは、気付いても、あれは時代の流れで、だれもが遭遇した、致し方のないことだったとする論調に与することが多い。さらに、それればかりか、あの時代の歌人は、弾圧下での苦労も格別だったろうに、時代の困難をよく乗り越えたと、共感、称賛の声を寄せる歌人たちもいる。

さらに、数年前、歌人研究も視野に入れた研究者、近代文学専攻の中西亮太（一九七一〜）が、前記歌集『朱天』を『齋藤史全歌集』（一九七七年二月）に収録するにあたって、後にも述べる「言ひ得ざりし歌ひえざりし言葉いま高く叫ばむ撃ちてしやまむ」の第五句を「清明《さやけ》く叫ばむ」と改作したのは「過去を隠すためにしたことではない」という見解を述べていた。他の改作の例も挙げて、「元歌の意図が読者に明確に伝わるように改作したのだ。（多くの戦意高揚歌を削除しないで残しているので）過去の戦争協力を隠そうとする者の行為としては、不自然ではないか」とも指摘していた（「うたをよむ・齋藤史の真意はどこに」『朝日新聞』二〇一〇年八月一六日）。中西は、この時評の直前には、「齋藤史〈濁流〉論」（『〈殺し〉の短歌史』水声社・二〇一〇年）を執筆している。ここでは、齋藤史の幼い時からの友人でもあった「二・二六事件」にかかる青年将校たちを詠んだ「濁流」という一連の作品に限定して、初出や作品の選択、表現、詞書などを丁寧に考証した上で、つぎのように結論付けていた。「〈濁流〉の表現する世界は、史の主題意識と目的意識に沿った世界であり、虚構にも近いともいえる。皮肉なことに、〈濁流〉はその作法において、史自身が批判した歴史のあり方に似ているわけである」と。冒頭部分では、もう少しわかりやすく、史の歌の主題と目的には裏面があり、「権力によって隠蔽された事実に光を当てると同時に、その事実を弱める恐れのある別の事実には触れない」「取り上げる事柄を意識的に選別する」という点を強調していた。この指摘は重要で、齋藤史は、すでに、現代の権力やマス・メディアが行う世論操作と同じ手法を取っていたのではないか、と私には思えたのであった。となると、先の中西の『朝日新聞』の時評での改作の意図の検証との間には矛盾はないのか、の疑問がもたげる。太平洋戦争下における戦時体験を経ない、あるいは、その歴史としてもきちんと学ぶ機会の少ない世代に、齋藤史は、『全歌集』を編集するにあたって何を伝えたかったのか。削除や改作の意図は、何であったのか。中西の言うように、改作は、歌の意図が「明確に伝わるように」なされ、他の戦意高揚歌が残されている以上隠す意図はなかった、という問題提起も念頭に置きながら、作業を進めたいと思った。

「大波小波」と中西の論考を読み、後述するような、不都合な事実や「一つの事実を弱める恐れのある別の事実には触れない」齋藤史論や作品鑑賞が横行する中で、私は、やはり、というか、あらためて、齋藤史に関しては、短歌にかかわる「事実」を、きちんと整理しておかなければならないと思ったのである。もう二〇年以上も前のことになるが、私は『風景』という短歌同人誌に「齋藤史　戦時・占領下の作品を中心に」と題して連載していたことがあり、その連載中に、拙稿が「『齋藤史全歌集』への疑問」として、「大波小波」（『東京新聞』一九九八年一一月五日）に紹介されたことがある。*注 連載の過程で、齋藤史研究の基本的な資料となる、二回刊行された『齋藤史全歌集』には、歌数に限っても、かなりの記述の不備があることがわかってきた。同時に、齋藤史研究の基本的な作業として、史がいつどのようなメディアに、どんな作品を発表していたかを明確にしておくことが第一歩ではないかと思い始め、「著作年表」の作成を進めた。何度かの中断を経たが、少しずつ、その全貌が見え始めたのである。

＊注　拙稿「齋藤史――戦時・占領下の作品を中心に（一）～（一〇）」（『風景』七五～八五号、一九九八年七月～二〇〇〇年三月）を参照。その後、「溢れ出た女たちの戦争詠――若山喜志子と齋藤史の場合」（『女たちの戦争責任』東京堂出版・二〇〇四年）においても、齋藤史に触れている。

# 第一章　齋藤史研究の基礎的な作業として、何をなすべきか

## （1）資料環境の変化

現在は、資料をめぐる環境も随分変わった。古本は、なかなか入手しにくくなる一方、国立国会図書館で、雑誌や図書のデジタル化が進み、占領下の資料についてはプランゲ文庫の検索もたやすくなり、遠隔コピーの利用も可能となった。

プランゲ文庫とは、占領軍ＧＨＱの連合軍司令部ＳＣＡＰが、一九四五年九月一九日付「プレス・コード」の発令から一九四九年一一月まで、民間検閲局ＣＣＤにより、検閲のため収集された資料のコレクションをいう。その対象は、映画・放送、新聞・雑誌・図書から郵便、電話・電報、写真やポスターなどにも及ぶ。出版物は、二部提出させ、検閲の結果、部分的な削除、出版差し止め、保留、書き換えが求められ、検閲の痕跡が残らない形を確認、公刊させていた。検閲文書として、検閲経過書類と実際に公刊されたものが残された。文庫名は、メリーランド大学を休職して占領軍の一員として来日、マッカーサー元帥のもとで歴史課長などを務めたゴードン・Ｗ・プランゲに由来する。検閲終了後ＣＣＤ解体の際、検閲資料の重要性から、プランゲは、メリーランド大学へ資料を移送し、その後、資料はコレクションとして保存整理された。日本でも、そのマイクロ・フィルム化が進み、国立

国会図書館、早稲田大学など数カ所で閲覧できるようになり、その全容が明らかになりつつある。日本の占領期研究には欠かせない資料群となった。メリーランド大学のプランゲ・コレクションの案内には日本語のサイトがあるので参照することができる。

また、資料の保存状況において、例えば、齋藤史が作歌を始めた当初、参加していた『心の花』のように、復刻版がある場合は助かるが、いわゆる短歌総合誌も欠号なく所蔵している図書館が少ない。史が父親の齋藤瀏と立ち上げた『短歌人』、現在も継続している結社誌ながら、所蔵する図書館や文学館があっても欠号が多い。史も参加した、前川佐美雄らによる『日本歌人』『カメレオン』『短歌作品』『オレンヂ』などになると、さらにその所蔵状況は悪く、閲覧が難しい。戦後の雑誌ではあるが、最近思いがけず、『灰皿』がデジタル化されているのを見つけたりした。『オレンヂ』『短歌作品』が、現代詩歌文学館でコピーを含め所蔵していることを知った。

史は、短歌総合誌だけでなく、さまざまな文芸誌、女性雑誌、業界雑誌や地方雑誌、児童雑誌、そして新聞と、その寄稿対象が広いので、網羅的な著作目録作成は不可能に近いかもしれない。これまで私は、作品を含めてほそぼそと「著作年表」の作成を続けて来たが、何ほどのものが集められたか心細い。とりあえず、史の「著作年表」として、調べた範囲で史自身の著作と主な齋藤史論、作品鑑賞を含めた関係文献、さらに齋藤瀏の著作、関係文献の主なものを参考のために付し、**資料1「齋藤史著作年表　付／齋藤史・齋藤瀏関係文献**（２０１７年12月）」（以下「資料1」と略す）とした。史は、同じ作品を、さまざまなメディアに、組み合わせを変えたり、あるいは、そっくり同じ作品を、再掲・転載との注記もなく、題を変えて、同時に発表したりすることもある。さらに、つぎに述べるように、歌集収録の際には、一首一首をばらばらにして、新たな構成、削除や追補、改作という作業がともなっていた。それだけ一首の独立性を尊重し、「歌集」自体を一冊の文学的な結実として大切にしている営為であるとのメッセージは、伝わって来るし、理解もできる。初出作品と歌集収録の作品とを照合して、その異同や考証が作品研究や鑑賞を助け、作家研究などの対象になることも多い。しかし、史の場合は、『全歌集』に各歌集を収録する際に、そうした作業だけにとどまらず、歌集からの削除や改作などを重ね、ときには、初版の歌集に、作品を追加して、『全歌集』に収録することもある。さらに、『全歌集』の編集の際に、「隠さずに、すべて収録した」といったような、いわばあやまった、余分なコメントを、あえて付したりするので、一種の混乱を招いているのが実態である。

### (2)『全歌集』編集・収録過程検証の意義

私は、作家に限らず、個人の全集や著作集は、著作者の没後に刊行されるものと思っていた。しかし、近年は、生前に刊行される「全集」や「著作集」は数限りない。長寿社会にあっては当然の傾向なのかもしれない。著作者自身が自分の目で編集しておきたいという欲求と出版社の営業政策にも由来するのだろう。歌人による「全歌集」出版も盛んである。とくに、歌集は、自費出版が圧倒的に多く、通常の流通にのることが少ない。したがって、文庫化や「全歌集」化は、入手しやすくなるという意味では、読者にとってありがたいこともある。しかし、歌人存命中の「全歌集」には、疑問が多い。改作や収録作品の選択など、歌人本人がその編集にかかわることが多いので、編集の恣意性、網羅性、年譜などの信頼性に欠ける場合があるからである。実際、初出作品や歌集収録作品が、「全歌集」の収録・編集時点に改作や加除が実施されていることに気づかない読者も多いことだろう。読者からすれば、その変更が誤字脱字など必要最小限にとどめられるのは可としても、各歌集の初版作品の改作や作品の加除についてては、やはり、問題を残す。時代や時間を経て、作者がより深い知見や豊かな表現力を得たとしても、軽々に修正すべきものではない。たとえ作品が、後から思えば稚拙だったという場合もあるだろうし、大いなる勘違いであったという場合もあるだろう。現在では使用されない差別用語が用いられている場合もあるだろう。総じて、いまから思えば不都合な、あまり知ってほしくない作品であっても、それを「全歌集」編集時に改作や恣意的な取捨がなされてしまうことは、発表時、出版時の著作への責任を考えると、やはりなすべきではない。それが、表現者としての覚悟として当然ではないかと思う。作品や著作は、まさに、その時代の証言でもあるので、それを、後に変更、改ざん、隠蔽してはならない、というのが私の持論でもある。作者あるいは編集者として、どうしても、収録できない作品や修正を必要とした場合は、その個所と理由を明記すべきであろう。

## (3)なぜ、いま「齋藤史」なのか

私が、いま検証の対象とする齋藤史の場合、前述のように、生前に自らの編集によって、一九七七年、一九九七年の二度にわたり、大和書房による『齋藤史全歌集』が刊行されていることに着目した。ちなみに、一九七七年版には数頁の小冊子が挟み込まれ、一九九七年版の『齋藤史全歌集』には別冊もある二冊本であった。後者の著者自身による「全歌集後記」では、一九七七年版の「第八版」として明記している。しかし「奥付」には「第八版」の表示はなく、「一九九七年五月二〇日　第一刷」として刊行されている。

　では、なぜ「齋藤史」を検証対象にしたのかには、つぎのような動機があった。小説や他の短詩型文学における「全集」編集・収録の過程や実態を、私は、つまびらかには承知はしていない。齋藤史は、国家による検閲の厳しかった太平洋戦争下の時代、敗戦後の占領軍による痕跡を残さない検閲が過酷であった時代を貫き、その特異な「運命」を背負って活躍してきた歌人であった。それら二つの検閲からは解放されて、さらに久しい時を経て、自らの編集による『全歌集』を二度刊行するにいたった。収録の各歌集の初版当時の「あとがき」に加えて、『全歌集』編集当時に付記された追記も散見できる。その追記には、重複作品の削除、その個所とその歌数、追加の歌数、結果の収録歌数などは事務的に記載されている場合が多い。詳細に照合してみないと、出版時の全貌がわかりにくい。その追記は、たしかに重要な情報で、しっかりと考証すべきとは思うが、通常の読者は、そこまでするかどうかはわからない。「歌集」における重複作品の削除や、理由があって、小題まるごとの作品群を削除するような場合は、まだわかりやすいが、各所から一首、一首削除されたり、追加されたりすると、それらの作品の加除は見出しにくく、埋没してしまい、初版の歌集の全容を知ることができない状況を作り出してしまっている。

　一九九七年版には、一九七七年以降に刊行された歌集も収録され、『新風十人』に関しては、原本のまま収録されたのだが、他の歌集の削除作品が復活することはなかった。一九九七年版「全歌集後記」において、既刊の十冊の歌集に加えて、「合著集『新風十人』の中の歌。資料とする読者の希望もあって、前回までは他との重複を避けのぞいていたところを加え、百三十一首全部を入れた」との文言がある。

一九九七年版『全歌集』の別冊には年譜の増補と新たな「齋藤史小論」が付け加えられ、「全歌集後記」によれば、二つの『全歌集』のいずれも、その時点での既刊のすべての歌集をそのまま収録したとはいえないことを明言している。

一九七七年版『全歌集』に収録された『朱天』の〈戦前歌〉の表題紙に「はづかしきわが歌なれど隠さはずおのれが過ぎし生き態なれば　昭52記」とあった。また、「昭和十八年二月付」の「後記」の末尾には「昭52付記　三百四十八首」との記載があり、一九四三年『朱天』初版の「後記」に記された歌数より少ないので、削除した作品があることは推測できるが、「削除」の付記はない。少し調べていくと、収録歌数を減らしたという、たんなる〈引き算〉だけの問題でないことがわかり、いくつかの疑問が出て来た。

さらに、一九九七年版の『全歌集』の「全歌集後記」には、一九七七年版に二冊の新歌集や未刊歌集を加え、「昭和三年から平成四年までの作品が繋がったわけである。多少の手直しはあるが、発表当初と大差はない。世渡り上手に生きるならば削ったであろう戦争時の歌も、あえてそのまま入れたのは、それが日本の消しがたい歴史であり、足取り危うく生きた一人の女の時代の姿を、恥多くともそのままさらしておこうと決めたからである」とまで記している。

今回は、どのような作品が、『全歌集』から削除されたのか、また、未刊歌集として『全歌集』に収録された作品の取捨はどのようになされたのかを中心に調べてみた。その調べた範囲で、収集できた未収録作品を**資料2「齋藤史「歌集」未収録作品、『齋藤史全歌集』編集時の加除作品――『魚歌』から**

『うたのゆくへ』」（以下「資料2」と略す）とし、また、さまざまな改作を試みながら、異なる雑誌に発表している数多くの例、さらに同一作品をほぼ同時期に異なる雑誌に発表している例なども踏まえ、齋藤史の作歌過程や自作品の評価の基準などを探ることができればと思っている。

さらに、一点加えれば、後述するように、近年の齋藤史論、齋藤史作品鑑賞において、『朱天』が、一種のタブーのように、多く触れられることなく過ごされ、『魚歌』『新風十人』から一挙に戦後の歌集や活動に飛んでしまうという現象も見逃せない。これは、齋藤史の評価の、ある意味の負の部分ではなかったのだろうか、ということも指摘しておきたい。

（4）なぜ、戦時下・敗戦直後なのか

ところで、一九四三年七月刊行の『朱天』を『全歌集』に収録する際、その〈戦前期〉の表題紙に「はづかしきわが歌なれど隠さはずおのれが過ぎし生き態なれば　昭和52記」という付記がなされたことは前述した。『全歌集』収録の『朱天』は、歌数の数が明記してあることから削除されたことがわかったのだが、この付記された一首によって、「戦時下の作品も削除しないで、いま、ここに〈さらした〉覚悟」のほどが喧伝され、齋藤史の潔さが高く評価されるに至った事実がある。

しかし、この一首の彼方には、『朱天』から削除した十数首以外にも、一九三九年四月に父齋藤瀏と創刊した『短歌人』、短歌雑誌、女性雑誌、総合雑誌などに太平洋戦争下に発表したおびただしい数の短歌が、『朱天』には収録されていない。そして、『朱天』刊行後から、間断なく敗戦直後にも発表をし続けた大量の短歌の存在を知ったのが、一九九〇年代後半だった。その後、前述のような資料環境、検索事情が好転した中で、検索・収集の作業を続けてきて現在にいたっている。当該期間の齋藤史の執筆・発表状況もかなりわかってきた。その膨大な資料群に分け入るには、大変な作業が予想された。「歌集」未収録作品の採録は、『朱天』（一九四三年七月刊）の収録開始時期から『やまぐに』（一九四七年七月刊）、未刊歌集「杳かなる湖」、「對岸」（一九四七年作品）、『うたのゆくへ』（一九五三年七月刊）まで、おおよそ一九四一〜一九五三年までを確認し、「歌集」への未収録作品を、初出掲載雑誌名と発行年月とともにまとめたのが資料2ということになる。なお、『魚歌』と『密閉部落』以降の作品についても調べた範囲で、資料1には雑誌等の掲載作品の歌数と「歌集」に収録された歌数を記載した。これによって、この時期の公表作品が「歌集」や『全歌集』にどのように収録され、どのような構成をとったかをたどりたいと思った。何をもって歌集収録の選択の基準としていたのか、そして、いったんは歌集に収録しながら、『全歌集』編集の際に、削除した基準は何であったのかを探ることによって、齋藤史の短歌の作成過程、歌集の編集過程、短歌に盛り込んだ思いや思想、その根底に流れる短歌観、さらには「生き方」を知る一助にできればと思ったからである。

そうした作業を通じて、齋藤史が太平洋戦争以降、いかに国家権力、大政翼賛へと傾斜していったのか、齋藤史が敗戦後の占領下においていかに占領軍・政府に面従していったのか、についても、できれば解明したい。さらには、齋藤史自身が、それらの軌跡と対峙することなく、回避や隠蔽まですることによって、守ろうとしたものは何であったのかを、彼女自身の短歌作品や言説を通して、検証できればと思う。

齋藤史は、ときには、象徴的な手法を、あるいは、口語的な自在な表現を駆使しながら、戦時下・

占領下に作歌し続けたが、手法は異にしながらも、同様に、作歌を続け、敗戦を「難なく乗り越えた」歌人たちも数多くいる。そして、現代歌人の多くが、彼らを、広くやさしく受容し、積極的な評価のみが強調され、継承されていく風潮は、それがとりもなおさず、現代歌人一人ひとりが自分自身の作品や言説への責任と覚悟をおろそかにすることにも通じはしまいか、と考えるようになったのである。

たとえば、二〇一七年、没後五〇年を迎えた窪田空穂（一八七七～一九六七）についても、私は、同様な指摘をしている（「戦時下の女性雑誌における〈短歌欄〉と歌人たち――『新女苑』を中心に」『ポトナム』二〇一七年四月）。空穂には、第一四歌集『冬日ざし』（収録一九三七～一九四〇年。一九四一年六月刊）、直後に出版された第一五歌集『明闇《あけぐれ》』（収録一九四一～一九四三年。一九四五年二月刊）があるが、敗戦後、『明闇』の改装版としての「戦時下の詠を除いた」『茜雲』（西郊書房・一九四六年二月）を出版している。『茜雲』の後記や文庫本の選集の自筆メモでは、その理由が記されている。[*注1] さらに、第一七歌集『冬木原』（長谷川書房・一九五一年七月）は、一九四四年から四七年までの作品を収めるが、その「後記」にも、「選をするに当たつては戦局そのものを対象としたものはすべて捨てることとした」と記した。[*注2] いずれの場合も空穂は、削除とその理由を述べている点で、齋藤史とは異なるのだが、どんな作品が削除されたのかは、『明闇』の初版や『冬木原』の収録対象の初出雑誌を読まねばわからないことになる。

筆者が、いま残念に思うことがある。戦後七十余年を経て、齋藤史の身近な歌人たち、関係者たち、その継承者や功績をたたえてやまない人々は、齋藤史自身編集の『全歌集』に甘んずることなく、なぜ、基本的な公表作品の収集や公刊歌集の点検や分析をしなかったのだろうか、ということであった。その彼らも高齢者であったり、存命の方が少なくなったりして、資料の散逸は免れない。私の力不足にもよるが、史が関わった雑誌、『日本歌人』『短歌人』『短歌作品』『カメレオン』などは、所蔵機関が少なく、所蔵していても欠号が多く、探し当てることがないまま、作業を中止せざるをえなかった。私が主として、利用した図書館・文学館の所蔵一覧として、参考までに**資料3「齋藤史関係雑誌3館所蔵リスト　付／齋藤史の出詠が多い短歌総合誌所蔵リスト**（**2017年8月**）」（以下「資料3」と略す）を作成した。

＊注1「後記」『茜雲』では「内容の点から見ても、再版は不可能なものである。それは戦時下の著者の感慨は、新聞ラヂオの報ずるところをそのままに受け入れ、国民の一人として発しさせられたもので、その他の何物でもなかつたのである。その間の詠は終戦後の今日、戦役その物に対しての認識を改めさせられた心よりしては、再び見るに忍びないものである」と記す。また、『茜雲』の「自筆メモ」『窪田空穂歌集（選集）』（新潮社・一九五三年）には「長歌三首、短歌六二八首より成つてゐる。戦局の明らかに険悪となつて来た期間の作で、その方面のものが相應にあつたが、出版は占領下の検閲の厳しい際であつた」と記す。

＊注2「後記」『冬木原』では「その当時にあつては、それらが感傷の主体をなしてゐたのであるが、既に敗色の歴然たる段階であり、新聞ラヂオ刺激としての長太息に過ぎないもので、時の距離を置いて読みかへすと、極めて空疎なもののみで、とるにたりないものばかりだつたからである。」と記す。

（5）近代短歌史における齋藤史

なお、ここで、念のために、現代短歌の通史における齋藤史の記述、評価をたどっておこう。『新風十人』について、太平洋戦争前夜の時代への抵抗の一端としての評価はなされるが、著者の一人としての齋藤史に関しては、合同歌集の中の「朱天」の背景として、二・二六事件に係る作品に触れられる程度である。木俣修『昭和短歌史』（明治書院・一九六四年）では、各歌集からの数首の引用にとどまり、渡辺順三『定本近代短歌史』（春秋社・一九六九年）においては、『魚歌』によって確立された「反写実・反現実」は、途中、リアルな作品も見出される中、「本領」であったとする。『うたのゆくへ』の後記「『魚歌』の道を選ぶのならば、これもまた、つらぬくより仕方のない私の天性」を引用するが、『朱天』などへの言及はない。篠弘『近代短歌論争史・昭和篇』（角川書店・一九七一年）の『新風十人』の評価をめぐる論議」「戦時詠の本質をめぐる論議」において、前者では、当時の史への高い評価を紹介するが、後者においては、『新風十人』以後の敗戦にいたる「三年あまりの間、近代短歌は滅びを強いられる宿命にあったのである。もはやかくのごとき戦争はあるまい。なおかつ、このように短歌が精神主義的な『真心』を強いられる状況になることもなかろう」と、「稀有な暗黒時代」であったと結論づけていて、齋藤史の『朱天』などへの言及はない。なお、篠『現代短歌史II』（短歌研究社・一九八八年）において、敗戦後の『密閉部落』については主題制作のいわば失敗作の一例として挙げているのみである。その後の、歌集『朱天』への個別の論考については後述したい。

# 第二章　戦時下の短歌は何を伝えたのか

## 一、『朱天』刊行の時代に何があったのか

### (1) その構成――『朱天』と『新風十人』『魚歌』『歴年』との関係

まず、第一歌集『魚歌』(一九四〇年九月)の初版は、「後記」によれば三七三首で、制作年代は昭和七年から昭和十五年春までとある。ただし、一九七七年版『全歌集』には、初版に三首を加えて三七六首との付記がある。その三首は**資料2―Ⅰ**の通りだが、その中の二首についてはつぎのような解釈が見られる。

・いのち凝《こ》らし夜ふかき天《あめ》に申せども心の通ふさかひにあらず
・天地《あめつち》にただ一つなるねがひさへ口封じられて死なしめにけり

雨宮雅子(一九二九〜二〇一四)は、「前歌はおそらく「天」→「天子」となり、奏上、天に通ぜずと曲解されてしまう危険をはらんでいたためか。また後歌は、「口封じ」という天皇の判決に対する非難はとうてい許されなかったためか」と推測している(『齋藤史論』雁書館・一九八七年)。佐伯裕子(一九四七〜)は、齋藤史とのインタビューで、二首が、初版『魚歌』に入れられず、『全歌集』で収録した

理由を尋ねているが、史は「覚えてない」との回答に続けて、佐伯の、雨宮が「〈天〉は〈天皇陛下〉を指している」と書いているとの発言に、史は「そうなんです」と受け、「雲の上にちょっとでもさわったら、全部抹消です」との答えを引き出している（「ひたくれなゐに生きて」『［同時代］としての女性短歌』河出書房新社・一九九二年。齋藤史との俵万智・佐伯裕子・道浦母都子のインタビュー集『ひたくれなゐに生きて』〈河出書房新社・一九九八年〉に、若干の編集を経て再録されている）。

前記の二首が『新風十人』「題を伏す」七首の末尾の作品と重なり、『歴年』の「濁流　昭和十一年」二四首の末尾二首と重なる。三首目は、過去の作品から、新たに加えたものと思われる。三首いずれもの初出雑誌は、いまのところ不明である。

前述の「齋藤史〈濁流〉論」の中西亮太は、初版『魚歌』に、前記二首が収録されなかった理由について、近年のブログでは、つぎのように記している（「『魚歌』の未収歌について」『和爾、ネコ、ウタ』二〇一四年七月二〇日）。

『魚歌』、『新風十人』、『歴年』はそれぞれ別の出版社から出版されている。前記の二首が『新風十人』と『歴年』に入り『魚歌』には入らなかった理由として一つ考えられるのは、各版元による自主規制の基準の違いだろうか。ただ、もしも『新風十人』が発禁になったら、共著者にまで迷惑がかかる。そちらの方に入れているのだから、史本人は発禁処分の恐れはないと判断していたのではないか。

さらに、中西は、雨宮、佐伯がともに、同じ年に出版された『新風十人』、『歴年』には、収録されていることに気づいていないことを指摘している。仮説を立てるにしても、事実の積み重ねが基本であり、思い入れや推測が過ぎる場合のリスクを警告している。私としては、中西も言及していない、『全歌集』に追加した三首目の理由も気にかかるところである。初出雑誌などが判明すれば、前後の作品から背景もわかるかもしれない。

では、一九四〇年七月に合同歌集『新風十人』、九月に『魚歌』、一一月に『歴年』が刊行され、一九四三年七月刊行の『朱天』には、一九四〇年末に発表の作品が収録されている。一九四〇年の三冊との関係は、どうなっているのだろう。

『新風十人』（一九四〇年七月）の齋藤史の「朱天」（一三一首）が、初版のまま全部が再録されたのは、一九九七年の『全歌集』であって、一九七七年版は重複作品を削除したという。「題を伏す　昭和十一年」の題のもとに、「二月、事あり。七月、友等土に帰す」の詞書を付して、つぎの有名な一首で始まる七首の一連ほか、「昭和十二年」から「昭和十五年」と年ごとにまとめられた三九首、合計四六首が省かれていたら、『新風十人』の「朱天」の資料的価値は半減するだろう。

・濁流だ濁流だと叫び流れゆく末は泥土か夜明けか知らぬ（「濁流」『短歌研究』一九三七年三月）

また、以下のように、一九七七年の『全歌集』から、削除された「昭和十一年」から「昭和十五年」までの四六首が、重複ということで削除されたのだが、末尾の「個我」「朱天」においても、作品の加除があった。削除の四首と追加の一首を見るとかならずしも、「重複」だけではないようで、削除した四首に共通するのは、自己分析の結果ともいえそうな、「あはれとおもへ」「無為にすぎむか」「肯はれたき」「みづからをあやしなだめ」といった消極性を回避したかったのではないかと考えた。追加の一首にどういう意味があったのか、不明である。

「七七年版」から削除の四首（「九七年版」復旧）
・きらめかしき心は去れり地に這へる靄のごときをあはれとおもへ
・落日の赫《あか》きながれに手をつかねかくしつつ又無為にすぎむか
・いふほどもなきいのちなれども生き堪へて誠實《まこと》なりしと肯《うべな》はれたき
・みづからをあやしなだめて眠る夜の何時に爽曉《よあけ》のむらさききざす
「七七年版」に追加の一首（「九七年版」削除）
・雲低くながらふ見れば人や我や追立てられて生活《くら》すをもとな

表1　初版『新風十人』（「朱天」）と二つの『全歌集』所収『新風十人』（「朱天」）の構成と収録・削除歌数

| 構成 | 初版『新風十人』「朱天」（1940）・『全歌集』（1997）所収『新風十人』収録歌数 | 初版『全歌集』（1977）所収『新風十人』収録歌数 |
| --- | --- | --- |
| 「昭和十一年」〜「昭和十五年」 | 46首 | 0（46首削除） |

| | | |
|---|---|---|
| 春十題 | 69首 | 69首 |
| 個我 | 8首 | 13首（「朱天」の小題のもと） |
| 朱天 | 8首 | （4首削除、1首追加） |
| 合計 | 131首 | 82首 |

なお、『新風十人』「朱天」収録の終期は、『文藝春秋』一九四〇年七月号なので、「後記」の書かれた同年五月には作歌し終わっていたのだろう。二度目の『全歌集』において、『新風十人』は、初版当時のままに読むことが出来るようになった。念のため調べてみると一か月後刊行の『魚歌』との重複は三二首、『歴年』との重複が六首あった。

問題は、『魚歌』の三か月後に刊行された『歴年』で、初版の「後記」と『全歌集』の一九七七年の「付記」によれば、以下の通りである。削除した小題が明記されている。

表2　初版『歴年』の構成と『全歌集』（1977年・1997年）の構成と収録・削除歌数

| 構成 | 初版『暦年』（1940） | 『全歌集』（1977・1997） |
|---|---|---|
| 昭和十五年の作品 | 190首（『新風十人』の「朱天抄」含） | 111首（削除79） |
| 昭和三年〜六年の作品 | 77首 | 71首（削除6） |

| | | |
|---|---|---|
| 第一歌集『魚歌』(373首)から | 268首 | 0(削除268) |
| 合　計 | 535首 | 182首 |

「昭和十五年の作品」からの削除作品の内訳は、『朱天』収録の「朱天その他」八一首中の七四首（餘寒七首は再録、重複）と以下の冒頭、一〜二頁の五首であった。

（紀元二千六百年頌歌）
・天《あめ》を仰ぎ祖《みおや》があげし歡喜《よろこび》の聲のとどろきを今のうつつに
（靖国神社に遺児参拝の日に）
・みづみづし愛《かな》し命をなげうちてわがますら雄は神となりませり
・御前《おんまへ》にぬかづきまつるいとし兒や神なる親を呼びて止まずも
・かくやさしく強く生ひ立ちゆく子らをみそなはしたまへわが神神よ
・ここだくの日本の血のながれたる土をまもりて我等生き継ぐ

『全歌集』に『歴年』を収録する折、大半を占める『魚歌』との重複作品を削除したことは理解できないこともないが、一九七七年の時点で、前記のような作品をどのような意図で削除したのだろうか。初版『歴年』と照合すれば削除作品はたどれるが、『全歌集』からは削除された作品へのアクセスは断たれたことになる。冒頭の五首は、資料2の初出でもあきらかなように、『歴年』一頁の二首、一首目は、女性による文芸誌『輝ク』（八一号・一九四〇年二月）に「頌歌」として、今井邦子・四賀光子・杉浦翠子の三人と並んでの出詠である。二首目は、同じ『輝ク』（九五号・一九四一年四月）の靖国神社の「遺児の日　白扇揮毫」短歌の再録として掲載されている三首のうちの一首である。二頁の三首目「こごだくの……」も、『輝ク』（八三号・一九四〇年四月）の「九段対面の日　白扇揮毫」の短歌として再録されていた。「白扇揮毫」とは、「輝ク会」がチャリティとして開催、与謝野晶子、柳原白蓮、茅野雅子、中河幹子らのベテランに混じって、他の文人たちと一緒に参加したものと思われる。『輝ク』という雑誌は、一九三三年四月〜一九四一年一一月、長谷川時雨による『女人芸術』の後継誌と目される、女性の文化人集団「輝ク会」の機関誌で、四頁のリーフレットながら、執筆者も、長谷川時雨を中心とする、当時の小説家岡本かの子、大田洋子、宮本百合子、平林たい子、円地文子、林芙美子、野上弥生子、吉屋信子らを擁し、評論家、詩人、歌人と多彩であったが、一九三七年七月七日の「日華事変」を境に、内容は一変し、三七年一〇月の五五号は「皇軍慰問号」となり、以降は、女性としての時局認識と国策協力の向上を目指すことになるが、時雨の病死とともに終刊となっている（尾形明子『輝ク』復刻版解説」不二出版・一九八八年）。

一九七七年『全歌集』刊行の際に、前記五首が『歴年』から削除されたのは、前述のように、『朱天』から一七首が削除されたと同じ意味合いと推測され、新しい読者には、読んでほしくない作品群であったのだろう。

また、「昭和三〜六年の作品」から削除したのは以下の六首であることも、照合の結果、判明したが、これらの削除の理由が不明である。「黒い犬」「緬羊」に、象徴的な意味を込めて詠んだが、成功作とは思えなかったのか、相対的に劣っている作品とみなしたのか、私には、削除基準が伝わってこない。

（黒き犬）
・まつ黒き痩せ犬がひとつわが顔をうかがひながら追ひこし行けり
・その犬を呼べば振り向き垂れし尾を振らむとして止め向ふをむくも
・痩せ尾垂れのつそりとせる知らぬ犬と同じ向きに歩き久しかりけり
（黒石原吟行）
・こもごもにわれらが撫づる緬羊の深毛の背《せな》は陽にぬくもれり
・緬羊を呼ぶと伸ばせしわが雙のてのひらの上に秋の陽は照る
・緬羊のひとつが口をすり寄せし季節はずれのたんぽぽのはな

なお、『昭和三〜六年の作品』（一九二八〜三一年）のほとんどは、『心の花』に発表した作品と思われる。この時代の『心の花』では、齋藤瀏は、作品や評論を、毎号発表していたが、一九二七年入会の史の登場は、まばらで、石榑千亦・石榑茂父子、一九二五年には茂と結婚していた五島美代子はもうすでに活躍していた。前川佐美雄は、一九二一年入会、一九三〇年には『植物祭』を刊行、『心の花』三〇年一〇月号は、その批評号であった。史は、佐美雄、石川信夫らのモダニズム短歌の影響を強く受けた。『植物祭』刊行と同時に、佐美雄は、児山敬一らと「マンネリ打破、自由律派・プロレタリ派否定、新しい精神・表現によって純粋な芸術的短歌を目指す」として「短歌研究会新芸術派」を立ち上げている。

『朱天』は、大きく「戦前歌」の部と「開戦」の部に分かれ、その中は年別に構成されている。表3のカッコ内は『全歌集』刊行の折、削除された歌数であって、その時代的分布が分かる。

表3　初版『朱天』の構成と『全歌集』（1977年・1997年）における収録・削除歌数

| 構成 | | 初版『朱天』（1943） | 『全歌集』（1977・1997） |
|---|---|---|---|
| 戦前歌 | 昭和十五年 | 32首 | 31首（削除1） |
| | 昭和十六年 | 159首 | 155首（削除4） |
| 開戦 | 昭和十六年 | 12首 | 11首（削除1） |
| | 昭和十七年 | 155首 | 148首（削除7） |
| | 昭和十八年 | 7首 | 3首（削除4） |
| 合計 | | 365首 | 348首（削除17） |

『朱天』初版は、一頁三首、一首二行の組みで、小題には一首分のスペースを割いて、ゆったりした割り付けになっている。なお、収録歌数について、初版の「後記」には、「三五四首」となっているのは、実数と大幅に異なっているので印刷ミスと思われ、『全歌集』の「後記」には「三六四首」となってお

り、「昭52付記」では、初版ミス訂正後の三六四首から削除後の歌数が「三四八首」と記されている。引き算をすれば一六首が削除されていることになる。ところが、私が数えた限り、初版の歌の総数は前記のように「三六五首」となることがわかった。削除した歌の数にもかかわるので、注記しておきたい。

私が作成した資料1の限りながら、『朱天』に収録の短歌は、一番早いもので一九四〇年一一月『公論』に発表したもので、『歴年』に収録されたものと混在する時期がある。収録の最後は、一九四三年六月頃とみてよいと思う。作歌時期となると、一、二か月のタイム・ラグがあり、『朱天』のなかの短歌の順序は、発表順というわけでもなく、ある題でまとめて発表した作品をバラバラに編集・構成している。歌集の中の小題に、発表したときの題が利用されることもあるが、新たな編集のもとに立てられた小題もある。

(2) 一九四三年、『朱天』出版時の背景

**出版界の状況**

『朱天』は、一九四三年七月、甲鳥書林から刊行されている。「後記」には、「魚歌、歴年、以後の歌、三百五十四首」を集め、「昭和十五年末から昭和十八年はじめ迄」のものとし、歌は、すべて『新風十人』以降の作品のみを収めていると、記している。末尾に「ふるくからの歌のお仲間である甲鳥書林主矢倉氏」に謝辞を呈している。[*注1]

一九四三年の三月号の短歌雑誌には、三月一〇日の陸軍記念日の標語「撃ちてし止まむ」が刷り込まれ、戦局はすでに悪化の一途をたどっていた。ガダルカナル島からの「転進」、アッツ島の「玉砕」

報道がマス・メディアをにぎわしていた。齋藤史は、すでに、一九四〇年七月に刊行された合同歌集『新風十人』のメンバーの一人として脚光を浴び、同じ年の八月に第一歌集『魚歌』（ぐろりあ・そさえて）、一一月に『歴年』（甲鳥書林）と、立て続けに歌集を刊行している。これらに、重複して収録されている作品群があり、後の『全歌集』編集時に複雑な操作がなされる要因の一つにもなった。二・二六事件で処刑された軍人には史の幼なじみもおり、父瀏のもとに出入りする者もいた。彼らを支援した「悲運の軍人」とされる齋藤瀏の娘としての立場も含め、史はまさに若手の女性歌人として、目覚ましい活躍のさなかにあった。私生活では、結婚十年、一九三六年生れの長女、一九四一年生れの長男という二児の母親でもあった。

私の手元には、二冊の『朱天』がある。内容も装丁も全く同一なのだが、一九四三年七月一五日発行（出文協承認三〇〇〇部）の初版と一九四四年一月一五日発行（出版会承認三〇〇〇部）の再版で、再版本の厚さが紙質の違いで前者の半分ほどとなっていて、カバー付きで裏の折り返しに三行ほどの著者略歴が付されている。初版のカバーの有無は不明である。いずれも古書として入手された知人から譲り受けたものだ。初版・再版で少なくとも六〇〇〇部は発行されていたこともわかり、歌集としてはベストセラーの一冊であったろう。

当時の出版界や歌壇の深刻な用紙不足の一端を語るつぎのような記事があった（『日本短歌』一九四〇年二月）。「紙・紙・紙」と題したコラム欄には、各結社誌の後記などから拾った「新年号が約束通りできなかつたのは、紙がないことであつた」（ぬはり）、「配給量も激減されたので目下のところは百頁を限度として節約を旨としてゐる」（国民文学）、「齋藤茂吉氏の『寒雲』は発売の予定だが、再版以後は初版と同様の材料になるか不明」(アララギ)、「用紙調達は現金をもつてしても容易に入手できない」(ポトナム)といった声が載っていて、編集者の悲鳴のようにも聞こえる。

そもそも、紙不足はいつから始まったのか。一九三〇年代からの輸入原料減少もあり、一九三七年八月国民精神総動員実施要綱が閣議決定され、三七年九月、一年前に設置された内閣情報委員会が内閣情報部に格上げされ、三八年四月国家総動員法が公布されている。三八年八月には商工省から雑誌用紙節約指令が出て翌月から実施、三九年七月には雑誌用紙使用制限によりさらに、用紙状況は厳しくなった。一九四〇年五月、内閣に新聞雑誌用紙統制委員会が設置され、七月には、いわゆる七・七奢侈品使用禁止令により「不要不急」の出版物が制限された。この間、内務省による自由主義的な言論・出版統制が強化され、一九四〇年八月には内務省図書課の出版統制業務は情報部へ移管され、四〇年一二月には内閣情報部は内閣情報局となり、同月、出版業界は日本出版文化協会により束ねられ、翌一九四一年三月には、出版物の流通は日本出版配給株式会社「日配」に一元化された。

さらに、一九四一年一二月八日、日米開戦後は、同月一三日新聞事業令、一九日言論・出版・集会・結社等臨時取締法が公布されていて、一九四二年出版物の承認制、一九四三年二月日本出版会が発足すると、事前審査制が導入された。出版物の用紙・流通と内容からの両面からの締め付けが強化され、一九四五年四月には、陸・海軍の情報部、外務・大東亜の情報部が内閣情報局に移行、国民は、情報の一元管理下に置かれることになった。[*注2]一九四四年一月二九日には中央公論社と、『新万葉集』の刊行や『短歌研究』の発行を続けていた改造社の編集者たちが治安維持法違反の嫌疑で一斉検挙され、その後も多数の知識人の検挙に至っている。同年七月一〇日、『中央公論』『改造』の廃刊命令を受け、改

造社は廃業、『短歌研究』は日本短歌社の発行となったのである

＊注1　甲鳥書林は、一九三九年、発行者名にもなっている中市弘と矢倉年が設立した出版社で、出版社が鴨川に近いことから吉井勇が「鴨」の文字を二文字にして命名したという。多くの文芸書、年間三〇冊前後を手掛け、史の『歴年』を含む「昭和歌人叢書」、「昭和俳人叢書」なども刊行、『朱天』の発行部数は三〇〇〇部と記されている。「関西の出版社:甲鳥書林」ブログ参照。

＊注2　初版・再版の発行部数を承認している「出文協」と「出版会」について言えば、前者は「日本出版文化協会」の略で、一九四〇年一二月発足、用紙配給統制に当たったが、一九四三年二月に解散と同時に出版事業令第六条を受けて発足したのが、後者の「日本出版会」であった。用紙のみならず、出版事業全般の統制が強化された。一九四三年八月からは、原稿ないし校正刷りにより事前審査制が実施された（『現代史資料41　マス・メディア統制2』みすず書房・一九七五年）。「新文化online」HP参照。

**歌壇の状況**

齋藤史の歌集が三冊出版された一九四〇年から『朱天』刊行の一九四三年を経た敗戦までの出版状況を概観したが、そうした出版状況は、歌壇にどんな影響をもたらしただろうか。当時の短歌総合誌などの記事からたどったみたい。

一九四〇年は「皇紀二六〇〇年」にあたり、大日本歌人協会や各結社誌でも記念事業があり、『日本短歌』の一月号・二月号では「戦場短歌に哭く」と題して、川野弘之、渡辺直己、松本千代二ら一四人の「戦場詠」についての論評を特集、二月号では「戦場の夫を想へる歌」が、五月号では「帰還歌人随想」特集が組まれ、前線と銃後作品が展望できる編集となっている。一方、評論では、中野重治

「齋藤茂吉ノオト」の連載が始まり、小田切秀雄、林田茂雄、一条徹、赤木健介、矢代東村、坪野哲久らの論客が登場し、阿部静枝、館山一子らの女性歌人も何度か登場する、リベラルな側面も見受けられる。というのも、木村捨録が『日本短歌』の編集長に渡辺順三を起用した一年でもあったのだ。*注

一九四〇年二月には、大日本歌人協会から『紀元二千六百年奉祝歌集』、六月に土岐善麿の『六月』、七月に『新風十人』が出版された年でもあった。そして、善麿の『六月』の時局批判的な作風を排撃する論評などと連動して、四〇年一〇月、太田水穂、齋藤瀏、吉植庄亮の三人の連名による大日本歌人協会解散勧告状が発せられ、解散を余儀なくされた。齋藤瀏は、『短歌研究』一二月号に「新体制と短歌」を寄せたが、それは、あまりにも論理性を欠いた時局便乗のアジテーションであった（篠弘「第二三章『六月』をめぐる自由主義論議」、「第二四章 太田水穂・齋藤瀏をめぐる新体制論議」『近代短歌論争史 昭和篇』角川書店・一九八一年）。

大日本歌人協会解散後、曲折を経て、大日本歌人会が発足するのが、一九四一年六月一日であった。前述のような露骨な弾圧は、文芸の各分野において進み、軍人による介入が顕著になってくる。その象徴的な一件が「歌人時局懇談会」（一九四一年八月二日開催）だったろうか。『日本短歌』（一九四一年九月）の巻末に近い雑報記事の前に一頁を割いて「歌人時局懇談会」（一九四一年八月二日、於情報局）と題しての報告では、つぎのように伝える。

井上司朗情報官の司会、情報局川面第五部長挨拶、上田海軍少佐「米国の動向と太平洋問題」、西原陸軍少佐「世界情勢と国民の覚悟」、内務省警保局三島事務官が検閲官の立場から「時局下には最も明るい方面と希望的なものを詠ふこと、暗黒面や失望的なものを誇示せぬやう」等の注意と実例作品を

示し当局の短歌についての方向を説明された。

歌人側からは五〇人近い参加者の氏名が付されているが、当局から指名された齋藤瀏、臼井大翼、半田良平、今井邦子、前田夕暮、土岐善麿、佐佐木信綱が感激と決意を述べ、土岐善麿は、つぎのように述べたとある。

この帝劇がもと国民の娯楽場であつたが、今は情報局として国策の宣伝に任ずる場所になつたと同じように、人間も時世の要求する処に応じて全力を尽くしてゆかねばならぬと思ふ。

ここに登場する井上司朗（一九〇三〜九一）は、歌人逗子八郎の本名で、銀行勤務の傍ら、『短歌と方法』を根拠地にポエジー論などを展開、新短歌運動推進者の一人だったが、一九三九年六月内閣情報部情報官として任官、後、情報局文芸課長となり、文芸の情報統制行政に指導的役割を果たした人物である（井上司朗『証言・戦時文壇史』人間の科学社・一九八四年）。

さらに、木村捨録は、同号において、「歌人時局懇談会」というレポートと「短歌初学講座・時局の歌と取材」を執筆している。前者では、当局からの長時間、懇切に「内外情勢が深刻多岐であり、何はさて措いても、いま我われは心身ともに〈武化〉しなければならない緊迫した事態を知らされて列席の多くは今更の如く、断乎として、其の作家精神を修正する必要のあることを感じた」とあり、後者では、初心者の短歌作品を多く引きながら、「今日は高度国防国家建設のために、邦家をあげて〈武化〉せねばならぬ時である。悠久な個人の問題などが出頭すべきではない」と、その一方で「時の動きゆく姿を眺めながら、国民思想の核心をしかと握りしめて作歌することが、いかに楽しく、また人をもたのしませるものであるか」とも述べている（『日本短歌』一九四一年九月）。

一九四一年一二月八日、日米開戦直後の四二年一月号の『短歌研究』は「宣戦の詔勅を拝して」特集を組み、佐佐木信綱、齋藤茂吉、窪田空穂、前田夕暮、尾上柴舟、土岐善麿ら二〇人の大御所の中に、振り返れば、晩年に近い北原白秋も、たった一人の女性として与謝野晶子も起用されていた。

・天皇《すめらぎ》の戰宣《の》らす時をおかずとよみ搖り興《おこ》る大やまとの國（白秋「大詔渙発」）
・み軍《いくさ》の詔書の前に涙落つ代《よ》は酷寒に入る師走にて（晶子「詔勅を拝して」）

若い齋藤史も一般の作品欄の五三人の一人として、寄稿しているのが、「天業」八首であった。以下は、最初の二首だが、冒頭の一首は、歌集『朱天』にも収められることはなかった。

・日の本の民のいのちの甲斐ありて國大いに興るときに逢へらく
・天業《かむわざ》を今か果すと御いくさはひた押しに押してゆゆしかりけり

一九四一年一二月八日の開戦の翌日、一二月九日未明に検挙された歌人がいた。他でもない、数か月前まで『日本短歌』の編集長を務めていた渡辺順三だった。数年前の活動や執筆の治安維持法違反を問われ、一九四三年三月に保釈されるまで拘束された。同じころ、いわゆる「短歌評論グループ」

として検挙された歌人たちは、総勢二〇名を超え、東京で小名木綱夫、高群郁ら合わせ一一名、横浜で高橋政治ら五名、関西で足立公平ら三名、長野、満州にも及んでいた、という厳しい時代を迎えることになる（渡辺順三『烈風の中を』東邦出版社・一九七一年）。

＊注　渡辺順三（一八九四～一九七二）＝富山県から上京後家具職人の傍ら、作歌を始め、窪田空穂の『国民文学』の同人となる。口語短歌、プロレタリア短歌運動の指導的役割を果たし、その機関誌などの編集に携わった（「渡辺順三略年譜」『烈風の中を』所収）。「年譜」によれば、『日本短歌』編集部に在籍したのは一九四〇年四月から翌年四月までとある。

（3）『朱天』への同時代の評価

『朱天』刊行当時の書評や論評は意外に少なかった。一九四〇年七月刊行の『新風十人』の場合は、「歌壇新体制」と言われ始める直前のことでもあり、いわば太平洋戦争開戦前夜のことであったこと、まさに若手だった十人の歌人たちがうちそろってのアンソロジーで、その作風が多様であったこと、作者たちの話題性などから、書評や論評の対象になりやすかったと思われる。とくに、一〇人の中で、五島美代子、坪野哲久、前川佐美雄、筏井嘉一、館山一子は、短歌の革新を目指して新興短歌運動の推進者であり、一九二八年には新興短歌連盟のメンバーとなっていた。坪野、筏井、館山はプロレタリア短歌を目指していた時期があり、前川や齋藤史は芸術派と称されるようになっていた（篠弘「第二五章『新風十人』の評価をめぐる論議」『近代短歌論争史　昭和篇』角川書店・一九八一年）。

『新風十人』の齋藤史への個別の論評はあまり多くはなかったが、何篇かは、篠弘『近代短歌論争史　昭和篇』に紹介されている。その代表的なものに、木俣修「前川（佐美雄）氏に比べるとよりやや地味で、リアルな分子が多いやうに思ふ。この集中の女流の中で最も才藻が豊かであると思ふ」（「『新風十人』を読む」『日本短歌』一九四〇年九月）があり、その新しい才能の可能性を示唆するものであった。『新風十人』への直接の批評ではないが、齋藤瀏・史の結社『短歌人』の内外での齋藤史の近作批評はなされていた。『短歌人』の加藤文輝は、結社内女性の山川柳子らの作品とともに、史の近作を、女性の短歌の特色として、豊かな抒情と切実な実感、創意があり、「創意の女流歌人として齋藤史氏の存在は最も注目すべき」だと評した（「八月号所感」『短歌人』一九四一年一〇月）。また、阿部静枝は、「若い特質は未熟なところに魅力があるからであり、それは目立つ故に倦きられる傾向を持つ。常に前進しなければならず、足踏みしたならば次には飛躍をかまへねばならぬ。齋藤史もその一人である。その作品を愛して味ひしめて読んでゐればゐるだけ、かつて新鮮に感じたものに倦きる。相変らずに繰り返されるからである」（「歌壇批評――女流の近詠」『日本短歌』一九四二年四月）と辛口の評を残していた。

原田春乃は、「大東亜戦争の大詔」直後の女性歌人の作品評のなかで、齋藤史のつぎの作品を挙げて、評していた（「戦時女性の詠作」『日本短歌』一九四二年八月）。どの作品にも出典はないが、私が調べた範囲で付記しておく。いずれも、『朱天』に収録された作品であった。

・日日を經ていよいよ徹《とほ》れる御いくさになびき寄り來るもの限りなし

（『日本短歌』一九四二年四月、『文藝春秋』一九四二年五月）

・春花また常なる年にことならずこの大いなる御いくさの日に

（『日本短歌』一九四二年四月、『文学界』一九四二年四月、『短歌人』一九四二年五月）

・ますら夫は御たてと征けりわがどちは國内《くぬち》を護る美《くは》し國土

（『短歌研究』一九四二年一月。『短歌人』同年二月。『大東亜戦争歌集・愛国篇』『新日本頌』では「御楯」とある）

今次の戦争詠が支那事変詠に比べ全く相貌を一変したものであるとは考へられない。

二首目、三首目を、「昨日までの卑小な身辺生活詠ではない。個のままに國につながる自覚を體顕した歌」と高く評価した。

同じく、歌集『朱天』刊行前ながら、歌集に収録されることになる『短歌研究』（一九四二年七月）に発表した「近詠」（一二首）から二首を引用して、高木一夫（一九〇三〜一九七九）は、つぎのように評していた。齋藤史の当時の大量の作品発表や翼賛的作品への数少ない警鐘とも読める。

・炎なし征く御いくさや生死《しやうじ》無くなほ一途なるたかき願を（『短歌人』一九四二年六月には「聖《きよ》き」とある）

・御いくさの大なるを云ふ時にしてあまりまづしも我が書ける文字

作品の一群を見て私は矢張り女性的なものを感じた。ここに展開されている世界は雄渾・壮大と言つたものとは凡そ反対な艶冶なるものである。ただ作者は幾分疲労してはゐまいかと思ふ。（二首目に続けて）かうしたものになると齋藤氏を患はさなくとも宜いやうに思はれる。

（「前月歌壇作品評」『短歌研究』一九四二年八月）

なお、『朱天』刊行後の書評ないし批評というのは、なかなか見出せなかった。後掲のように『短歌人』での結社内の批評が若干みられる程度であった。『朱天』への批評に割く紙面も、また、批評をする意欲を失わせるような歌壇の状況ではなかったかと思う。というのは、用紙不足については前述したが、つぎのような時評がなされた時代でもあった。杉浦翠子は言う（「歌壇時評」『日本短歌』一九四三年四月）。

歌人がいくら愛國短歌を作つてたからとて我こそ愛國心が強靭だなんて表明にはならない。『一寸、来年から紙が益々窮屈になるから、今年のうちに歌集を出版します』なんて、よくもいへたものだ。この紙のない時代に於て、どこから紙を持つてくるものか、やはり厚い歌集を出版してゐる人がある。それで愛國短歌を詠ふ、何と仮面の被り方であらう（中略）自分の作品を磨かうといふよりも、自分の名前を宣伝しようとする目的の人がどんなに多くなつてゐる世の中か。

さらに、歌壇における女性の位置づけについては、今井邦子をしてつぎのように歎かせるほどだった（「婦人と愛國百人一首」『日本短歌』一九四四年一月）。そこでは、小倉百人一首には二〇人の女性歌人が選ばれているのに、愛国百人一首で選ばれたのは、一〇〇人のうち女性が四人しかおらず、「そこにもだし難き不思議ななりゆき感ずる」とし、「女の不勉強を反省」するとしても「女の心は女こそ知る、女を一人でも二人でも其片はしなりと相談にあづかるべきではなかつたらうか」と述べていた。

一方、さかのぼれば、第一歌集『魚歌』についての反響は大きく、『日本歌人』の一九四一年三月号は、『魚歌』『歴年』の批評号の特集を組み、二三人の錚々たる執筆者が名前を連ねる。その一部は、『全歌集』の別冊に収録されている。保田與重郎「今日の文芸の最高峰の一つ」、神保光太郎「恒におほらかに、素直に、しかも、ひたぶるで強い古典的端正を把持してうごかない」、萩原朔太郎「非常に絢爛たる歌だといふ感じがした。非常に明るくて官能的で」などと絶賛された。一方、三好達治は、理知的で意志的な点などを長所に挙げながら「情緒の鬖逮《ママ》模糊たる言語を絶した快美的な」方向は早く卒業してほしい、とも述べている。さらに時期的には、ややさかのぼるが、後に『魚歌』に収録された作品を例に、阿部静枝は、つぎのような批評もしていた。「感情の生動はすごい迫力を持ち」「時代に點出された人間を把握しようとする社会性」があり、「把へ難い思想の片鱗を形象化して象徴的」な作品と評価しつつ、「象徴に傾きすぎ、自分の特色や傾向に酔うて飛躍することを忘れる危険」との指摘もしている（「最近女流歌壇」『短歌研究』一九三九年五月）。

当時の評者の多くが触れるように、父、齋藤瀏との関係、二・二六事件が引き合いに出されていることも確かである。一九四一年、四二年の齋藤史の歌壇内外の活動を「著作年表」で見る限りでも、目を見張るものがある。

史の根拠地であった『短歌人』における史の評価といえば、たとえば、井口不二夫「象徴歌小論」（一九四四年二月）では、史の作品に触れて、つぎのように賞賛する。主宰の齋藤瀏の娘であったことも影響しているのだろうか、こうした傾向は否めない。

亞細亞の海をあじあ人わが行くこと何者か阻むはばみうべしや

ますら夫は御楯と征けりわがどちは國内《くぬち》を護る美し國土《くは》

（『短歌人』一九四二年二月、『全歌集』に「得べしや」とある）

（『短歌人』一九四二年二月、引用にミスあり、訂正）

ここにいささかの混乱もなき高き調を聞け。身内よりほとばしるものの象徴を見よ。写実の底にこもる高き精神の評言を想へ。

（『短歌人』一九四四年二月）

一九四四年四月〜五月の『短歌人』の「『朱天』研究」は、歌集から六首を選び、大崎範一、中島和、加賀野国人、伊藤豊太らが丁寧な合評を試みている。つぎのような作品の鑑賞に終始し、歌集研究までには至らなかった。それでも、その合評をよく読んでみると、結社内での史の作品評価は、微妙な揺れを見せていて、興味深い。

・言上げて何をか言はむ荒雄らが血しぶきあげて地に伏す今を

については、「三句からは叙述が極めて具体的になつてゐる、この歌は、しかし齋藤史といふ署名がないと史さんの歌と思へない」とか、下の句の「語感が主題から受ける香りと十分調和し得たかどうかといふ点に、尚研究の余地がありはしなかつたらうか」の発言もある。

・御いくさのかがやきいよよふかみゆきて卑小なる我の思ふきはを越ゆ

（『短歌人』一九四二年一一月、『文芸世紀』一九四二年一二月）

に関しては、「作者の心象として摑んでゐるものには相当のふかさがある。しかし、言葉の感触としては幾分薄すぎはしないだらうか」とか、「その執拗性はきはめてよく洗練されてゐて、うるささを感じさせないところに作者の力量があるといへる。やはり、一種の特異性がにじみ出てゐる。うつかり人が真似るととんでもない神経の通らないものができる危険がある」と評されている（『短歌人』一九四四年四月）。身内による厳しい指摘が「配慮」に充ちた表現でなされている場面だろうか。この一首、ちなみに『全歌集』の『朱天』最終章「ニューギニヤ進撃」の最後の一首であった。

当時の『短歌人』の主要同人の作品欄は、冒頭の男性グループと巻末の女性グループに分かれ、前者の筆頭は齋藤瀏で、伊藤嘉夫、伊藤豊太、木下立安、小宮良太郎などの名がみえる。後者には、山川柳子、前川緑、山口由幾子などの名がみえるが、齋藤史がやがて常に筆頭に位置するようになる。では、史自身による『朱天』についての評価はどうであったか。これについては、第二章の三「（4）齋藤史自身の『朱天』の評価」で紹介したい。

## 二、『朱天』の短歌から何を読み取るのか

『朱天』の構成は、前述のように、一九四一年一二月八日を境に「戦前歌」と「開戦」とに分け、編年体の編集になっている。

（1）「戦前歌」――作歌への逡巡

「戦前歌」の冒頭は、「昭和十五年」のもとに「とどろき」という小題の九首で始まり、「昭和十六年」の末尾の小題「訓練」九首で終わる。

・さわやかにもののひびかふ秋となり生くる喜びも濁り無からしむ　三頁
・とどろきのあらたに興る今日にして我の血潮の古きは恥ぢよ　三頁
・思ひあまる事ひとたびは切りすてて身づくろひなし出てゆく我は　九頁
（『短歌人』一九四一年一月、『日本短歌』一九四一年二月）
・こまやかに思ひはかけて春待ちぬ菜畑の上のうす黄なる雲　一八頁
（『短歌人』一九四一年一月、『日本短歌』一九四一年二月、『輝ク』一九四一年四月）
・巨鐘老ゆれども魂叫《たまほ》ゆるがに鳴りやまずせつなくなりて我らは聞くも　二三頁
（『短歌研究』一九四一年二月）
・盡くるなき思ひは堪へて見よといふ春の茜のくれなゐぞ燃ゆ　三一頁
（『改造』一九四一年四月、『女流十人短歌集』一九四二年五月）
・はるかなる海のそこひの底知れぬ明るき蒼さ我に反映《て》らひぬ　六二頁
（『新文化』一九四二年四月、『女流十人短歌集』一九四二年五月）

『朱天』冒頭の二首は、初出不明なままだが、四首目の「こまやかに」は、本人も気に入った作だったのだろう。『輝ク』では、「思ひは」の部分が「こころに」として、白扇に揮毫していることがわかる。『新文化』は『セルパン』の横文字誌名変更によった改名後の雑誌である。こうした「開戦」前の歌群のなかには、「濁り無からしむ」「古きは恥ぢよ」とか、「思ひはかけて」「切りすてて」「せつなくなりて」「盡くるなき思ひ」「底知れぬ明るき」などに込められた「覚悟」と表裏をなしている「ためらい」のようなものは何だったのか。明確ではないながら、現実の戦局や国策に傾斜してゆく時代の流れへのいささかの「距離」が見て取れた。それが象徴的ともいわれる所以かもしれない。

また、「戦前歌」において、特徴的に思えたのは、つぎにあげるような、歌人として、歌うことについてのスタンスに言及する作品が散見できることである。これらの歌の系譜は、敗戦後の『うたのゆくへ』へと受け継がれ、「歌」と向き合う自身を歌うというジャンルを形成し、齋藤史の短歌の特色となっていく。

・街の果《はて》に冬雲垂《た》りてにごりつつ我にとよもすたたかひの歌　二五頁

（『短歌人』一九四一年三月、『新女苑』一九四一年三月）

・冬雲の日央《ひなか》もとざす日日を經て家妻《やづま》の歌も春となりぬる　三五頁

・身にこもり闘《たたかひ》の歌ひしめきて一途《づ》に過ぐる我のおもひか　三五頁

（『短歌人』一九四一年四月、『女流十人短歌集』一九四二年五月）

・わが歌か我を追ひたてやまざるはいのちか知らず吹かれつつ行けり　五九頁

（『女流十人短歌集』一九四二年五月）

・あわただしき日を送りつつ書くうたのそそけ立つなとなほねがふらく　七六頁

なお、それにしても、『朱天』全編を通じて言えることでもあるが、その「かなふり」の多さである。難しい漢語を持ち出したり、漢語を和語のように読ませたりして、当時の女性としての教養を衒うかのような、その多用が顕著であったことを指摘しておこう。

## (2)「開戦」――小題の変更と改作のあとさき

「開戦」は「四方清明」一二首の一連で始まり、つぎの冒頭の二首は、いずれも、まだ初出は不明である。ちなみに、六首目「かすかなる」は、後述の削除作品一七首のうちの一首であった。

また、「戦前歌」に見たような、歌うことへの逡巡が、後半では三首目「言ひ得ざりし」のように、ストレートな時局への迎合になっていることも確認しておこう。さらに、この作品の結句「撃ちてしやまむ」は『全歌集』では、「清明《さやけ》く呼ばむ」と改作されている。「撃ちてしやまむ」は、一九四三年三月、陸軍省が陸軍記念日を期して発表した標語で、雑誌の特集となり、表紙や広告などに刷り込まれていた言葉であって、広く流布する前に、詠みこんだのであろう。史自身も「撃ちてしやまむ」の題で『文藝』に五首を寄稿していた中の一首で、核になる一首でもあった。

・現《あき》つ神わが大君があきらかに撃てとのらせる大みことのり　(十二月八日)　八一頁
・隠《かく》り身の神の御光《みかげ》や大いさや今のうつつに咲き出づるらし　八一頁

・言ひ得ざりし歌ひえざりし言葉いま高く叫ばむ撃ちてしやまむ　八二頁
（『文藝』一九四三年三月）
・すでにして比島上陸の報至るわが神兵は天《あめ》の征矢《そや》なす（十二月十日）　八三頁
（『短歌研究』一九四二年一月、『新日本頌』一九四二年一一月、『大東亜戦争歌集・愛国篇』一九四三年二月）
・來るべきとき來たれりとうなづきあひ我が隣組さはやかなるも　八三頁
（『新日本頌』一九四二年一一月、『大東亜戦争歌集・愛国篇』一九四三年二月）
・かすかなるみ民の末の女ながらあかき心におとりあらめやも　八五頁
（『婦人朝日』一九四二年三月、『新日本頌』一九四二年一一月）

さらに、「十七年作品」に進むと、つけられる小題が一変する。「戦前歌」では、四季そのものや季節にまつわる小題がほとんどだった。「秋の鳥」、「ぼたん雪」、「近づく春」、「六月」……「秋夜」と続き、末尾の「使命」、「訓練」のみが、戦時を思わせる小題であった。「開戦」では、前述の「四方清明」に始まり、「連峯雲」（一九四二年歌会始御題）、「天つ御業」「真珠湾特殊潜航艇の軍神を」「わが山河」「落下傘部隊をたたふ」「南の海」……、「ニューギニヤ進撃」で終わるという構成であった。ところが、『全歌集』収録の『朱天』の小題が、一部微妙に書き換えられていることもわかった。「天つ御業」が「天雲」に変更されていた。かかわるのはつぎの三首で、小題の二つの言葉の意味は大きく違い、小題としての印象も異なるのではないか。

・照りわたる大き御稜威《みいつ》や海こえて天雲越えてゆき足らふ見よ　八八頁
（『婦人朝日』一九四二年三月、『新日本頌』一九四二年一一月）
・天雲の四方《よも》にし奮ふ御いくさのかしこさや哭きてひれ伏す我は　八八頁
（『新日本頌』一九四二年一一月、『大東亜戦争歌集・愛国篇』一九四三年二月）
・かそかなるわが魂《たま》さへや滾《たぎ》りいで天つ御業《みわざ》に添ひまつりなむ　九〇頁
（『短歌人』一九四二年三月）

その「天つ御業」八首だが、前記三首の他に、以下の二首に改作があった。

・國をこぞり戰ひとほす意氣かたし今撃たずして何日の日にまた　八九頁
（『新日本頌』一九四二年一一月、『大東亜戦争歌集・愛国篇』一九四三年二月）
↓國こぞり戰ひとほす意氣かたし今起たずして何日の日にまた（『全歌集』）
・亡き友よ今ぞ見ませと申すらく君が死も又今日の日のため　八九頁
（すぐる二・二六事件の友に）
（『新日本頌』一九四二年一一月、『大東亜戦争歌集・愛国篇』一九四三年二月）
↓亡き友よ今ぞ見ませと申すらく君が憂ひしとき至りたり（『全歌集』）

いずれも初出における高揚感を抑制した表現と読むことが出来るが、あらためて読み返すと一首目は、「撃つ」と「起つ」との落差はかなり大きい。二首目の詞書の「すぐる二・二六事件の友に」はそのままなので、亡くなった友へ呼びかけている作である。すなわち、二・二六事件では、天皇より反乱軍の烙印を押され、刑死した友たちの死を、初版のように「君が死も又今日の日のため」と詠むことで、時世や時局に従う意思表示をしたことになり、一九七七年『全歌集』編集の時点で「君が憂ひしとき至りたり」と置き換えたことは、何を意味するのか。『朱天』初版当時は、本当の気持ちは詠めなかったが、あらためて歌い直したということであれば、改作ではなく、新作として詠む方法はいくらでもあるはずである。

また、「シンガポール陥ちぬ」の一首でつぎのような改作の経過をたどってみると、削除こそしなかったが、微妙な改作を試みた理由をたどることができるかもしれない。

・百二十餘年の無道をきよむると燃えし炎か夜も日も止まず　九八頁（『文藝春秋』一九四二年五月）
→百二十餘年東洋を蔑《なみ》したる道きよむると燃えし炎か（『全歌集』）

なお、初出の「皇軍讃歌」七首（『文藝春秋』一九四二年五月）では、「無道」が「悪」となっていた。時系列でいえば「悪」から『朱天』初版では「無道」となり、一九七七年では「東洋を蔑《なみ》したる道」への推移をたどる。「夜も日も止まず」の誇張は冷静に抑制したという経過だろう。同時期に「シンガポール陥ちぬ」五首（『モダン日本』一九四二年四月）のつぎのような二首は、初出のままである。大本営発表、新聞報道をそのままに、見出しや戦局報道の常套句、官製用語やポスターやスローガンのような字句で埋められるようになり、小躍りし、国旗を振る一人の市井人と何ら変わりがない様相を示す。作品の内容も時局や戦局に即した作品がほとんどで、当時の他の著名歌人と同様であった。

・浄《きよ》め雪降りしあしたの夜にしてシンガポール陥《お》ちたり陥ちたりと相呼ばふ聲　九八頁

・全機無事帰還すといふ語を聞けば理窟はなくてただに嬉しき　一〇一頁
（『日本短歌』一九四二年四月には「嬉しえ」とある）

さらに、『朱天』前半では、歌人としての「覚悟」や作歌への「逡巡」を垣間見せていた歌へのスタンスが、つぎのように変容していく。

・勝ち歌をいはひ抒《の》べつつかたじけな塵《ちり》ひぢなせるみたみの我も　一〇二頁
（『文藝春秋』一九四二年五月）

・御いくさの大なるを云ふ時にしてあまりまづしも我が書ける文字　一一六頁
（『短歌研究』一九四二年七月）

・黜黜としたたるものを殘せしがなほつたなくて行方は知らず　一三〇頁
（『短歌人』一九四二年一二月）

・はるかなる想ひをうたへせめてわが一生《よ》をぬきてかなしみ盡きず　一三一頁
（『短歌人』一九四二年一二月）

・襤褸《つづれ》なす歌一連を讀みかへし萎えやすきわがこころの貧しさ　一四四頁（初出不明）

「塵ひじなせる」「あまりまづしも」「なほつたなく」「せめてわが一生」「こころの貧しさ」という表現は、「謙虚さ」とはまた違う。このように、自分を格別卑下することは、逆に「自信」の裏返しや言い訳になることもあり得ることは、当然想定されるだろう。この時代、多様なマス・メディアから注目され、発表の機会を得ていた齋藤史であったからである。もっとも、一九四二年当時のアンソロジーに発表しながら、翌年の初版『朱天』自体に収録されなかったつぎのような作品もあったことを付記しておこう。一首目は、未収録三首のうちの一首であり、二首目は、四五首のうち、この歌のみが未収録であった。

・なみだ垂り言葉貧しきわが歌よこの大いなる歴史の前に
（「開戦」一五首『新日本頌』八雲書林・一九四二年一一月）

・身にふかく戰ひの歌ひしめきて一途にすぎる我の思ひか
（「飛沫 昭和十六年作品より」四五首『女流十人短歌集』富士書店・一九四二年五月）

また、小題の変更はほかにもあって、「眞珠灣特殊潛航艇の軍神を」が「眞珠灣特殊潛航艇」となっており、「の軍神を」を省いている。『朱天』初版当時、「軍神」という言葉を安易に使い過ぎたとでもいうのだろうか。となると、改作したい作品は山ほどあったろうに。それをしなかったのが、齋藤史の表現者としての良心であったかのような心理が、『全歌集』編集時に、「はづかしきわが歌なれど隠さはずおのれが過ぎし生き態なれば　昭和52記」との付記を書かせたのだろうか。『全歌集』収録時に、初版当時の作品の少なからず改作をしたということは、改作したこと自体に言及しないばかりか、前記のような一首を付記したことは、二重の意味で、史は、表現者として責任を果たしていないことになるのではないか。

## (3) 多重寄稿はなにを意味するのか

この時期の、齋藤史の作歌の根拠地と言えば、一九三九年四月に、父齋藤瀏と創刊した『短歌人』であった。しかし、資料1「著作年表」でもわかる通り、創刊以降、かなり欠詠も多い。一九四〇年は、前述のように合同歌集『新風十人』、単独の歌集『魚歌』、『歴年』を刊行するという飛躍の年であったが、プライベートでは、一九三六年に長女を、四一年に長男を出産、三九年には夫が召集されている。が、史は、一九四一年一二月八日の開戦を経て、展開する日本の戦局と呼応するように活躍の場、作品発表のメディアを拡大してゆく。そうした状況の中で、『朱天』には、以下のように、『短歌人』に発表した短歌と他の商業メディアに寄稿した短歌とが重なるものが実に多くなる。発表年月をたどってみるとわかるのだが、いくつかのケースが考えられる。他のメディアに発表したものを『短歌人』に転載するという場合もあるが、そういったことわりなしに、既発表作品を、分散して『短歌人』に載せることもある。すでに『短歌人』に発表した作品を、構成をし直して他のメディアに寄稿するケース、同じ作品、作品群を全く同時に複数のメディアに発表するというケースも少なくなかったのである。現在の著作者の倫理や出版社の著作権から言えば、想像しにくいのだが、当時はどうであったのだろう。いずれにしても当時にあっても著作者のモラルというものがあったのではないだろうか。もちろん、当時『女流十人短歌集』『大東亜戦争歌集・愛国篇』などのアンソロジーが盛んに出版されたが、既発表作品からの自選・他選により作品を集める機会は多くあったと思うが、そうした例も参考のため、わかる範囲で記しておいた。

マス・メディアからの注文に、作歌が追いつけずに、このような発表の仕方をしたのか、あるいは自信作や思い入れの深い作品だから繰り返し発表したのか。後者だとすれば、史の方向性や思想の一端を知る手掛かりになるだろう。第一首目は、前述のように、『輝ク』主催の催事での白扇揮毫の短歌で、作者本人に特別の思いがあるのかもしれない。

・こまやかに思ひはかけて春待ちぬ菜畑の上のうす黄なる雲
（『短歌人』一九四一年一月、『日本短歌』一九四一年二月、『輝ク』一九四一年四月）

・寝につきて俄に近き雨滴《あまだ》れの一夜の夢に絶えずひびかむ
（『日本短歌』一九四一年九月、『短歌人』一九四一年一一月、『女流十人短歌集』一九四二年五月）

・春花また常なる年にことならずこの大いなる御いくさの日に
（『日本短歌』一九四二年四月、『文学界』一九四二年四月、『短歌人』一九四二年五月）

・民草の夢またしげく大いにてみ冬も過ぎぬ咲きゆく春や
（『短歌人』一九四二年四月、『文藝春秋』一九四二年五月、『大東亜戦争歌集・愛国篇』一九四三年二月）

・ますら夫は征きとどまらず勝ちさびて更に澄みゆくいのちと思ふ
(『短歌人』一九四二年一〇月、『短歌研究』一九四二年一一月、『文芸世紀』一九四二年一二月、『四季』一九四三年一月)

・御いくさのかがやきいよよふかみゆきて卑小なる我の思ふきはを越ゆ
(『短歌人』一九四二年一一月、『文芸世紀』一九四二年一二月)

### (4) 残すべき『朱天』の行方——削除の一七首をめぐって

一九七七年『齋藤史全歌集』に『朱天』を収録する際に、短歌一七首を削除している。「はづかしきわが歌なれど隠さはずおのれが過ぎし生き態なれば」一首を表題紙に付記したこと、そして初版『朱天』の収録歌数のミスなどが重なっていたことは前述の通りである。つぎに、どの作品が、初版『朱天』のどこから削除されたのかを頁数で示し、一九九七年『全歌集』の該当頁も参考のため、( )内の算用数字で示した。私の調査で判明した初出の文献も、これまでの引用と同様に記し、初出不明なものには*印を付している。傍線部分は改作があることを示している。

**「戦前歌」の五首**

①國大いなる使命《よざし》を持てり草莽のわれらが夢もまた彩《あや》なるを　六頁
「とどろき」の最後一〇首目(157p)(『日本短歌』一九四一年二月「秋から冬へ15」、初出「理想」を改作)
②たのめざるものも頼みきしどろなる野草の霜を今は云ひそね　二二頁

「ぼたん雪」六首目（163ｐ）（『短歌研究』一九四一年二月「ぼたん雪９」）

③煌めける祖國の歴史繼《つ》ぎゆかむ吾子も御臣《みたみ》の一人と思へば　七二頁

「使命」四首目（183ｐ）＊

④神使命《かむよざし》負へる我らと思ほへりひかりとどろき近づけるもの　七四頁

「使命」九首目（184ｐ）（『女流十人短歌集』一九四二年五月「飛沫45」、初出「思ほへば日日に」を改作）

⑤ますら夫はむしろ羨しもひとすぢに行きてためらはぬ戰場《ところ》を賜《た》びき　七八頁

「訓練」九首目（185ｐ）＊

**「開戦」の一二首**

⑥かすかなるみ民の末の女ながらあかき心におとりあらめやも　八五頁

「四方清明」最後一二首目（189ｐ）（『婦人朝日』一九四二年三月「国民の誓ひ５」。『新日本頌』一九四二年一一月「開戦15」、初出「かそかなる御民の末の女《をんな》ながら丹きこころに劣《おとり》」を改作）

⑦現《あき》つ神在《ゐ》ます皇國《みくに》を醜《しこ》の翼つらね來るとも何かはせむや　九五頁

「わが山河」六首目（193ｐ）（『公論』一九四二年三月「四方清明５」、『日本短歌』一九四二年四月「春花また６」）

⑧襲ふものまだ遂《つひ》に無き神國の春さかりや咲き充ちにけり　一〇九頁

「たたかふ春」最後一六首目（200ｐ）＊

⑨國をめぐる海の隅隅《くまぐま》ゆき足らひ戰ひ勝たぬ事いまだ無し　一一四頁

「珊瑚海海戦」六首目（202ｐ）＊
⑩みづからのいのち淨らに保《も》ちも得で説《と》く事多き人を見るかも　一二二頁
「微小」二〇首目（205ｐ）（『短歌人』一九四二年九月「くろき炎5」）
⑪たばかられ生きし憤《いか》りは今にして炎と燃えむインド起たむとす　一二六頁
「荒御魂」二首目（207ｐ）＊
⑫まつらふは育くみゆきて常若《とこわか》の國悠《はろ》かなり行手こしかた　一二九頁
「荒御魂」最後一〇首目（208ｐ）（『文芸世紀』一九四二年一二月「十二月八日7」）
⑬動物を焼く匂ひに乾く着馴れ服火をかき立てて君も干さすや　一三七頁
「防人を偲びて」七首目（211ｐ）
（『文藝春秋』一九四二年一二月「北の防人を偲びて10」、『短歌人』一九四三年二月「北なる人に4」）
⑭重傷のわがつはものをローラーにかけし鬼畜よ許し得べしや　一四六頁
「ニューギニヤ進撃」三首目（215ｐ）＊
⑮半島、高砂、インドネシヤの友打つづき撃ちて止まむと進む神いくさ　一四六頁
「ニューギニヤ進撃」四首目（215ｐ）（『短歌人』一九四三年四月「進撃4」、初出「やむと」を改作）
⑯背戸畑の土の少しを守り袋に入れてゆきたる人如何に在る　一四六頁
「ニューギニヤ進撃」五首目（215ｐ）
（『短歌研究』一九四三年四月「冬樹7」、「すこし」を改作。『短歌人』一九四三年四月「進撃4」）
⑰神怒りあがる炎の先に居て醜《しこ》の草なすが何ぞさやらふ　一四七頁

「ニューギニヤ進撃」六首目（215ｐ）（『文藝春秋』一九四二年一二月「北の防人を偲びて10」）

以上により「戦前歌」から五首、「開戦」から一二首が削除され、とくに巻末に集中し、最終章「ニューギニヤ進撃」から四首まとめて削除されていたことがわかる。これらをまとめて読むと、いくつかの共通性をみいだすことができる。もちろん、『朱天』全編を通じて言えることでもあるのだが、一つは、その内容があまりにも神がかり的で軍国主義色が濃厚であること、また、昂揚する気持ちの表れか、種々の強調表現が使用されていることが挙げられる。つぎに、当時常套的に使用されていた「使命」「現つ神」「ますら夫」「御臣」「皇國」「醜《しこ》」「鬼畜」などは、全編通して頻用されているが、これらも、『全歌集』編集当時は、疎ましく思えたのだろうか。さらに、まだ初出が不明な作品もあるが、初版『朱天』への収録に当たって、①④⑥ほかいくつかの細かな改作もなされている場合もあり、⑥⑦⑬⑯のように、史にとっては当たり前のように繰り返されていた複数のメディアに寄稿した作品も混じる。ということは、当時としては、史にとって大切な作品であって、意を尽くし、おろそかにできない作品であったのではないかと推測できる。それを、一九七七年段階で『全歌集』収録の際に削除した理由は、前記の四つの共通性と無関係ではなかったと思う。

『全歌集』を標榜するならば、初版の形で収録すべきだったと思う。まして、付記の一首などは、混乱を招くし、隠蔽にも受け取れる。この一七首の重みは、読者にとって看過できないし、もし、版を重ねているならば、今からでも遅くはないと思う。一七首の復元を望みたい（拙稿「『全歌集』にみる未刊歌集」『短歌朝日』一九九八年一一・一二月」）。

## 三、敗戦後、『朱天』の評価はどう変わったのか

敗戦後から晩年に至るまでの歌集『朱天』の評価に言及する、主な評論をたどってみることにする。以下、（1）（2）（3）を通し、執筆・発言者ごとに番号を付した。

### （1）敗戦から『齋藤史全歌集』刊行まで

後に述べるように、占領軍による検閲が実施された時期に、戦時下の歌集『朱天』に言及すること自体憚られたことは予想できるが、検閲が終了した後も、『朱天』について論評がなされることはほとんどなかった。「第一章（5）近代短歌史における齋藤史」でも述べたように、一九五〇年代から八〇年代に刊行された代表的な短歌通史、木俣修『昭和短歌史』（明治書院・一九六四年）、渡辺順三『定本近代短歌史・下巻』（春秋社・一九六四年）、篠弘『現代短歌史Ⅰ・Ⅱ』（短歌研究社・一九八三・八八年）においても同様である。個別の評論にしても、第一歌集『魚歌』、『新風十人』に言及することはあっても、『朱天』について記述している個所が見当たらないものが多い。

たとえば、五島茂（一九〇〇〜二〇〇三）は、「齋藤史論」（『短歌』一九五四年四月）においても、『魚歌』から「そして戦火のはげしさ。やがて敗戦、戦後の窮乏混乱。この苛烈な変遷を彼女は体感した」として、第四歌集『やまぐに』への叙述に移っている。

一九六〇年代に到ると、〈前衛短歌〉の旗手と言われた塚本邦雄（一九二〇〜二〇〇五）の『朱天』への言及がある。『魚歌』の「濁流」の一連を評価した上で、つぎのように述べていることは、他の評者

にない卓見と思われる。

①政治的、軍事的タブーを犯して、その真実を伝えようとする時、文学が必然的に採らねばならなかった文体の、一つの典型をここに見るためだ。極限状況における比喩の在り方、メタファーの最初にして最後の用法をこの一連が、歯軋りと絶叫をこめておしえてくれるからだ。

・濁流だ濁流だと叫び流れゆく末は泥土か夜明けか知らぬ
・花のごとくあげるのろしに曳かれ來て身を焼けばどつと打ちはやす聲
・暴力のかくうつくしき世に住みてひねもすうたふわが子守うた

このような形で、なぜ抵抗歌は生まれなかったか。

として、つぎのように続ける。

昭和十六年十二月八日以降に、たとえ新興俳句におけるような痙攣的、嘲笑的なものをまじえたものであったにせよ、彼女、彼らはなぜ試みなかったのか。勇気、良心、歴史感覚の欠如と同時に、詩人としての技術の完全な敗北であろう。「朱天」はその敗北への諦めか、さもなければ空疎な、けれども父の娘たるを称する戦争短歌、時局詠で、その大よそを埋めている。

（塚本邦雄「不死の鳩」『短歌』一九六二年一〇月。『原型』二〇〇三年四月〈齋藤史追悼号〉所収）

吉田漱（一九二二〜二〇〇一）は、育った時代的背景はもちろん、史の生い立ちから家庭環境をたどり、軍人であり、歌人であった父との関係、短歌との関り合いでは、前川佐美雄との関係・比較を試みながら、史の作品の丹念な考証を進める。そんな吉田でも、『朱天』については、自明のように、つぎのように述べる。

②　・ああと云ふまにわれをよぎりてなだれゆくものの速度をみつつすべなし
　・なだれゆけその成り果てにあたらしく位置するものは在りて肯《うべな》はむ

のような『魚歌』後半の作にうかがえるように、未来のヴィジョンが現実の権力、状況の肯定の上にたっている以上、紀元二千六百年のおまつりさわぎを経て、日米衝突が必至となり、ついに開戦ということになれば、戦争への協力という姿勢を必然的にとらざるをえない。かくて歌ならぬ歌や、〈亡き友よ今ぞ見ませと申すらく君が死も又今日の日のため〉（二・二六事件の友に）などという致命的な歌がぞくぞくとうまれる。沈黙も困難な抵抗となった時代に、ちがうのは、歌うだけですますか、歌わぬもの、歌い方のたりない者を狩りたてる側になるかどうかということでしかない。

（吉田漱「齋藤史論――くろい氷炎」『短歌』一九六三年六月）

『全歌集』収録時に、史が「致命的な歌」を改作したことを、後に知った吉田はどう思っただろうか。また、「沈黙も困難な抵抗となった時代」というくくり方にも、私は抵抗を覚えつつ、あの時代と言えども、「抵抗」の選択肢は限られるものではなかったろうと思う。そこには、歌壇の名声やメディアへの頻出、それにともなう実益などという「陽のあたる場所」へと傾いていったことは否めず、いつの時代にも共通する課題ではなかったか。※注

塚本邦雄や岡井隆らの〈前衛短歌〉の理論的な支柱ともいわれた菱川善夫（一九二九〜二〇〇七）は、『新風十人』を現代短歌の出発点とみなすという構想のもとに、従来の短歌史の枠組みを大きく変えた。その評論の中で、『新風十人』の「朱天」には触れるが、以降も、歌集『朱天』、その時代の齋藤史に触れることはなかった（「現代短歌史論序説」『素』一九六六年六月。『菱川善夫著作集4美と思想』沖積舎・二〇〇七年、所収のⅢ及びⅤの諸論文参照）。

なぜ、この時期、『朱天』に言及する評論は少なかったのか。推測できる理由として、一つ、この戦時期の歌集、その大多数の歌集は、言論統制が最も厳しい中、政府・軍部の弾圧もさることながら、歌人としての地位を保持するために自主規制に傾いた結果としての出版であった。『朱天』も、敗戦後から振り返れば、著者の意に添わない、不都合な著作の一つとの認識が多くの歌人に潜んでいたことが理由となったのではないか。さらに、占領下の検閲から解放され、建前としては、日本国憲法により表現の自由は保障されているはずであったが、朝鮮戦争が始まり、日本は、アメリカとの安全保障体制が強化され、特需景気から、自国の経済の高度成長期を迎え、大きく保守化、軍事化の道をたどったことから、あえて、『朱天』への言及を避け始めたのではなかったか。加えて、『朱天』に触れるということは、当時の著名歌人、敗戦後も戦前同様の活動を続けていた歌人は、戦時下の自らの動向や自らの師匠筋の足跡に触れないわけにはいかなくなることから、回避したと思われる。

なお、つけ加えるならば、第一歌集『魚歌』は、二・二六事件において「叛乱軍」と烙印を押され

た将校たちに連座した父、齋藤瀏とその娘、史が時代に流されてゆく「悲運の父娘」という物語性を持った歌集としても評価されていた。『朱天』は、いわばその流れを封じつつ、天皇を頂点とする軍事国家へと加担する作品が大半を占めることになる。ということは、戦時下の天皇の戦争責任にも、戦後の天皇制にも言及しないわけにはいかなくなるので、大方の歌人たちは、そこをスルーしたかったのではなかったか。

また、五〇年代後半からは、いわゆる「転向論」が論壇をにぎわしていた。個別の作家、研究者、評論家たちの「転向」研究も盛んになった。その集大成的なものが思想の科学研究会による『共同研究・転向上・中・下』(平凡社・一九五九〜六二年、増補版一九七八年)であったが、歌壇からは、歌人を対象とする研究は現れなかった。『朱天』はまさに対象となるべき歌集であったはずであるが、齋藤史は、この時代には、すでに、一九五九年『密閉部落』という問題作や一九六七年『風に燃す』、一九七六年『ひたくれなゐ』を出版、一九六二年には、『短歌人』から独立して『原型』を創刊、主宰者となっていて、歌壇における確固たる地位を築いていたことも影響していたのかもしれない。

＊注　本稿の再校の段に到って、『原型』における、中森潔「独断的・齋藤史論」(一)〜(七)(一九六四年五月〜六七年一月)を知った。中森は『朱天』について、「〈歴年〉〈朱天〉そして〈やまぐに〉へのプロセス」を「内的な矛盾の鬱積に耐えたる孤傷の季節」と位置づけた。さらに、一九四二年発表の短歌を引用して、こうした戦時詠にすら、史の「抵抗の姿」を読み取ろうとし、沈黙＝死という極論を展開するが、この時代の数少ない『朱天』へのコメントの一つであった。「〈生きる〉ために詠いつづけた」というよりは、「歌壇のエリート」であり続けるためではなかったのか。

・敵機あるひは來ると思へばひとしほに目にしみて美《くは》しわが山河や
・骨肉のわれらと同じ兵《つはもの》が寒暑に耐ふるきくがかしこさ

これらの歌を人は体制への妥協の歌、戦争讃仰の歌だというであろう。だが、これらの作品が意味するもの――それは、史があの時代に、〈生きていた〉という、まぎれもない事実である。「新風十人」によって、歌壇のエリートとなった史に、沈黙はむしろ抵抗を意味しかねない状態がそこにあった。そうなれば沈黙は死を意味する以外のものではなかった。（中略）沈黙すら困難な時代のさ中で、〈生きる〉ために、ひとり詠いつづける史のせめてもの抵抗の姿がこれら戦時詠を詠わせたものと思われる。

（中森潔「独断的・齋藤史論（四）」『原型』一九六五年四月）

（2）『齋藤史全歌集』初版から再版刊行前後まで

ところが、一九七七年『齋藤史全歌集』が刊行され、『朱天』を収録するにあたって、その冒頭に付した序歌や前述の史自身の発言は、自らの戦時中の作品をさらけ出す潔さを宣言した、として、読者に少なからず衝撃を与えたようなのである。この直後に刊行された齋藤史の評伝において、木幡瑞枝（一九二六～二〇一八）は、つぎのように述べる。

③当時の民衆のひとりとしてどうしようもなかった自体の客観視、ひいては長い歴史のひとこまとして、わが身をさらけ出す覚悟、あれこれ後になって批判する声よりも立派ではないか。

（木幡瑞枝『齋藤史――存在の歌人』不識書院・一九七七年）

この時代に、史の戦時下の作品を評する者、鑑賞する者の大方は、木幡と同様に、史の序歌や発言をそのまま受け入れ、基礎としている。そして、いわば一九四五年以後に生まれた歌人たちが、『全歌集』において、初めて歌集『朱天』の全貌を知り、史の序歌と発言に接し、新鮮さを覚えたのだろうか。つぎのような評価が続いた。

「齋藤史は、物語を持った最後の女流歌人である」（一九九七年『全歌集』別冊）とも書いた河野裕子（一九四六〜二〇一〇）は、「手を振つてあの人もこの人もゆくものか我に追ひつけぬ黄なる軍列」という『魚歌』の作品鑑賞においてつぎのように述べている。

④『朱天』において、史は制服短歌、時局迎合の歌を数多く作っている。昭和五十二年に全歌集を出す時点において、史は時局迎合の歌を削ることなく全集に再録した。その思いを、「はづかしきわが歌なれど隠さはずおのれが過ぎし生き態なれば」の一首を「昭52」と記している。

（河野裕子『齋藤史』本阿弥書店・一九九七年）

佐伯裕子は、「天つ日の光り隅もなくわが上に蜻蛉《あきつ》ながれて遠世とおもへ」の鑑賞において、つぎのように述べる。

⑤昭和十八年という、大東亜戦争の激戦中に出版された『朱天』は、屈折した「銃後の守り」の風貌をもつ一冊だ。『朱天』を『齋藤史全歌集』に収録する際に、史は「はづかしきわが歌なれど隠さ

はずおのれが過ぎし生き態なれば　昭52記」と付記した。昭和五十二年当時の情勢を考えると、全歌集からこの一冊を抜く方が無難な時代であった。

（佐伯裕子『齋藤史の歌』雁書房・一九九八年）

なお、小林幸夫（一九五二〜）も、「はづかしき……」の一首を引いた上で、つぎのように評する。

⑥史は、『朱天』そのものを隠蔽しない。自尊心のラインでは傷つきながらも、ありのままの自己を公表するのである。書いて発表したものはたとえ意に満たずとも自分のものであるという、表現者の責任のとり方であり、本来あるべき表現者としての矜持である。

（小林幸夫「激しき生の意味――『朱天』小論」『BISON』2・一九九七年一二月）

以上③④⑤⑥の評者は、いずれも『朱天』を『全歌集』に収録したことを非常に高く評価し、④⑤⑥の評者は、その証として『全歌集』に付記した一首「はづかしき……」を引用する。佐伯⑤の「昭和五十二年当時の情勢を考えると全歌集から抜く方が無難な時代」という、「当時の情勢」「無難な時代」などという曖昧な状況設定で「世間の空気を読む」ことに甘んじることを当然とするような評言にはいささか危惧を覚えた。しかし、齋藤史の『全歌集』編集意図の根底にも、こうした考え方があったからこそ、あの一首の付記に繋がったとも考えられる。なお、小林⑥の冒頭においては、齋藤史自選歌集における『朱天』からの再録歌数が最も少なかったことを指摘しているが、齋藤史自身の自選における評価が推測できる点で重要である。ちなみに、筆者の調べでも、「自選百首」（『短歌』一九八四年七月〈特集齋藤史〉）では、『朱天』収録の対象時期一九四〇〜四二年までの作品は一首もない。昭和一〇年七首、昭和一一〜一四年一〇首、昭和二三〜二八年七首、という収録状況であった。『齋藤史歌集』（不識書院・一九八八年）では、二〇〇〇首中一七首であった。

つぎに、上の世代の評者による『朱天』への評価を見てみよう。一九九七年、『齋藤史全歌集』は新たに二歌集を加えて、増補版として再版された。その解題「残紅黙示録——齋藤史全歌集解題」において、塚本邦雄は、『朱天』について、一九六〇年代の前掲①の評価をつぎのように変えている。

⑦時期と作品がかたみに重なり合ふやうに、手法も文體も『魚歌』の光と影を負つて、あるいは軽やかに流れ、あるいは暗く淀み、しかも、退引ならぬ「聖戦！」に巻き込まれて行く。もはや面従腹背さへゆるされぬ世となつてゐた。沈黙とは最も徹底した象徴技法であることを、彼女はこの時期くらゐ沁みて思つたことはなからう。沈黙は難い。なまじ歌ひ續けて来た身は、口噤《つぐ》むことも許されない。『朱天』の巻末に近づくにつれて、皮肉な、しかも痛ましいサンボリズム偽證作品は増えて行く。それでも彼女の深い絶望の聲は、巻中の到るところに、鏘然と、玻璃のくだけるやうな響きを聞かせる。その悲調はそのまま彼女生涯の基調となるだらう。

（塚本邦雄「残紅黙示録——齋藤史全歌集解題」『齋藤史全歌集』大和書房・一九九七年）

塚本と並んで、〈前衛短歌〉の一時代を画した岡井隆（一九二八〜）は、一九七七年『全歌集』の初版が出た折、書き下ろしの齋藤史小論の一つ「『朱天』を読む」ではつぎのように述べている個所があった。

⑧開戦のときに、

苦しかりし日の長かりきおほいなる行手展《ひら》けて今朝のすがしさ

と歌っているが、（中略）「〈おほいなる行手展《ひら》けて〉以下は、いかにも、全国民を代表して国家の政治的選択を是認している『制服の歌』の一首になってしまっている。多分、〈おほいなる〉とか〈展けて〉とか〈すがしさ〉とかいった表現が、単調すぎるためだろうともおもえる。（略）

かすかなるみ民の末の女ながらあかき心におとりあらめやも

といった、史にしてみれば、あまりにも当り前のことを三十一文字にまとめている。つまりここではおのれに即していない。〈私〉を深化することで〈公〉に到ってはいない。その反対のことをやっているようにみえる。『朱天』が歯がゆい歌集なのは、そこから来る。戦争観にしても、生命観にしても、恐ろしく幻想的で、甘美である。

（岡井隆「『朱天』を読む」一九七七年）

なお、岡井の引用の一首「かすかなるみ民の末の……」の初出は『婦人朝日』一九四二年三月であったが、一九九七年の『全歌集』の『朱天』には見当たらない。また、前記「『朱天』を読む」において、岡井は、『朱天』以前の作品『魚歌』からつぎの二首をあげて、「これらは、一種のプロテストであったろう。表現そのものとしても、華麗で大胆である」とした。

・春を斷《き》る白い彈道に飛び乘つて手など振つたがつひにかへらぬ
・暴力のかくうつくしき世に住みてひねもすうたふわが子守うた

これらは、「作者の表明しようとしている心の内は単純ではない。それが、世間とか時流とかいったものへの顧慮をほとんどすることなく歌い出されている」のに比べて、「五年後の『朱天』における彼女は、そうはいかなかった」と分析する。

さらに「うつつにあらぬ」という一連八首を評価しつつ、つぎのように続ける。

・待ち望みわが居る花はつひにかもうつつにあらぬ美《くは》しさなるべし
・はるかなる想ひをうたへせめてわが一生《よ》をぬきてかなしみ盡きず
・ある時にわが名はるかに呼ばるると立上る際《きは》の心躍りや

『朱天』を救いがたいとするならば、そもそも齋藤史は救いがたいのである。『朱天』、史の代表歌集ではないかも知れないが、史のすべてが、やはり出ている本である。戦争の現実には、惨酷なディテイルとともに、史の歌ったような観念性も含まれている。（中略）おしむらくは、いま少し、強烈な観念性と生き生きした表現力をもって歌ってほしかったとおもうだけである。

（岡井隆「『朱天』を読む」一九七七年）

しかし、岡井は一九九七年の『全歌集』の解題においては「いま、もう少しつよく推す心になつて

『朱天』の戦時の歌をよんでゐる」という微妙な変化を認めることになる（岡井隆「このしたたかな同時代の人——齋藤史全歌集解題」『全歌集』）。その後も、『中日新聞』連載の「けさのことば」では、史の作品をたびたび取り上げている。

なお、河野裕子④では、史が隠そうとしなかったとする夥しい数の時局迎合の歌を「制服短歌」とし、岡井隆⑧でも言及する「制服の歌」とは、敗戦後の齋藤茂吉が戦時下の自らの作品を国難に際して歌人が〈武装〉して立ち上がるのが当然だとし、多くの歌人が一斉に取り組んだ類型的になった戦争詠を「制服的歌《ユニフォームてきうた》」と称したことに由来する（「童馬山房夜話」『齋藤茂吉全集』第八巻・岩波書店）。茂吉は、「制服的歌」について「もはや国家的で、個人的ではないのだから、善悪優劣について彼此いふべきものではあるまい。さう云はざるを得なかつた」と弁明し、『作歌四十年』で自らの戦争詠が満足するものでなかったことを自らの力量不足と応需に時間的制限があったことに基因するとしている。国文学研究者の品田悦一（一九五九〜）は、茂吉が、戦争を讃美する行為自体の「善悪理非」にはひと言も触れていないことを指摘している（『齋藤茂吉』ミネルヴァ書房・二〇一〇年）。

また、初版の『全歌集』刊行後も、佐佐木幸綱（一九三八〜）は、一九八四年の段階で、『朱天』はきわめて論じにくい歌集であって、これを正面から取り上げた論はほとんどない」としながら、つぎのような作品をあげながら『朱天』の特徴の一つとして、「公けの魔」に絡めとられた作品が多いことを指摘している。

⑨・湖の向う｜に棲むなる人は誰れならむ時に灯《あか》りをかかげて見する（初版は「ふ」とある）

・泥水の澄みゆくきはに今一度濁らせたるは何のつもりぞ

それぞれの歌の表立った意味内容は明確ながら、その向こうに何か暗喩された世界がありそうに思われることである。そして、もし暗喩された世界があると仮定するなら、その次元での判断が放棄されている、と読める点である。（佐佐木幸綱「公けの魔」『短歌』一九八四年七月〈特集 齋藤史〉）

その一方で、「わたくし事をいふは恥かしき時ながら心悩みて生くるものかも」など、「公」の要求を押しやって耐えている作品、「私」に即いた作品を多く見いだすことができるが、「開戦」以降の後半は、「公」に奉仕した作品が根底をなし、「公けの魔」にからめとられた作品に占められ、現代においても「公けの魔が私たちにささやきつづけているかもしれない」という意味で『朱天』は表現者の原点を問う貴重な歌集であると、結論づける。

沢口芙美（一九四一〜）は、『朱天』の作品も例外とはなり得ず、「戦争賛美のほとんどステロタイプ化した歌」で占められ、当時の歌人が陥った陥穽に、史も陥ったのだとし、その事について戦争責任を問題にしてもあまり意味がないとしながら、つぎのようにも述べていることに注目したい。

⑩
・濁流だ濁流だと叫び流れゆく末は泥土か夜明けか知らぬ
・暴力のかくうつくしき世に住みてひねもすうたふわが子守うた

二・二六事件では幼馴染みの友が殺された口惜しみと罪をきせられた父が下獄した恨みを史はこう歌った。子守歌を唄うしかない無力な立場を盾に、世を相手どってプロテストしたのだ。天下を向こうに廻しても「私」の怨嗟を掃く気迫の人である。二・二六事件から戦争へはつながっているはずである。そこに動いている政治が史にはみえなかったのであろうか。一般市民とは違った、史の体験からくる独自の目や戦争観がはたらかなかったのか。『朱天』の戦争詠を読みながら私にはそのところが不可解である。

（沢口芙美『短歌』一九九四年七月）

さらに、「眞白なる花びら降りぬ天よりや亞細亞を救ふ花びら降りぬ」を「当時の〈八紘一宇〉思想をうのみにした反映があり、落下傘部隊を白き花びらとみる美的把握が空々しい」とし、一九七七年『全歌集』に付記した「はづかしき……」の歌を引用しながら「一六首」の歌を削っている事実を指摘している。その「一六首」については、「一七首」が事実であったことは、前述のとおりである。
また、一九八一年に、『朱天』を『現代短歌全集』第九巻への収録の決断をしたことについて、児玉暁（一九五三〜二〇〇〇）は、つぎのように評価する。史の発言や『全歌集』の付記の一首が、まさに功を奏したことになっている。しかし、こうした誤解は、少しでも早い時期に質さねばならないと思う。

⑪多くの歌人が戦中の作品を改竄したり隠蔽したりしている事実を思い知らされているだけに、私は齋藤史の決断を堂々たるものだと思う。後進の者に自らの作品をそのままの形で余すところなく、それも内容が戦争に臨む際の臣民としての潔癖な態度を表す作品を伝えるという文学者としての相応の義務を、果したのである。

（児玉暁『クロール』一二号・一九九八年八月）

なお、戦前の『短歌人』内部での『朱天』への評価は前述したとおりだが、この間、『原型』内部における『朱天』への評価は、どうであったろうか。児童文学者でもある赤座憲久（一九二七〜二〇一二）による「齋藤史著作解題」は、第Ⅰ期として『新風十人』（一九四〇年）から『齋藤史歌集』（一九八八年）まで、一八回にわたって連載された中で、『朱天』については、その時代的背景、とくに父齋藤瀏の『獄中の記』と読み合わせている。さらに、「大きな流れに、流されまいとして、踏みたえていた人が、軍の関係者にも、一応戦争賛美の歌を詠んだ歌人の中にもいた」という見解のもとで、史や瀏の作品を読もうとし、続けてつぎのように断言する。

⑫東条内閣の一九四一年十二月八日の開戦は、たいていの歌人が謳っている。今の時点で、それを糾弾することはやめたい。もし糾弾するとしたら戦争の最高責任者を追求しきつ《ママ》た上ですべきであろう。それをないがしろにして、誰が竹槍訓練に励んだ人たちを、勝利を願い続けた軍国少年たちを責めることができよう。それと同じだ。

（「齋藤史著作解題4 歌集『朱天』『原型』一九九二年七月）

また、この時期、一九九二年五月には、『原型』創刊三〇周年記念号を刊行し、六人の齋藤史歌集評論が掲載された。そこで対象になったのは『魚歌』『うたのゆくへ』『風に燃す』『ひたくれなゐ』の各一点、『渉りかゆかむ』の二点、計六点であって、『朱天』はない。

二度の『全歌集』刊行によって『朱天』が収録され、求めにくかった古書ではなく、多くの歌人が読むことができるようになった。その勢いで、さまざまな感想や論評が噴出した。その限りでは、一つの成果を生むことが出来たと思うが、著作者本人の発言や証言であっても検証が必要であることを知る機会になったことは確かである。

（3）齋藤史の晩年・没後から近年の動向

齋藤史は、夫や母親の看取りをし、自らも闘病を余儀なくされる老境に差し掛かる晩年の作品は、長寿社会を反映して、さらに愛読者を増していった。と同時に、一九九〇年代から没年にかけては、一九五〇年代生まれの若手歌人による、齋藤史への関心も高まり、発言が活発になった。

水原紫苑（一九五四〜）は、つぎのようにいう。

⑬・みづうみに雲も匂ひてうつろへば戀《こほ》しきものの限りしられず（戦前歌・秋の鳥）

『朱天』に、このようなはかなく美しい歌のあることを私は嘉する。激しくアグレシヴな史とは別の、たおやかないのちの翳りに身を任せる女身の嘆きの声は、今も私たちの心を打つ。

（水原紫苑「『心の花』歌人論——齋藤史」『心の花』創刊100年記念号・一九九八年六月）

また、大野道夫（一九五六〜）も、水原と同様に、『朱天』では、いわば主流ではない作品にひかれたという。

⑭・くまもなく日に照らさるる老樹ありて追ひつめてゆくかなしさの如きもの（開戦・微小）

これらの歌の、いわば大きなものの圧力とそこから絞りだすように生まれる美は、やはり戦争という時代背景を無視できないだろう。ただ私はやはり『朱天』の中で戦争そのものを歌いある程度図式的に捉えられてしまう歌よりも、これらの歌によりひかれたのである。

（大野道夫『短歌現代』一九九九年一一月特集〈齋藤史の歌集〉）

水原、大野がこうした発言をしていた頃、齋藤史は、つぎのような作品を発表している。

・昭和ひとけたの涙ぐましき老のうた明治生まれのわれ読み居る
・生きてあればおのれ重たく日とも重し　九十女に倚りかかるなよ
・わが上の九十年を流れたる月日痕跡《あと》なきことのやさしさ

（「水流」『短歌現代』一九九九年一一月）

新世紀に入っても、精力的な歌作は、死の直前まで続く。

・この世の外に鳴くこほろぎの声きけば新世紀また人は嘆かむ（「渋柿」『短歌』二〇〇〇年一月）
・春来りなば衰へ更に深まらむ予感のありて書く春の歌（「夕茜」『文藝春秋』二〇〇〇年二月）
・現人神《あらひとがみ》を奉じしゆゑのしくじりの長くひびきてわが一期《ご》あり（「百鬼百神」『短歌』二〇〇〇年六月）
・境涯に依りたる歌は書くなよと思ひつつ来て逃れ得ざれし（「氷塊」『短歌新聞』二〇〇一年一月）

・虚の上に実を書かむか　実の中の虚のおもしろさ老いて書かむ（「瘤々」『歌壇』二〇〇一年一月）
・昭和の事件も視終へましたと彼の世にて申上げたき人ひとりある（「またたき」『新潮』二〇〇一年二月）
・殺傷は許すべきことならねども〈叛乱〉と言ひ出しし誰（「病窓日日」『原型』二〇〇一年七月）
・二十一世紀人はいかなる歌を書く　九十年生きてわれはこれだけ（「手術のあとに」『短歌現代』二〇〇一年七月）
・一斜面《ひとなだり》の笹みな枯れぬみのりたるものはおのれの世を終るべく（「鹿の仔猪の仔」『歌壇』二〇〇二年　月）
・いつせいに草木身を伏す風の中薙倒《なぎたほ》されしかたちとなりて（同前）
・日照雨《そばへ》来て更にかがやく山もみぢ　思ひ残ししことも無からむ（「夢すぎて」『短歌四季』二〇〇二年春号）

二〇〇二年四月二六日、史は亡くなった。没後、短歌総合誌の追悼特集が多数組まれ、追悼記事が数多く発表された。その中で、『朱天』に言及した、主要なものを読んでみよう。

篠弘（一九三三〜）は、皇道派による二・二六事件の失敗は、統制派の優位、対米英協調路線を屈服させ、軍拡大をもたらし、「大東亜戦争」に至ったことを前提に、一九四三年『朱天』「天雲」の二首が、一九七七年『全歌集』にはつぎのように改作されたことに触れて以下のように記す。『全歌集』収録にあたっての改作や削除の全貌については後述する。

・國をこぞり戰ひとほす意氣かたし今撃たずして何日の日にまた
↓國こぞり戰ひとほす意氣かたし今起たずして何日の日にまた（『全歌集』）
・亡き友よ今ぞ見ませと申すらく君が死も又今日の日のため
↓亡き友よ今ぞ見ませと申すらく君が憂ひしとき至りたり（『全歌集』）

⑮もはや戦後になって、開戦を全否定する民主主義的な風潮の中で、改作をよぎなくされたものと思われる。蹶起した皇道派の青年将校たちが、開戦を杞憂していたかのように受け取れよう。これは歴史上の事実にそぐわないもので、史自身の幼友だちを痛切に庇い立てようとしたものである。父瀏が出獄後、陸軍内部の対立を超えて、好戦的な「新体制と短歌」（「短歌研究」昭15・12）を発表し、「短歌を以てその国を育て、その国人を育てて国家の使命を達成せねばならぬ」と主張した状況下である。父を尊敬していた史は、時流に従わざるをえなかった。この改作は、参戦を賛美しながらも、皇道派の純粋であった若者たちを愛惜し、なんとしても汚名を濯ぎたかったからであろう。（篠弘「「昭和」における齋藤史　主題としての亡びの意識」『短歌研究』〈齋藤史追悼特集Ⅱ〉二〇〇二年八月。「戦争と歌人たち15・齋藤史の抽象技法三」『歌壇』二〇一五年一月）

つねに時代の表面にあって、目立った存在であろうとした史にとって、むしろ沈黙を守っていた方がよいとする先輩格の高木の評言（高木一夫「前月歌壇作品評」『短歌研究』一九四二年八月）も紹介されていた。

小高賢（一九四四～二〇一四）は、史が生涯をかけて二・二六事件判決の不当性を言い続けてきたことを受けて「不当という実感を持っている齋藤史が戦争協力詠にかなり傾斜してしまうことも事実だ。それはなぜなのだろう」と問題提起をした。前述②の吉田漱の見解を紹介し、前掲「亡き友よ今ぞ見せませせと申すらく君が死も又今日の日のため」が『全歌集』では「亡き友よ今ぞ見せませせと申すらく君が憂ひしとき至りたり」と改作されて、意味がまったくちがってくる、と指摘した後につぎのように続ける。

⑯吉田のいうように、個人的な怒りが社会に向かないことが、戦争に巻き込まれる根本にあるのだろう。しかし、逆にそれゆえの強さが戦後も継続されることになる。

（小高賢「齋藤史という問題――現在から生涯と作品を考える」『短歌』〈齋藤史の遺言〉特集・二〇〇三年九月）

さらに、小高は、戦後のつぎのような作品をあげて、「とても正直だ。順応するけれども受容しない。それをはっきり表明する。にべもない眼といってもいい」と言い切る。

・ある日より現神《あきつかみ》は人間《ひと》となりたまひ年號長く長く續ける昭和（『渉りかゆかむ』）

・責任を問はれぬ位置に長命の人逝きて黷陶しさすこし薄らぐ（『秋天瑠璃』）

・落し紙も石鹸も使はぬ土地の女等のあとなるお風呂《ゆ》を我はいただく（『うたのゆくへ』）

「順応するけれども受容しない」とは、いわゆる「面従腹背」ということなのだろうか。役人や会社員の謂いではあっても、文学者や表現者が発する言葉ではないような気がしている。

大辻隆弘（一九六〇～）は、同じ『短歌』の追悼号で、『全歌集』の収録時にオリジナル版『朱天』からの削除した作品を上げ、「皇国史観の強いエキセントリックな名辞」によって「戦争に加担した証として取り上げられるのを恐れたに違いない」とした上で、さらに、『全歌集』収録時に「改竄」した『朱天』の作品の「改竄」による意味の逆転を指摘する。篠弘も例に挙げた「亡き友よ」について、つぎのように述べる。

⑰（「亡き友よ今ぞ見ませと申すらく君が死も又今日の日のため」の）下句を『君が憂ひしとき至りたり』に改竄する。これでは原作とは正反対の意味になってしまうだろう。この改作後の下句では、青年将校らは米英との戦争を憂慮し、日本が無謀な戦争に突入することを回避しようとしていた、ということになる。全歌集にこの歌を収めるに際して、史は、青年将校の戦争観に対する解釈を読者に無断で、百八十度転換させているといってよい。

（大辻隆弘「〈戦犯〉の汚名」『短歌』〈齋藤史の遺言〉特集・二〇〇三年九月）

さらに、大辻は、続けて『朱天』の開戦後の作品をたどることによって、それまでの史の「天皇・

国家への鬱屈した違和感は、開戦の興奮とともに洗い流され」、民族的な一体感、厳粛な民族的心情が前面に流露しているとして「齋藤史が隠蔽しようとしたのは、実はこのような厳粛な民族的感情であった」と指摘する。そして、「史は、戦後三〇年経た昭和五二年の時点においてさえ、この民族的感情を公けにするのを怖れていた」という意味で、『朱天』の「改竄」行為は読者を欺いたという点、「「戦犯」という汚名を被く、戦後の史観の圧迫に屈して、自分の心に流露した感情を秘匿したという点」の二点において犯罪的であった、とする。

前記、二点のうちの前者は、まさに指摘の通りだと思うが、後者については、史の「時代の空気」を読む知恵とあわせて、戦後の「戦犯」という風評への過剰な反応の表れではなかったかと思う。

『短歌』の「〈齋藤史の遺言〉特集」については、その翌年、『原型』同人の竹内光江が主な論評を検証している。その中で、大辻の前記「戦後の史観」については「歴史認識」が抜け落ちていることを指摘する一方、「（『全集』を出版した）この期におよんで齋藤史が世俗的な意味における〈秘匿〉〈隠蔽〉という姑息な手段に執着したことは俄かに信じがたい」として、『全集』出版を機に「作者はあらためて『朱天』の一首一首に立ち向かい、〈芸術性〉〈作品の意味〉〈未来への責任〉を自らに問うたのではないか。そして、時代の傷を負う一生命体として『朱天』を改作・削除の問題も含めて、後に続く者たちの手にまかせきったのではなかろうか」と結んでいる（「大辻隆弘『〈戦犯〉の汚名』について」『原型』二〇〇四年二月）。しかし、少なくとも「未来への責任」という視点から見ても、「改作・削除」はむしろなされるべきではなかったはずである。

なお、没後、『原型』の翌年二〇〇三年四月号は、〈齋藤史追悼号〉とし、追悼文・追悼歌・年譜、史の遺作、主要なエッセイ、齋藤史論・評伝などが再録されている大部な資料的な価値の高いものとなった点で評価したい。追悼記念の齋藤史文学賞の受賞作、喜多昭夫「瞠《みは》りたるまま――齋藤史と二・二六事件」は、新しい視角はないが、それまでの齋藤史論のレビューをも兼ねている作ではあった。

なお、最近『葛原妙子と齋藤史『朱霊』と『ひたくれなゐ』』(六花書林・二〇一七年)を出版した寺島博子(一九六二年〜)は、『朔日』において「齋藤史のうた」を長期間連載していた。そこでは、『歌集』刊行の順序で、歌集の背景が記され、作品鑑賞がなされていた。ここでも、『魚歌』については詳しく、『新風十人』『歴年』について触れた後、『朱天』からは、「宿命《いのち》よりひそかにのがれ出でたしと立ちくらみつつ思ひたりしよ」(『短歌人』一九四二年九月)の一首のみを掲出し、例の付記の「はづかしきわが歌なれど……」をあげて「ここにおいても史の潔い態度に変わりはない」として、前述の佐伯とのインタビューの「隠すまいと思った。……」の答えを引用し、二〇行程度の記述にとどめている(「齋藤史のうた⑦うちなるほむら」『朔日』二〇〇六年二月。『額という聖域』不識書院・二〇〇八年)。

また、昭和短歌の通史ではないが、二〇〇五年七月に刊行された三枝昂之(一九四四〜)の『昭和短歌の精神史』(本阿弥書店)における『朱天』の評価はどうであろう。『新風十人』『魚歌』については丁寧に解説するが、歌集『朱天』自体に触れている個所はない。一方で、木俣修の『昭和短歌史』(明治書院・一九六四年)において、木俣修自身も参加した『紀元二千六百年奉祝歌集』(大日本歌人協会編・一九四〇年)への言及がなく、当時の奉祝歌の氾濫を「歯の浮くような空々しさ」と総括していることを批判している。木俣の『昭和短歌史』には、三枝の指摘を待たずとも、かなり、多くの場合、出典や初出が示されない作品選択や恣意的な記述が顕著なのであるが、三枝が、前記のような理由で木俣を糾弾するのであれば、齋藤史の『全歌集』編集の際の『朱天』の扱いについてはどう考えるのかも言及すべきではないか。もっとも、三枝の場合は、『新風十人』の総括の部分で、つぎのように締めくくっているので、明確な評価を期待するのは難しいであろう。

哲久や史を含めて、この時期、時代圧力と歌人たちの詩精神がギリギリまで緊張し拮抗して、格別の成果を生んだ。そしてそれは、これ以上時代圧力が強まれば表現が壊れてしまう、その限界点における詩的光芒でもあった。『紀元二千六百年奉祝歌集』が出た年、大日本歌人協会の奇っ怪な解散事件があった年、そして歌集や作品に豊かな収穫のあった年、昭和十五年はあらためて不思議な年である。その彼らも、大東亜戦争が始まる国の存亡をかけた戦いを支えることに力を注ぐようになった。昭和十五年は短歌の大きな曲がり角だったのである。

（『昭和短歌の精神史』）

「短歌の大きな曲がり角」を曲がった後の短歌や歌人は、「戦いを支えることに力を注ぐ」しかなかったのか。また、戦後短歌の観点から、歌人たちが「時局に巻き込まれたのか」、「時局に便乗したのか」で、戦争協力の度合いが測られることに疑問を呈し、前述の『奉祝歌集』に参加した歌人たちの内面は同じではなく、「庶民生活の貧しさを嘆く心と二千六百年を祝う心とは、一人の内部で何ら矛盾するものではなかった。そこが大切である」とも三枝はいう（前掲書）。たしかに、巻き込まれたか便乗したかの度合いにはあまり意味がないが、三枝の言う「時代圧力」と「時局」とはどう違うのか。要するに、歌人たちの行動や残した作品がその結果なのだから、その内実や言い訳は不要なのであって、その後の歌人たちがその結果とどう向き合うかが問われるべきはずである。それが表現者としての覚悟ではないかと思う。「昭和十五年」、一九四〇年は、決して「不思議な年」の一言で総括されるべきではないだろう。

（4）齋藤史自身の『朱天』の評価

それでは、齋藤史自身の『朱天』の評価はどうであったのか。ここでまとめてたどっておこう。初版『朱天』の「昭和十八年二月」付の「後記」には、「このやうな重大な時期に、貴重な紙と、人手をわづらはして、世に出すだけのものが自分の歌にあるであらうかと、幾度も恥ぢて思ひました。」と記しているが、これは、ひたすら謙虚ではあるが、歌集出版における通常の「挨拶」のようなものと受け取っていいだろう。

一九七七年『全歌集』収録の「朱天」の「戦前歌」の冒頭に序歌のような形で「はづかしきわが歌なれど隠さはずおのれが過ぎし生き態なれば　昭52記」ともあることは繰り返して述べてきたが、さらに、一九九七年の『全歌集』の「全歌集後記」（平成八年一二月付）には、おそらく『朱天』を念頭においてのことだろう、つぎのような記述がある。

世渡り上手に生きるならば削ったであろう戦争時の歌も、あえてそのまま入れたのは、それは日本の消しがたい歴史であり、足取り危うく生きた一人の女の時代の姿を、恥多くともそのまま曝しておこうと心決めたからである。

さらに、佐伯裕子とのインタビューにおいて、『朱天』を「隠蔽」しないことについて、つぎのように語っている（『［同時代］としての女性短歌』河出書房新社・一九九二年）。

あわてて隠してみたってごまかしですよね。どこか掘れば出てきます。だから隠すまいと思った。もし、一〇〇年とか、五〇〇年とかいう視線で見たら、国があいうふうになってきた時は、われわれ程度の人間は巻き込まれるよりしかたがないという姿もさらけ出してしまおう。そこで気取って偉そうなふりしてみたってしょうがないんだ、と思ったからそのまま出した。戦争協力の歌もあるわけ。

しかし、一九七七年『全歌集』刊行時より、『朱天』を初めとする戦時下の作品を「隠さない潔さ」を自ら繰り返し強調していることと、現実には、『朱天』初版からの作品削除や改作がなされていたことによって、「隠蔽」は、意図的なものであることが推測できるのではないか。ということは、彼女自身にとっては、かなりの「後ろめたさ」を自覚していたことになろう。

ちなみに、数多い現代短歌の主なアンソロジーにおける齋藤史の歌集の収録状況を調べてみると、つぎのような表4となった。とくに、『朱天』からの収録歌数に着目したい。収録歌数のうちの『朱天』からの収録は、①で六首、④で一首しか自選しておらず、晩年の自選と思われる⑤では皆無であった。自らの『朱天』への評価とその変遷を垣間見ることができよう。

表4　主なアンソロジーにおける歌集『朱天』の収録状況

| タイトル | 編者ほか | 出版社 | 刊行年月 | 選出者 | 収録歌数 | 歌集別収録歌数 |
|---|---|---|---|---|---|---|
| ①現代短歌集（現代日本文学全集90） | 木俣修：現代短歌展望 | 筑摩書房 | 1957年9月 | 自選 | 158首 | 魚歌13　歴年13　朱天6　杳かなる湖6　やまぐに5　うたのゆくへ44　漂泊記（近作）71 |
| ②短歌集（日本の詩歌29） | 山本健吉：解説 | 中央公論社 | 1970年2月 | 馬場あき子選・解説 | 93首 | 魚歌23　歴年3　新風十人6　朱天4　やまぐに6　うたのゆくへ20　密閉部落11　風に燃す20 |
| ③昭和詩歌集（昭和文学全集35） | 岡井隆：昭和短歌史 | 小学館 | 1990年4月 | 菱川善夫選 | 111首 | 魚歌38　うたのゆくへ33　ひたくれなゐ40 |
| ④現代の短歌（講談社学術文庫） | 高野公彦編 | 講談社 | 1991年6月 | 自選 | 100首 | 魚歌18　歴年5　新風十人3　朱天1　やまぐに1　うたのゆくへ9　密閉部落1　風に燃す5　ひたくれなゐ20　渉りかゆかむ14　渉りかゆかむ以後23 |
| ⑤現代短歌の鑑賞101 | 小高賢編 | 新書館 | 1999年5月 | 自選 | 30首 | 魚歌4　うたのゆくへ3　密閉部落1　ひたくれなゐ7　渉りかゆかむ5　秋天瑠璃7　ほか1 |

なお、第一歌集『魚歌』については、敗戦後、つぎのように述べている（「魔神花火」『短歌研究』一九五〇年三月）。

（『魚歌』について）まことに若気の至り、若さといふ偶然に調子よく乗つただけのこと。気まぐれで小手先で、はなうたでしかございません。そのアクロバットにいたしましても、若い嫋やかさを使つただけのものなのです。ただのこわいもの知らず……

じつとひと所におられなかつた。居られなかつたといふのも一人よがりのえらがりなので、どこかへ行かねばならなかつた。やつぱり、一種の強制をされ、押し流されるより仕方なかつたのです。にがにがしいはなしです。ほんとうにぎよっとする話です。あたしだけぢやない。あなただつてそうなんでさと流されてきたあげくの者共が、ペロッと舌を出す話です。

一見、まさに卑下しているかのような書きぶりではあるが、いわば開き直って他人をも引きずり下ろすような凄み、自信も見え隠れする。史の偽らざる独白だったようにも思える。さらに、第一歌集を振り返って、「短歌が古典の美しさだけに頼っていていいのだろうか」と、前川佐美雄、石川信雄とともに「短歌作品」を始めたところ、「モダニズム」「芸術派」など他から命名された経緯と「『魚歌』の途中から作品の色合いが変わるの」は二・二六事件の影響だとし、三版四五〇〇部は発行された、と記している（「『魚歌』のころ」『短歌現代』一九九四年二月、〈わが第一歌集〉特集）。

# 第三章　『朱天』後の作品の行方

## 一、『朱天』後の戦時下の作品の行方

### （1）未刊歌集「杳かなる湖」発表の経緯

『朱天』を戦時下の歌集としてみるとき、もう一つの歌集、未刊歌集と称して『全歌集』に収録された「杳かなる湖」（七五首）の存在も忘れてはならない。その経過はやや複雑なことになる。収録対象になっているのは、『朱天』後、一九四三年後半から敗戦に至るまでに発表された作品である。この七五首は、その目次によれば、一九四三年・七首、一九四四年・一八首プラス一首、一九四五年・四九首であった。史は、『全歌集』に収録した際の「杳かなる湖」の「後記」に、その経緯をつぎのように記す。

昭和二十一、二年頃、原稿をまとめて出版社に渡しながら、その社の変動のために、未刊になつた歌集があつた。すつかり思ひ捨ててしまつてゐたのを『短歌研究』の杉山正樹氏から拾ふやうに御すすめをいただいた。作品をだすといふことはいつでも恥の思ひがあるのに、ことに時代をはなれてしまひ、失つてしまつたものであつて、やうやくわづかに七十四首（「52付記」として七十五首とあり）を拾つた。長い目で見れば、そこだけとぎれてゐた足跡が、つながつたことになる。杉山氏

の御好意がなければ消えてしまふものであつた。

史のいう「杉山氏の好意」とは、『全歌集』刊行時から一八年前にさかのぼる一九五九年、未発表歌集「杳かなる湖」（八七首）として、当時、杉山が編集長だった『短歌研究』一〇月号に発表していたことを示す。この誌上における未発表歌集の「あとがき」には、疎開地での「嘆きの歌は、発表をはばかられる事もあつて、出さなかつたし」とある。「杳かなる湖」として七四首と追加の一首を、「対岸」（昭和二十二年）として一四首中、一三首を『全歌集』に収録したものと思われる。追加の一首は「赤黒く空にのぼれる火の下に死につつあるもわが東京は」であった。ちなみに「対岸」からの削除は、「暗幕を除きて遠くとゞろく灯《ひ》の光の中の夜の草の青」の一首であった。

ここでは、簡略に「社の変動」と述べているが、出版界に敗戦直後の混乱から当然考えられる事情ではある。『杳かなる湖』の出版については、前記にある「昭和二十一、二年頃」ではなく、一九四九年にも、史自身が、近刊予定の書物として、「歌集『杳かなる湖』（目黒書店）」を掲げていた（「現代歌人録」『日本短歌』一九四九年九月）。出版を予定していた当時の目黒書店は、戦前からの八雲書店、青磁社（札幌）、臼井書房（京都）、一九四八年創業の白玉書房などと並び、文芸とくに詩歌関係の出版を多く手掛けている。

しかし、すでに一九四七年七月には、歌文集『やまぐに』が臼井書房から出版されていた。『やまぐに』の「後記」によれば、収録の作品は一九四六年春から同年の冬に入るまでの一年足らずの間の作品ということになる。その前後を時系列でたどると以下のようになる。

表5　『全歌集』（１９７７年・１９９７年）に収録された敗戦前後の「歌集」と初版『歌集』の歌数などの比較

| 『全歌集』（１９７７・１９９７）（歌数・構成・小題） | 作歌（発表）期間　参考：資料1「著作年表」 | 初版・初出の歌数など |
|---|---|---|
| 未刊歌集「杳かなる湖」からの74首に1首追加　75首（昭和18年／19年／20年） | １９４３年５月〜１９４６年４月 | 未刊歌集「杳かなる湖」として発表（『短歌研究』１９５９年10月）　87首 |
| 初版『やまぐに』から5首を削除　145首（短歌／随筆） | １９４６年２月〜１９４７年10月（後記：昭和21年春〜冬） | 『やまぐに』（１９４７年７月）　150首 |
| 「対岸」　13首（昭和22年） | | 未刊歌集「杳かなる湖」として発表（『短歌研究』１９５９年10月）87首から『全歌集』収録の74首を除く　13首 |
| 『うたのゆくへ』　551首（昭和23年／24年／25年／26年／27年） | １９４７年６月〜１９５３年５月 | 『うたのゆくへ』（１９５３年７月）　551首 |
| 『密閉部落』　531首（昭和28年／29年／30年／31年／32年／33年／34年） | １９５３年４月〜１９５９年８月（後記：昭和28年〜34年初） | 『密閉部落』（１９５９年９月）　531首 |

（2）「杳かなる湖」に収録されなかった「戦時詠」

「杳かなる湖」の収録範囲は、資料1からも明らかなように、史が収録した七五首のほか一〇〇首以上の作品が未収録であることは推測できる。確認できた未収録の作品の全貌は、資料2でほぼ判明する。

「杳かなる湖」の収録期間に発表されながら、収録されなかった作品の多くは、歌人以外の読者の方が多い文芸雑誌、読者数から言えば圧倒的に多い女性雑誌などに発表されたものである。「杳かなる湖」の収録対象となった短歌は、戦前期の検閲や軍部の圧力、敗戦直後の占領軍の検閲を経たものであるが、それらの検閲から解放された一九五九年における、自らの自由な選択によるものでもあった。初出とされる発表誌『短歌研究』の「杳かなる湖」の「あとがき」によれば、収録対象期間の一九四三年後半から一九四六年前半までを「全体としてみれば、歌数の少ない時期であった」とも記している。しかし、資料1を見る限り、検閲強化や紙不足、出征や疎開による出版人・編集者の払底などによる出版業界自体の衰退の中でも、史の活躍の場は決して少なくなかったことがわかる。『日本短歌』一九四三年五月の「身辺歌」一三首は、『朱天』と「杳かなる湖」の収録期間が重なる時期の作品である。仕分けてみると以下のようになる。

・やすらはぬ日日とおもへど月光《かげ》の冴ゆる夜ありて髪洗ふなり
↓やすらはぬ日日と思へど月光《つきかげ》の冴ゆる夜ありて髪洗ふなり（朱天）

・炎なしいのち燃ゆるといはなくに灰となりゆく日毎のあくた
↓焰なしいのち燃ゆるといはなくに灰となりゆく日毎のあくた（朱天）
・いちづなるもの短かしといふ事を笑ひ話にする人のあり（未収録）
・あるときに我名はるかに呼ばるると立上るときの心躍りや
↓ある時にわが名はるかに呼ばるると立上る際《きは》の心躍りや（朱天）
・血しぶきの中よりひびくかちどきを魂の底ひにききてひれ伏す（未収録）
・たかぶりて物云ひおごり世に一人生くるふりなす憎し敵共《あだども》（未収録）
・たたかへる人を思へば國内のわが日日よおこたり多き（未収録）
・ひたすらの女のいのち念じつつ添ひてを行かな御戰《みいくさ》の場《には》（未収録）
・いくたびか打返しつつさびしさの春は終りに近づくらしも（杳かなる湖）
・蒼く寒き日昏れの中に身を靠《もた》す病み居てふかきこころの疲れ（未収録）
・ここに來て病むわが額《ぬか》に觸れてゆきし一むらの風をあはれと思へり（朱天）
・痛きばかり冴ゆる思ひにひしがれてまたたきすれば春まだ寒し（杳かなる湖）
・ねがはくは汚《よご》れずに我が生きむと思ひなだめて掃く土のあり
↓ねがはくは汚れずにわが生きむとし思ひなだめて掃く土の色（朱天）

『朱天』収録作品には、一九四三年段階での選択により、時局詠は避けられ、一首では言い果せない心情を秘めながら、現状には甘んじられない、不満のようなメッセージが込められているものが多い。

「杳かなる湖」収録作品は、一九五九年段階の拾遺であって、季節感と心情との齟齬が歌われているが、やや平凡な、無難な歌が選ばれているのが、概観できる。矢印は、歌集に収録された作品で、初出との違いを示した。それにしても、収録時の入念な推敲——言葉の言い換え、助詞の使い方、かなの振り方、漢字の選び方などが手に取るようにわかる。

一九四三年五月、アッツ島の「玉砕」が報道されると、歌壇にも、それにまつわる作品が溢れ出た。史も詠んだが、一九四三年七月『文学界』に発表の以下を含む「アッツ島の英霊にささげまつる」の八首は、すべてが未収録であった。

・傷病兵自ら斷ちてさきがけつ殘る百餘人一丸と爆《は》ず
・殘りなくたたかひ死にに死ぬ兵が仇《あだ》撃《う》て撃《う》てと叫《よ》ぶ聲きこゆ
・一兵殘らずしぬべくよしと決めしとき眼《め》には顯《た》ちけむ故郷の山河《さんが》

また、以下の女性雑誌への発表作品でも、『婦人公論』「花あかり」七首のうち六首が未収録であった。そのいずれも具体的な事物に取材している作品だが、選ばれて収録されたのはつぎの一首のみだった。

・身に近くほのぼの映らふ花あかり思ひあたたかきかたに傾く

さらに、先の『文学界』と同じ、アッツ島における「玉砕」をテーマにした『婦人画報』一九四三年八月号の作品は、以下の二首を含む五首すべて未収録であった。

・繼ぎて撃て必ず撃てとますら夫が最後《いまは》のきはの叫びきこえ來
・一億の血潮に生きてますら夫の魂《たま》よみがへる千よろづまでに

なお、史の戦時下の最後の作品と思われるのが、一九四五年九月号の『短歌研究』掲載の「山の賦」一〇首ではなかったか。この号は、占領軍の検閲を受けた初めての号でもあった。その検閲については後述するが、佐佐木信綱、尾上柴舟、今井邦子、阿部静枝、杉浦翠子ら一八人と並び掲載された作品は以下の通りであった。

・しなの路の夕まぐれとぞ衿寒く黄色く低き火を焚きにけり
・そびらなる山の氣配はひもすがら長き反響《こだま》を吾にひびかすも
・倦《うん》じたる魂《たま》は歌はず山高きほとりに來り心恐れあり
・わが日日よ淺からざるや山山の襞はかくまで蒼くきざみぬ
・我のみに語るにあらねひびかひて山ゆ流るる聲聽かんとす
・眩暈《くるめ》きて山を眩《まぶ》しむ捉へがたなき山の叫びをききし聞かざれし
・山に向ひわが在り方の證《あかし》すと一人ひそかに息づきふかし
・黒み立つ槐《えんじゅ》槻《つき》の木なげかひて信濃に棲むと人知らなくに

・焦《いら》つ子を物置の蔭につれて來て山視よといふ二階借りの身は
・東京に果つるいのちと思ひしが此處に來てする訓練をまた
四首目「わが日日よ」と一〇首目「東京に」の二首を除いた八首が、若干の語句などを換えて「杳かなる湖」に収録されている。末尾の三首と「わが日日よ」を除いた六首は『短歌人』復刊号（一九四六年四月）に再掲、そのうちの五首は、『青雲』（一九四八年一月）に、「黑み立つ」「焦つ子を」は『オレンジ』（一九四七年一月）にも掲載している。

ところで、史の作歌姿勢を論じるとき、敗戦後になっても問題に思えるのが、やはり短歌作品の二重、三重の多重寄稿であり、これについては後述したい。

・すでにして我が眉くらむ杳かなるかの美《よ》き湖も翳るとするや
（『オレンジ』創刊号・一九四六年一〇月。『短歌人』一九四五年二月には「我眉」とある）
・わが生昏るるもののなげきは遠山の茜する頃きはまりにけり
（『短歌研究』一九四六年一・二月。『オレンジ』一九四七年一月には「生《よ》」「極まり」とある）
・山の秀の谿をへだててかげりあふやさしき夕もの戀ひにけり
（『短歌研究』一九四六年一・二月、『オレンジ』一九四七年三月「秀」を「秀《ほ》」に）

ここで登場する『オレンジ』は、一九四六年一〇月、石川信雄、神山裕一、坪野哲久、中川忠夫、齋藤史、前川佐美雄を編輯委員とする同人誌で、『日本歌人』の流れを汲み、浪漫主義・近代主義・芸術主義を掲げ、創刊した。同人として亀井勝一郎や西村陽吉、後に塚本邦雄も参加する。ゲストとして、吉井勇、新村出、佐佐木信綱、三好達治、山口誓子、加藤楸邨、日野草城らの作品も並ぶ。第五号（一九四八年一月）には、「近刊『自選歌集・杳かなる湖』」として目黒書店の広告が見える。しかしこの歌集は出版されることはなく、未刊歌集となったのは前述の通りである。

### （3）「杳かなる湖」の時代背景――父齋藤瀏との歩み〈1〉

この時期、史は、歌人としての作歌活動に加え、歌壇・文壇での活動にも際立った動きを見せた。史は、すでに一九四二年六月発足していた日本文学報国会の意を受けて、一九四二年九月結成した女流文学者会（委員長吉屋信子）の常任委員に就任、短歌部会には、中河幹子、清水乙女、館山一子、若山喜志子、柳原燁子、今井邦子、阿部静枝、五島美代子らが加わり、「軍事援護章」売り、慰問激励、作品朗読、色紙・短冊即売など、イベントに入れ代わり立ち代わり参加している（櫻本富雄『日本文学報国会』青木書店・一九九五年）。

女流文学者会の上部団体の日本文学報国会にある八部会の一つである短歌部会は、部会長・佐佐木信綱、理事・窪田空穂、幹事長・土屋文明、常任幹事六人、幹事八人、評議員一四人、参事二六人、名誉会員に太田水穂、尾上柴舟、金子薫園、齋藤茂吉が名を連ねる。女性では、参事の段階で、今井邦子、四賀光子、杉浦翠子、中河幹子、若山喜志子の名がみえる。部会の事業としては、『大東亜戦争歌集』の編纂刊行、愛国百人一首選定、短歌による大東亜共同宣言の普及などが挙げられる。一九四四年四月からの新陣営では、短歌部会長・窪田空穂、代表理事・太田水穂、幹事長・前田夕暮、常任幹事・岡野直七郎を含め五人、幹事・木俣修等を含め八人で、たった一人の女性として齋藤史が入っているのが注目される（前掲『日本文学報国会』）。

三十代前半であった齋藤史の、これらの推挙の背景には、父、齋藤瀏の歌壇での動向を決して無視することができない。齋藤瀏に関しては、かつて私は文献目録・解題という形で、作成したことがある（「歌人にとっての戦争責任――吉植庄亮・齋藤瀏・逗子八郎関係文献目録稿」『閃』二七～三五号・一九七三年九月～一九七五年一〇月）が、なにぶんにも古いので、今回、齋藤史の資料1において、瀏関係の主要なものに限って付記したのは前述の通りである。史の父親として、二・二六事件関係者として、あるいは、一九四一年一〇月、大日本歌人会を、吉植庄亮、太田水穂とともに強圧的に解散に追い込んだ人物として登場することが多い。しかし、歌人「齋藤瀏」について論じられる文献は意外と少ない。思想史的な視角で分析した論考としては、米田利昭「一軍国主義者と短歌――齋藤瀏・史父娘のこと」（『文学』一九六一年五月）、松永伍一「軍人・歌人齋藤瀏の激情と農の認識」（『土着の仮面劇』田畑書店・一九七〇年）がある。前者は、済南事件、二・二六事件、太平洋戦争における瀏の対応と作品を分析し、「天皇の軍人」を自負しながら、結局は、体制側から国民教化の強力な媒体と目されるに至る過程を論証した。後者では、「ある一時期熱狂的に世に容れられつぎの時期にはまるで消えてしまう」人物として、「農民の血を受け、同時に軍人であった一個の狂的な激情の質を問」い、彼の「農民代弁」という虚構を問うものであった。

齋藤瀏自身は、二・二六事件との関係について、著書『獄中の記』（一九四〇年）、『二・二六』（一九五一年）などを出版している。事件直後の「緊急勅令による特別軍法会議」（一審のみ、非公開、弁護人なし）により、瀏には、一九三七年一月一八日、反乱幇助により禁固五年の判決が下りている。一九二八年山東出兵、済南事件により待命、一九三〇年、陸軍少将予備役となっていたという過去もあった。齋藤史による「二・二六事件」（『遠景近景』大和書房・一九八〇年）にも、事件についての叙述がある。

今回も、私は史の作品収集の過程で戦時下の『短歌人』や短歌総合誌、女性雑誌などさまざまなメディアにおける瀏の短歌や文章をも読むことになった。前記の米田と松永が指摘するような思想的な背景というよりは、激情的で、短歌も詠むという軍人であったこと、さらには、二・二六事件における「悲劇の軍人」という「看板」を自他ともに利用して、出獄後は積極的に体制に傾いて行く中で体制と歌壇のパイプ役を果たしたのではないかと考えている。そして、その地位をフルに活用して歌壇での発言力や政治力を強化してゆく過程を目の当たりにした。歌人として、実力を問われることの少ない当時のパターン化した時局詠や、戦時詠、戦意高揚を意図した短歌をもってメディア・ジャックにも近い形で進出し、そこには常に寄り添うように齋藤史の姿が見え隠れする状況が展開された。

たとえば、『婦人朝日』において、齋藤瀏は「萬葉のこころ」（一九四一年八月～一一月）を連載、齋藤史は、短歌欄選者（一九四二年一月～一〇月）を務めた。当時、女性雑誌として最大の発行部数を誇っていた『主婦の友』では、瀏は「日本精神講座」（一九四三年七月～四四年七月）、「護国の勲」（一九四四年一月～一二月）などの連載を持ち、『少国民文化』では「日本の母　名歌選釈」（一九四二年七月～一二月）を連載していた。『婦人公論』には、「父娘の会話」という対談まで登場した（一九四二年六月）。

史の女性雑誌への寄稿も数を増してゆく。さらに、瀏は、座談会「女性精神と短歌――愛國百人一首選定に因みて」（『婦人日本』一九四三年二月）には、佐佐木信綱・吉植庄亮・松村英一・井上司朗とともに参加、各誌に登場していることも資料1に見るとおりである。

時代は下って、二〇〇一年、『短歌人』の結社内から、齋藤瀏についての論考が出た（小池光「齋藤瀏、歌人将軍の昭和」『昭和短歌の再検討』砂小屋書房・二〇〇一年。初出は『短歌』一九九八年八月）。小池光（一九四七〜）は、敗戦後の瀏の言動が二・二六事件の決起将校を犬死に貶めるものではないかと疑問を呈している。瀏の変わり身の軌跡と死刑となった決起将校たちの裁判記録・獄中手記・遺書などにとどめた苦闘・悲傷をたどってみればわかることだろう。また、小池は、大日本歌人会解散について、史がエッセイ集『遠景近景』（一九八〇年）において、父の言動は「善意による擬態」、いわば、解散という恭順の姿勢をとることで、歌壇への弾圧を未然に防いだとの見方を示すが、この理解には無理があるとする。小池は、重ねて、瀏の敗戦前後の変わり身を「無節操」というよりは、自己の選択判断ではなく「天皇帰一」の意識に由来すると指摘している。

なお、齋藤瀏自身は「回想――歌人協会解散の経緯」（『短歌研究』一九五〇年五月）において、一九四〇年当時、共産主義思想、芸術至上主義思想はともに国家総動員体制に離反し、軍部により「要視察」の黒点を付された歌人が増加しているという情報から、歌人と短歌を守るために、事前に自らの手で大日本歌人協会を解散する必要があった、と弁明している。

太平洋戦争末期に、史の一家は両親とともに、一九四五年三月、大空襲後の東京から長野へと疎開する。『短歌人』も用紙難と印刷所焼出などにより、同年四月を最後に休刊している。一九四四年後半から疎開前後、史の作品は『全歌集』未収録の作品が多いのは資料2の通りであるが、マス・メディアへの登場はめっきり少なくなる。戦局・出版事情ともに極端に悪化の一途をたどり、マス・メディアの存続自体が危うい状況のなか、史の『短歌人』への寄稿だけは途切れながらも持続していた。そこでの作品は、それまでの戦意高揚歌がかなり後退し、身辺を捉えた短歌が多くなる。すでに日本の敗北への道が見えていたのか、あるいは、それどころではなく、疎開先での暮らしを最優先せざるを得ない証なのだろうか。今ここに、資料2の中から、当時の作品を振り返ってみよう。

・生死をしひて語らふ事もなく古りし扉を閉じて去りたり
・將すでに次戰を策し居たまふとあり頼みつつ國内しづけし
・山河のうつくしき季におとろへて眼伏しくらす五月のおほかた

（『短歌人』一九四四年八月）

『短歌人』一九四四年八月号の「扉」四首のうち「あやふくてうつくしき花を見るものか一夜のいのち約しがたしも」の一首のみが「杳かなる湖」に収録され、前記三首は未収録であった。また、以下も未収録なのだが、三首目などは、ほぼ同一の一首「夜の壕の底冷えするらしねむりゐる幼児がしばし尿をするは」を『短歌研究』（一九四五年一月）にも寄稿している。幼い者たちの命を守る母としての本心が伝わってくる作品もある。その一方で、『日本婦人』や『短歌人』（一九四五年一月）には、当時の「軍国の母」としての覚悟、「建て前」が詠まれ、その齟齬が顕著にもなり、揺れ動いているのがわかる。『日本婦人』、『文学報國』の一連などは、すべて未収録となるのである。

・冬近き厨の隅に吹き起す小鍋煮立てむほどの炭火を（『短歌人』一九四四年一二月）
・ひた土は夜深く冷ゆる幼等に風邪ひかすなと見廻る我は（『短歌人』一九四五年一月）
・夜の壕の底冷えすらしねむり居る幼子がしばしば尿をするは（同前）
・いとし子のいのちおのれが手にかけて護り貫《ぬ》きたる民の誇りを（『日本婦人』一九四四年一一月）
・子を抱きて敵に眞向きしその母の燃ゆる憎みぞ我等に徹《とほ》る（同前）
・この幼等命勁く生きよ勝ち抜きて御代榮えゆく日をになふため（『短歌人』一九四五年一月）

なお、この当時から温めていた歌集名であったのか、「杳かなる湖」という題で『短歌人』（一九四五年二月）に九首、『オレンジ』に（一九四六年一〇月）に一〇首発表している。

そして、この時期においても、リフレインのように詠まれているのが、二・二六事件なのである。

・かの冬もきびしかりしよ凍て雪を踏みて身ぶるふ行く幾日なりし（『短歌人』一九四五年三月）

なお、一九五九年一〇月『短歌研究』「杳かなる湖」より削除されたのがつぎの一首目、追加されたのが二首目であったことは前にも述べた。一九四五年三月の東京大空襲は、どうしても詠み残しておきたかったのだろう。

（未収録）
・暗幕を除きて遠くとどく灯のひかりの中の夜の草の青
（追補）
・赤黒く空にのぼれる火の下に死につつあるもわが東京は

（4）「杳かなる湖」の時代背景――父齋藤瀏との歩み〈2〉

戦局の悪化とともに、歌人や歌壇は、軍事色一色になり、息苦しさを増してゆく。『日本短歌』（一九四四年八月）の「編輯後記」につぎのような一文がある。また、これまで「編輯局選」だった「日本短歌詠草」は、齋藤瀏・吉植庄亮と土屋文明・逗子八郎の二組が、隔月で選歌と指導を受けることになったとも記す。

日本出版会雑誌部会では栗原海軍報道部長の講演があり、戦局の重大さを、文芸雑誌分科会では現情勢下の編輯方針に種々示達を受け、その要は、今日の読者と編輯者のもので無く国家の雑誌であり総力戦の忠烈なる一尖兵であるといふことである。

さらに、『日本短歌』の一九四四年一〇月号の「歌誌消息」及び「編輯後記」にはつぎのような記事が載る。『短歌研究』を発行していた改造社が弾圧により解散となり、『短歌研究』は木村捨録の日本短歌社発行となった経緯が言葉少なに記されている。

歌誌消息：『短歌研究』十月下旬、日本短歌社より発売予定。尚、当局の指示により編輯委員会を組織すべく目下それぞれの方面へ折衝中である。

編輯後記：このたび監督官庁と日本出版会の御斡旋により、改造社の月刊『短歌研究』の発行権を本社に於て譲受け……

『短歌研究』一九四四年一一月号は、第一巻一号として刊行された。『日本短歌』には、『短歌研究』の編輯委員会の陣容とその内容をつぎのように伝え、第一回は主として運営方法、敵愾心昂揚の作品特輯について協議した、とある。

〈「短歌研究」の顧問及び編輯委員会〉として、日本出版協会、関係官庁とも連絡の上、以下に委嘱した。顧問：佐佐木信綱、山田孝雄、齋藤茂吉、情報局文芸課長井上司朗。編輯委員：半田良平、麻生磯次、鹿児島寿蔵、早川幾忠、服部直人、窪田章一郎、栗山理一、齋藤史

顧問の井上司朗とたった一人の女性歌人である齋藤史の名が異様に突出している状況がわかる。「関係官庁とも連絡の上」との文言にあるよう、その筋の「意向」を反映したものであったと推測できる。

## 二、『やまぐに』から『うたのゆくへ』——敗戦後の再出発

### （1）『やまぐに』の背景

一九四六年四月、復刊した『短歌人』は、その原稿の段階で、GHQの検閲による齋藤瀏の巻頭言「日本的性格」の一部と数首が削除されているのは、プランゲ文庫の検索で明らかになった。復刊後、月刊のペースを保つのは一九四七年の後半からで、その五月号で、巻頭言の執筆が小宮良太郎に代わり、史の作品の掲載欄が、瀏と同じ「作品1」に並ぶことになる。『短歌人』復刊一号は、いまから読むといろいろな意味で興味深い一冊である。戦時下における、齋藤瀏主宰の、この結社誌は、やはり特異な存在であったのだろう。瀏の指揮のもと一丸となって国家への忠誠と戦意高揚を歌い上げ、戦時末期における雑誌統合の折にも、『短歌人』は、『アララギ』『心の花』『水甕』『国民文学』『創作』『潮音』『詩歌』などと並び存続雑誌十六誌の中に入っていた。瀏の「二〇・一〇・三〇」の日付のある巻頭言「日本的性格」の前半を、やや長くなるが引用しておこう。検閲により「軍国主義的」という理由で削除された部分を〈 〉でくくり復元したい。

> 敗戦は現実である。如何に必勝を叫んでも、必勝の素因を自己に建設しなかつた日本が此處に到ることは、予が従来憂慮に堪へずして数々筆に口にした所である。
>
> 吾等は大詔を拝して臣子の當然道を歩んだ。
>
> 〈此の際日本の興亡に係る大戦を第三者の如く傍観した者が時を得顔に振舞ふとしたら悲惨ではないか。戦争開始の適否及び生動者の功罪は暫く措き既に戦争が開始された以上、死を以つて戦ふ處

に吾等日本人があることを忘れてはなるまい。戦争必勝には總てを犠牲にすることも當然であつて今更之に闘し泥合戦の醜状を露呈せぬがよいと思ふ〉

抑もわれ等の道は超自由、超民主である。これは他の言ひ方をすれば、個即ち全、全即ち個なる性格から成立する。もつと具体的に言へば、かしこけれど天皇は民、民は天皇と申す立場と民は民、天皇は天皇と申す立場と一如不可分關係にあるによる。茲に日本性格の民主主義、日本性格の自由主義が存在する。吾人の念願する最高文化はかうして各民族の異なつた性質で切磋琢磨することによつて發展するであらう。（後略）

末尾には、短歌人会員にあっては、従来通り、それぞれの立場で「天衣無縫、眞実に徹しようではないか」と説いていた。伊藤豊太は「戦争短歌への反省」として「戦争責任といふことがやかましく論議されてゐる。他のことは暫く措き、當然全國民は國家に対する忠誠心から戦争遂行に努力した。これは一國の國民として當然のことであった。……」と。また小宮は「短歌の本然に歸れ」においては、プロレタリア短歌も戦争短歌も「短歌本来が持つ日本的性格が、思想感情が藝術を透し、しかも藝術を無視して行動に結び」ついた点で共通するとして、無批判な、盲動的な自由主義、追従的自由主義短歌の横行を戒める一文を寄せていた。伊藤、小宮のいずれの文章も、何が変わったのか、変わらなかったのか、何を反省しているのかが分かりにくいのではないか。

小宮の文章に続いて、『短歌人』同人の訃報欄があり、戦死者の二人とともに「加藤文輝君　同人にして日蓮宗僧侶、立正大学教授、鶴見高女校長たりし加藤文輝君は、終戦直後の昭和二十年八月十六日、其の住職寺院に於いて自決急逝さる。謹んでご冥福と祖國への加護を祈る」とあった。中世文学専攻の学究でありながら、戦時下の知識人の在り方にも深い関心を寄せた文章を書いていたこと、かつて、齋藤瀏作品への批判が重なった折には、援護に努めていたこと（『短歌人』一九四一年一〇月）などを想起した。宗教者として、教育者・歌人としての責任をこのような形でとったのだろうか。こうした「死」をとげた歌人もいたということは記憶にとどめておきたいと思った。

一九四五年三月、東京大空襲直後に、齋藤瀏・史一家は長野に疎開し、そこで敗戦を迎え、瀏は一九五三年に亡くなる。史は一九七〇年代後半、夫と母を見送り、その地を離れることはなかった。いわば「疎開文化人」の一人といえよう。「生まれてはじめての農村くらし」での異文化体験、食糧難に加えて「人にも、書物にも、会話にも新聞の活字にさへ飢ゑた」というカルチャーショックは、敗戦後の文学的エネルギーとなってさまざまな形で噴出することになる。その一部は、資料1でも明らかなように、地元の雑誌や新聞への寄稿が顕著となる。一九四七年七月、京都の臼井書房から出版された歌文集『やまぐに』は、一五〇首の短歌と一二の短文からなるが、「後記」によれば、一九四六年春から冬にかけての一年たらずの間の作品ということになる。短歌作品は、この短い期間ながら、復刊・創刊にそれぞれ直接かかわった『短歌人』『オレンジ』、短歌総合誌である『短歌研究』『八雲』『新日光』ほか、『文藝春秋』『群像』『婦人画報』などの一般商業誌にも発表し、そのメディアはバラエティに富んでいた。さらに特徴的なのは、寄稿先が『山と川』『ちくまの』『信濃短歌』『不死鳥』など、疎開先の長野県を根拠地とする短歌雑誌に及んでいることであった。なお『不死鳥』は、杉浦翠子が疎開先の軽井沢で刊行していた短歌雑誌であった。戦時下における齋藤史の存在感は、疎開先に在っても変わらず、メディアからの注目度は高かったことが推測される。

『やまぐに』の「後記」には言葉少なに「うたの仲間とも全くはなれて、長野県の村の林檎倉庫の隅に、ねむりこまないやうにと自分を追ひ立てまたすこしはなぐさめて得た歌だが……」と記す。

・うつつなる世にはなげきのふかくして野にはしみ來るこの春のいろ
（『少女クラブ』一九四六年四月）
・この寒さいつかゆるむと日をかぞへ戀ひ思ひや諛《へつら》ふに似る（初出不明）
・病み易く農家の手間《てま》もつとまらぬ吾とあはれむ畑かげろふ
（『短歌研究』一九四六年六月、『山と川』一九四六年一〇月）
・麥刈りて麥を束ねひねもすをあはれと思ふ夢すらも見ず（『文藝春秋』一九四六年八月）
・いち早く落ちくる山の夜のいろ堪へて點ずるわが小さき灯《ひ》を（『短歌人』一九四六年九月）
・日も夜も乏しき想ひあはれせめて正しくはあれ心の飢《うゑ》は（『群像』一九四六年一一月）
・土よごれ染みたる顔をいら立てて農良《ママ》の女になりきれず我は（初出不明）
・盆をどり村の若衆にまぎれ入る我がさびしさを人は知らじな（初出不明）
・三十路すぎやうやくふかくかなしめる夏の底《そこひ》の想《おも》ひといはな（『オレンジ』一九四七年三月）

このように、自らの境涯を託ち、「諛ふに似る」「なげきのふかく」「あはれと思ふ」「想ひあはれ」「ふかくかなしめる」と嘆きながらも、農家の手間もつとまらず、「農良」（『全歌集』では「野良」となる）

の女になり切れない、と自覚することで、おのずからの矜持を保とうとしている心情が伺える作品が続く。その一方で、現実の暮らしを前にして、違和感を持ちながらも、村の若衆の踊りや太鼓に少し紛れていく気分を否定できない自分を見つめ続けるのである。

・こころはおろか身をよそほはむ事もなし土染みつきて咲くはこべ草

（『オレンジ』一九四七年一〇月、『山と川』一九四七年一〇月）

・たどたどと鍬取る我に呼びかけて掌にのせくれし春茸《はるたけ》いくつ（『短歌研究』一九四七年五月）
・土によごれし顔のままなり子も我も食《た》ぶることはたのしきものぞ（『短歌研究』一九四七年五月）
・踵《かかと》高き靴はくこともなくなりて形かはりしふくらはぎこれ（初出不明）
・踊り太鼓ひびきて來れば我さへや夕餉のしたく早くするかも（初出不明）

当時の地方青年たちの踊りについては、青年文化運動のなかでの位置づけがすでになされているが、長野においても再建青年団を核とする歌や踊り、芝居などの全国的な流行の影響は大きかったのだろう。彼らの運動が低俗で封建的、退廃的な一面があることは否定できないものの、抑圧された青春回復のためのエネルギーとしてとらえる考え方もある（北河賢三報告「戦後初期における文化運動の高揚――地域文化運動を中心に」『プランゲ文庫展開催記念シンポジウム・占領下の言と文化の諸相』早稲田大学・一九九八年一二月六日）。

史は、「疎開文化人」として、鬱積した自らの心情を、何とか発信しておかなければならないという思いに駆られたのであろう。一九四八年『日本短歌』に短編小説「太鼓」を発表している。さらに同年、『信濃毎日新聞』創刊七五周年記念事業の一つとして募集した懸賞小説に、齋藤史の「過ぎて行く歌」が一等に入選している。筆名「水ノ内藍」による入選作は、「既に短詩型で一家をなし、女性特有の繊細な筆致を持」ち、「空襲で不具になった未亡人をめぐる戦後世相を描破」した作品と紹介されている。一一月一九日から翌年一月二五日まで六七回にわたって連載された。その小説は、銀座の装飾店に勤務することになった「未亡人」阿佐子と周辺の文化的な雰囲気の漂う男たちとの交流を描き、戦後の世相を背景に、そこには都会的で、刺激的な会話も行き交うという趣向でもあった。史の屈折した思いはこんな形でも吐露されていたことになる。

なお、『全歌集』に『やまぐに』と『うたのゆくへ』の作品の空白を埋めるべく、前述のように、「昭和二十二年」の作品として「対岸」一三首が収録されている。この一三首は、一九五九年一〇月号『短歌研究』掲載の「杳かなる湖」の小題「落果」からの五首と「対岸」八首とを編成し直している。

・みづみづとりんごのいのちみのれるにかすかに生きて落果を拾ふ
・東京に居らざる我をおとしむることば傳へて來し秋だより
・赤き落果の泥をあらひて積みて居り落伍者として語られ居らむ
・澄みて明るく水の流るる對岸に崖の爛《ただ》るる景色がつづく
・絶望にわがあしうらの灼かるる夜凍湖を北にかへる影あり

一首目「みづみづと」の初出は「営々と」であり、四首目の「澄みて明るく」は「かろく明るく」であった。いわば自虐的にも思える一連をどう読むべきか迷うところである。「かすかに生きて」「おとしむる」「落伍者」「絶望」という自らへの烙印、しかし、その裏には、跳ね返すことができる「自負」のようなものさえ感じられるのである。一九四七年のこれらの一三首の背後には、以下のようなメディアに膨大な短歌が発表されていたことになるが、史としては、いずれも捨てて「厳選」した意味も、その「自負」の結果なのだろうか。

・濁りては人も見向かぬ湧き水のいのちつよく止まざりにけり
・みやこべに在らばと云へる人の前泥しむ足のややり場なし
・土地になじまむ心あせりは時にしておもねりわらふことなしとせず

（以上『短歌研究』五首から、一九四七年九月）

・青葉こき視野となり來つしぶとくは物を見む思はむと思ひつつ居り
・みやこべに学び居る子がかへり來て親との話題多からず居り
・かつこうの聲もおさまる日の暮れに泥しむ足を洗ひて終る

（以上『短歌雑誌』一〇首より、一九四七年一一月）

・村住みの日日を低しと云はねどもしびれ墮ちゆくものなしとせず
・ふかぶかと雪つもる夜をつぶやきてラヂオの聲の濁れるを云ふ
・凍て南瓜のくされをえぐり捨てにつつ誰もたのしまぬ世とぞ思へり

・蒼暗く急に野面《のづら》のなりしをばわが立ちくらむゆゑと思ひき

（以上『短歌往来』二〇首より、一九四七年一二月）

ちなみに、収録されなかった前記『短歌研究』の五首「水」について、釈迢空が、つぎのようなエールを送っているのも興味深い（「歌壇作品合評」『短歌研究』一九四七年一二月）。

アララギ全盛時代にも、それに圧倒せられないで、自分の信じる歌の藝術性を挫けくまいと努めてゐるところが見えて、感動した。齋藤さんの歌に含まれてゐる象徴性は、男から見る女の羨しさを、捨てて顧みないといふ風に見える。

（2）『やまぐに』の評価をめぐって

齋藤史の歌集のなかで、歌文集『やまぐに』の存在は従来あまり目立つものではなく、他の歌集と比べるとその評価に言及する発言は多くはない。ある対談で、樋口覚が『うたのゆくへ』の冒頭歌「凍て雪をよろへる岩の意地つよき坐りざまをば見て物言はず」について「ある覚悟が定まった戦後の第一声」と感じたことに対して、史は、信州という山国全体から受ける、風土の根にある強い閉鎖性に触れた後、「『やまぐに』という歌集はわたくしにすればつまらないけれども、割と現実短歌なんです。『うたのゆくへ』にきてやっと本当の自分を少し取り戻していますよ」と答えている（『ひたくれなゐの人生』三輪書店・一九九五年）。

河野裕子は、「(『やまぐに』は) 環境との齟齬や、農婦になりきれない自分を前面に出しすぎるところがあって、それが歌集の読みの方向づけを押しつけてくることがあり、歌集を妙に重くしてしまう」(『齋藤史』本阿弥書店・一九九七年) とする。雨宮雅子は、「杳かなる湖」と歌文集『やまぐに』の時代について、史の『魚歌』から『ひたくれなゐ』へ、さらには『秋天瑠璃』へと一貫する見事な航跡を辿ることは重要だが、それは、ぎりぎりに「追ひつめられてもなお、生活者でありつづけた〈低空飛行〉の時代があっての飛翔の姿である」と評する (『短歌』一九九四年七月)。岡井隆は、「『魚歌』の持っていた奔放な詩想と思いがけない言葉の発見が『朱天』に見られず、「杳かなる湖」にも『やまぐに』にも決して多くはみられない」とも述べている (『短歌』一九八四年七月)。

一九四七年『やまぐに』刊行当時の反響はこれらと少し違うことがわかる。物のない時代、本を出せることと自体がたいへんなできごとであった。『短歌人』同人の西村孝は、「土よごれ染みたる顔をいら立てて農良の女になりきれず我は」「朝雲のこごりていまだほぐれねばしみじみ寒き信濃の冬は」などを高く評価し、さらに「人間の枷《かせ》に痛《いた》める日にうたふ想念の中にのみそよぐうた」「澱《よど》みたる水のしづけさに棲みなれねば心飛沫《しぶき》を上げさかのぼる」などを挙げて「ここに作者の本然たる姿が窺へる、叡智はその純情を更に高く匂はせ、心境を益々ふかく澄徹させてゐる」(『短歌人』一九四七年年一一月) としているのは、史の作風の底流を探ろうとしているように読めた。さらに、『短歌人』同人の平光善久は、「うち深く秘められた知性が、透徹した湖の底に深い焔を挙げて、あるときは自己凝視となり、或る時は環境に順応した知性人の叫びとなつて居るのが見られます」と絶賛する (『短歌人』一九四八年八月)。

一方、歌壇的な評価と言えば、山下秀之助はつぎのように評した（「女流歌人論」『短歌雑誌』一九四七年一二月）。

齋藤氏はいはゆる〈新風〉の選手として前川佐美雄氏らと影の形に添ふごとく共同の運動を起し、一時華やかな名声をほしいままにしたが、私はああいふ現実に根ざさない浮々した歌風に累卵の危うさをかんじてゐたから決して拍手を送らなかつた。しかし、時代に敏感な才華の持ち主であるからその将来に決定的な失望をも感じなかつた。

として、「山國の意地みな強き在り方をさびしむときにうす雪散りつ」などを評して「非常に独創性の強い特殊な角度の自然観で後年の浮華な流行風と違つて頑固な意欲の逞しさが見られてやはり立派に立ち直つた作者の姿が出てゐて期待を持たれる」とも述べている。

木村捨録は「女性らしい感受性を強く表現に打出さうとしてゐる」ことを前提に、「造形の見地から単純化の足りない、ことに純自然詠では案外な凡作を含んでゐるけれども、何か瑞々しい情緒の流動してゐる主観歌にその特質が現れてゐないとはいへない」とし、往々に感情のままにぎごちない表現に自足してしまう傾向や女性歌人特有のナルシズムをも指摘していた（「近代歌集を読む」『短歌研究』一九四九年一〇月）。

前者は、厳しいながら、率直なところに説得力が感じられ、後者は、当時の男性歌人の女性観が垣間見られて興味深い。

### (3)『うたのゆくへ』の行方

『うたのゆくへ』が刊行されたのは、一九五三年七月、歌壇にあっては、二月に齋藤茂吉が、九月に釈迢空が没した年であった。同年三月に宮柊二が『コスモス』を、五月には木俣修が『形成』を創刊し、加藤克巳が『近代』(後の『個性』)を、大野誠夫が『砂廊』(後の『作風』)を創刊、すでに一九五一年、近藤芳美の『未来』創刊をあわせて、歌壇のリーダーの世代交代が完了したことを示した年でもあった。一方、その年には、七月五島美代子『母の歌集』、八月森岡貞香『白蛾』刊行など女性歌人の活動も顕著となった。齋藤史自身は、四四歳、東京の家を処分して長野に家を新築、父母を引き取った直後、瀏は病死、八月には夫が医院を開業したという激動の年でもあった。翌一九五四年一月には、角川書店から『短歌』が創刊され、七月には、中城ふみ子『乳房喪失』、葛原妙子『飛行』が刊行されている。

『うたのゆくへ』の構成は、「後記」によれば、「昭和二十三年から二十七年までの五百五十一首」からなり、その作風については「戦後、農村の生活の中に、私は、今までの自分の歌の在りやうを眺め、土に足を密着させたところから探り直してみる事を試み、それでなほ、私の歌が、写生風一途なものとならず、やはり『魚歌』の道を選ぶならば、これもまた、つらぬくより仕方のないわたくしの天性でもあるのだらう——思ひきめました」と覚悟のほどを示していた。作品は、年のごとに編年体でまとめられている。歌集冒頭の「寒夜」一六首に着目したい。一九四七年六月『八雲』に発表した二〇首から選んだもので、前述の樋口覚が引用した一首から始まる。『八雲』以外に寄稿した場合の雑誌も付記した。

・凍《い》て雪をよろへる岩の意地つよき坐りざまをば見て物言はず
（『八雲』一九四七年六月、『短歌雑誌』同年六月）
・くろぐろと裂けし谷間の夜のふかさ照りてとどかぬ月渡りつつ
（『八雲』一九四七年六月、『短歌研究』同年一二月）
・ぎりぎりに耐へて居るなる寒の夜の裸木立《はだかこだち》よ枝も枯らすな（『八雲』一九四七年六月）
・眞實《まこと》にわが生きむおもひもつきつめてゆけばあはれの修羅なしにけり（『八雲』一九四七年六月）

「物言はず」「照りてとどかぬ」「ぎりぎりに耐へて」「あはれの修羅」などにみる負の心象表現が続く一連だが、それを跳ね返す強い意志が、この歌集の底流をなしていると言える。若干の逡巡が見られる作品は、歌集には収録されていないので、一層際立つのかもしれない。「昭和二十三年」に収められた作品は、資料1に見るように、『短歌人』と一般の短歌雑誌に発表した作品を入れ換えながらに入念な編集がされている。

・林の中音多くして音も無し屈せしこころなほ待ちて出づ
（『人間』一九四八年五月、『短歌人』同年八月、『信濃短歌』同年八月、『短歌雑誌』同年一一月）
・風は樹を搖《ゆす》りて止まずこのゆふべあさましきまで搖るるが見ゆる

（『日本短歌』一九四八年六月、『短歌人』同年七月、『短歌雑誌』同年一一月）

・白きうさぎ雪の山より出でて來て殺されたれば眼を開き居り

（『日本短歌』一九四八年六月、『短歌雑誌』同年一一月）

三首目の「白きうさぎ」は、多くの評者によって秀歌として挙げられる作品で、二・二六事件で処刑された青年将校たちの死と重ね合わせる評者も少なくはない（菱川善夫『現代名歌鑑賞事典』一九八七年、樋口覚「うさぎの眼」『歌壇』一九八八年三月、木幡瑞枝『齋藤史』一九九七年、佐伯裕子『齋藤史の歌』一九九八年）。

このような深読みをされる要素を常にまとい、それを作者自らも意図、期待している一首なのだろう。前の二首も「音多くして音も無し」「屈せしこころ」「あさましきまで」などとある「深刻さ」と「闇」を一身に背負いこんだかのような作品が多い。歌集名にふさわしく、つぎのような、「短歌」という詩型自体に疑問を提出しつつ、自虐的なまでに追い詰めながらも、それに身も心をも寄せる自信とナルシズムを潜める作品となっている。この『うたのゆくへ』の複雑な作風を、篠弘は「過去への反逆」「絶対的なる孤独」というネガティブな側面とともに「忍耐の放棄」「幻視への憧憬」への展開とみてとり、その後の史の美意識の原点にもなっていると指摘する（篠弘「齋藤史の美意識――『うたのゆくへ』における展開」『短歌』一九八四年七月）。これほどまでに自覚的に、他者の自分への視線を意識した上で、それを作品に負荷する姿勢は、まさに史の生き方であり、美意識なのかもしれない。『うたのゆくへ』は、「わが殘す歌の行方《ゆくへ》も知らねども思ひ重ねてみ冬うつろふ」の一首で閉じられていた。

「昭和二十三年」

・歌よまず言葉も言はず眼の底に土を映せばまして物思へ（『文藝春秋』一九四八年二月）

「昭和二十四年」

・夕くらむ風にまつはらるるひとときにわが歌ひ切れず敗北のこゑ
（『短歌研究』一九四九年二月、『短歌人』同年四・五月〈転載〉）

・木に花あるごとく世によろこびをわかつ歌我には無しと立止りたる
（『諏訪』一九四九年一月、『日本短歌』同年六月、『短歌雑誌』一九五二年一一月）

・書けばみな類型となることばなり我のも人のも見よいぎたなく
（『北日本短歌』一九四九年一月には「書いてみれば」とある）

「昭和二十五年」

・敗北を覺悟の上につちかへば一花朱《あけ》なすやわがみじかうた（『短歌研究』一九五〇年一月）

・小ぎれいに歌もよみつつ生きてゆくまことにまことに惡人ならず
（『女人短歌』一九四九年九月・創刊号）

「昭和二十六年」

・人に讀まるる文字をかきて二十年《はたとせ》か　ほとほとかすむ山を視てをり（『短歌人』一九五一年七月）

「昭和二十七年」

・今日といふここに火をたきつとめつつ殘すわが歌の行方《ゆくへ》はしらず（『短歌人』一九五二年四月）

・よるべなき雲にてあればかりそめの歌にてあれば炎なしつつ（『短歌人』一九五二年四月）
・何が書けるか何が書けるかとつぶやき歩み入る疎林の落葉紅《べに》をとどめず（初出不明）
・死の際《きは》まで證《あかし》はなけれ物戀ひのわがうめき歌鳴り止まざらむ（初出不明）
・なかなかに歌は俗なるものにして今年の夏の暑さが來る（『短歌研究』一九五二年一〇月）
・わが殘す歌の行方《ゆくへ》も知らねども思ひ重ねてみ冬うつろふ（初出不明）

## （4）占領軍による検閲の痕跡

### 齋藤史の検閲体験

占領軍による検閲については、前述のように、プランゲ文庫の検索手段が整備されるにしたがって、それを利用した研究も盛んになった。書籍についての検閲は、一九四五年一〇月二一日より東京で開始されるが、ラジオから始まった検閲緩和は、一九四七年一〇月一五日、事前検閲から事後検閲に移行する。全面的というわけでなく、出版社の「実績」によって三段階に分けられた。従来通りの事前検閲が実施されていたのは、右翼的出版物が多いとされた明治書院、不二出版社、帝都出版や左翼的出版物が多いとされる日本共産党出版部、ナウカ、人民社、解放社、社会評論社、岩崎書店、鱒書房など一四社に及んだという。一部に事前検閲を残す一三社の内には、平凡社、河出書房、岩波書店、三省堂、創元社などの大手に混じって目黒書店の名前もある（堀場清子『原爆 表現と検閲』朝日新聞社・一九九五年。山本武利『占領期メディア分析』法政大学出版局・一九九六年）。

雑誌について、とくに文学関係雑誌の検閲の実態については、横手一彦による調査結果によるところが大きい（横手一彦「雄松堂マイクロ・フィルム『占領軍検閲雑誌』にみるGHQ検閲の実態――敗戦期において削除および形成禁止に処された文学（的）作品一覧表」『長崎総合科学大学紀要』三三巻・一九九三年一月。横手一彦「削除および掲載禁止に処せられた文学（的）作品一覧表（一九四五〜一九四九）」『被占領下の文学に関する基礎的研究・資料編』武蔵野書房・一九九五年、所収）。

齋藤史の著作が占領軍の検閲を受けた痕跡は、記録としては一件見出すことができる。疎開先の国鉄労組のローカル誌『原始林』（国鉄労組長野工機部機関誌）の三巻三号（一九四八年七月）掲載の「野草」短歌七首と短文である。かつても拙稿で紹介したが、職場・学校・地域のサークル雑誌、同窓会雑誌に到るまで検閲の目が届いていたことは驚くべきことであった（拙稿「被占領下における短歌の検閲」『短歌往来』一九九六年三月。拙著『現代短歌と天皇制』風媒社・二〇〇一年、所収）。七首の内、冒頭の一首がつぎのように英訳され、「censor」の頭文字Cが付せられている。その理由として、ナショナリズムを暗示し、反民主主義的傾向を不可とすることが、指摘されていた。『うたのゆくへ』には二首目の「いのちひとつ」のみが収録され、三首目以降は、未収録となった。

・この國の思想いく度變轉せしいづれも外より押されてのちに

How after have our Japanese national thought been changed – every one of those changed by the outside pushes.

This tanka poem implies “nationalism” and is to be disapproved per “unti-democrasy”

・いのちひとつくやしきものと思はねども摘みし野草を食ふに青臭し

・夫の子の辨當箱を音たてて洗ふ幾年づつとつづくなり

史自身の作品が占領軍の検閲の対象となり、処分されたのは、これが初めてと見受けられる。前述のように、一九四六年四月、『短歌人』復刊の際、齋藤瀏の巻頭言「日本的性格」の一部が削除処分となったことを知っているはずである。さらに、『短歌人』復刊号では、つぎのような作品もそれぞれの理由で削除処分となっていた。類歌もあるだろうに、検閲官は細部まで読んでいたのだろうか。一九四六年九月号では、今村良夫、志賀一夫の短歌が、一九四六年一〇月号の鷲見治喜次、川上嘉市、細川白鷗、紫藤康雄の短歌がプロパガンダ、ナショナリズム、軍国主義的などの理由から削除されていることから、史も検閲の過酷さを十分承知していたと思われる。

・死火山と呼ばば呼ぶべし煙りさへ抑へて上げぬ靜けさは見よ（齋藤瀏）
(disturbs public tranquility――公共の静穏を乱す)
・事もなく進駐せしは皇います爲といふかよ米の宣教師（木下立安）
(lack of U.S.understanding of Japanese――日本人のアメリカへの理解欠如)
・すめ國を護りつくすと外の國の兵を迎へてわれたじろがず（平井庫夫）
(militaristic――軍国主義的)

さらに、検閲の目がいかに隈なく張り巡らされていたかの例として、プランゲ文庫の検閲文書に、

『あをば』（一九四六年九月）という宮城刑務所（仙台市）内の文芸誌があったことを知った。ここに、齋藤瀏「時の推移」（『短歌人』復刊号・一九四六年四月）の八首が転載されている。そのうちの「皇國の小さくなりたり小さけれど澄み徹りたる魂に輝け」の一首にチェックが入り、英訳されているが、「O.K」の文字が見え、通過していることを示していた。『短歌人』ではすでに四月号として検閲済みで、その八首が転載されていたのである。

史は、自らの体験を踏まえて、検閲がかなり緩和されるなか、歌集「杳かなる湖」の出版の道を探っていたのではないか。彼女が『朱天』以降発表し続けた作品は、どのように編集しても、占領軍の検閲を通過するにはかなりの困難が予想されていたはずである。しかし、占領軍が去った後にも、歌集として出版されることはなかった。一九五九年、大幅な圧縮作業の後、『短歌研究』に未発表歌集「杳かなる湖」として発表するに到るのである。独立した歌集として刊行されることなく、雑誌掲載時とほぼ同じ形で、一九七七年『全歌集』に収録されたのである。しかし、この時期に到っても、占領軍の検閲については、真正面から触れることはなかった。こうした傾向は、齋藤史に限らず、占領終了後、自ら占領軍による検閲を受けていたことを語る歌人はことのほか少ない。

### 検閲を受けた歌人たち

占領期の短歌の検閲の結果としての実態は、プランゲ文庫の資料により、かなりわかってきたのだが、その検閲を歌人たちがどのように受け止めていたか、についてはわかりにくい。その点、着目するのは、『昭和短歌の精神史』（本阿弥書店・二〇〇五年）において占領期の短歌検閲に言及している三枝昂之が、対談集『歌人の原風景――昭和短歌の証言』（本阿弥書店・二〇〇五年）で、どの歌人に対しても、「第二芸術論」「前衛短歌」と並んで、「占領期の検閲」についても質問していることである。総じていえば、あまり深刻には受け止めていないような返答が多かったのはやや意外であった。たとえば、近藤芳美は「当時無名だったからあまり意識することもなかった」、森岡貞香は「全く意識することはなかったし、『女人短歌』の周辺でも話題にもならなかった」、武川忠一は「あまり意識しなかった。戦争中の検閲はどうなっているのかについては意識したが」、吉野昌夫「宮柊二の『山西省』や木俣修編集の白秋の『牡丹の木』などの話は聞いているが」、岡野弘彦は「自身検閲を受けたことはない。折口はパージに引っかかるかどうかで、審査の資料を出させられた」などと他人事としての発言に思えた。加藤克巳と清水房雄は、検閲当局との「攻防」を、むしろ余裕さえ持って語っていた。

占領期の文学関係の検閲に関する研究は進み、日高昭二『占領空間のなかの文學痕跡・寓意・差異』（岩波書店・二〇一五年）や『占領期雑誌資料体系・文学編』五巻（岩波書店・二〇〇九～二〇一〇年）が刊行された。前者では、短歌関係への言及はない。後者では、短歌関係は、第Ⅴ巻の第五章「短詩型文学」として扱われ、齋藤愼爾による解説があり、先行研究がまとめられている。その中でも、率直、かつ鋭い指摘がなされていた。「短詩型文学（詩・短歌・俳句）の作家たちの〈検閲〉に対する反応は鈍かった」ことについて三つの疑問を呈している。一つは、発表した作品が検閲基準に抵触することが少なかったのか。二つ目は、俳句や短歌には、約束事があるほか、修辞、隠喩、寓意、象徴表現があり、外国人検閲担当者はどこまで理解できたのか、であった。三つ目に、「検閲に言及することは、自らの戦前、戦中の〈戦争責任〉の問題も絡んでくる。古傷が疼くことにあえて触れることもあるまい。時代の混乱を幸いとばかりに沈黙を決め込んだというのが実情ではないのか」と問題を提起している。第三の指摘は、三枝の対談集に見る歌人たちの反応でもわかるように、説得力があり、私も同様の考えに到ったことは前述したとおりである。

前述の三枝の『昭和短歌の精神史』において、占領軍の検閲については、「占領期文化」の一環として「検閲、もう一つの戦争」として論じられている。検閲について語りたがらない歌人の例として、土岐善麿、木俣修、土屋文明をあげる。篠弘『現代短歌史Ⅰ』にも詳しい、善麿の『夏草』（一九四六年一〇月）が検閲により一四首が削除されたことについて、善麿は「語りたがらなかった」といい、白秋没後の『牡丹の木』（一九四三年四月）と戦後版（一九四七年一月）を編集した木俣修が、前者の四一九首の内一〇二首を削除したことしか「後記」に記していないという事実を示している。文明の『韮箐集』（一九四五年三月）の戦後版（一九四六年七月）は戦前版より一〇〇首を削除しているが、文明自身は語ってはいない、とも述べている。『昭和短歌の精神史』の「あとがき」で、心がけたのは「大東亜共栄圏の神話も戦後民主主義の神話も排して、戦争期と占領期を一つの視点で描き通す」ことだったと述べている。そのためには、「作品が示している心を当時の時代に戻りながら、ていねいに掬いあげ、重ねていけばよい」という。私自身も、これまで、戦争期と占領期を一つの視点で、その作品を読み、歌人の全体像を捉えたいと努めてきた。

多くの指導的な歌人たちの戦前・戦後の作品の一首一首を、歌集の一冊一冊を、著者自らが残し、継承する歌人たちも、手を加えることなく残すのが、文学者として、表現者として、当然のことだと私は思っていた。自分の意に反しての作品であったとしても、あるいは、自分の認識が間違っていたとしても、その時代に、そういう作品を発表していたことをなかったことには出来ない、「ありのまま」を残すことが表現者の責任だと思っている。そのあとの理解や判断は読者に委ねるのが、本来の姿ではなかったか。戦前・戦後の弾圧や検閲の痕跡を少しでも残すことは、時代の権力者の在りようをより明確にする材料でもある。自主規制や「忖度」「配慮」の軌跡を自覚し、その過程を残すことは、本来の意味の未来志向にも通じ、自らの身を守ることにもつながるはずではないのか。いささかでも表現の自由があるときにこそ、その間隙を縫って「残す」ことが、表現者の使命のような気がする。

　そういう意味で、一度、公けにした作品を、現在の知見や力量で、削除したり、改作したりすることは、慎むべきであろう。それができないというのなら、自注や追補、文献などで別途示すべきである。齋藤史の場合も、削除や改作の上、「全部さらけ出した」とまで「表明」することは、二重の意味で、読者の理解をゆがめてしまっていることは確かで、なされるべきことではなかったと思う。

　そのことを問わないまま、「振り返って思うに、歌人たちは困難な時代をよく担い、そして嘆き、日々の暮らしの襞を掬い上げて作品化した」（前掲『昭和短歌の精神史』）と総括することには、疑問が多い。

　また、特定の歌人の検閲体験を論じたものが何点かある。最近では、佐藤通雅による『宮柊二『山西省』論』（柊書房・二〇一七年）が、一章を割いて「『山西省』刊行まで」と題して、一九四九年『山西省』（古径社）の刊行にいたる過程を検証している。一九四三年、中国大陸より帰還した柊二が、それまでの作品をまとめての歌集出版を勧められながら、自らの意思で刊行しなかったこと、敗戦直後『山西省』として出版の運びとなりながら中止となったのは、占領軍による検閲没収のためであったこと、などが、検閲の仕組みとともに詳細に論じられている。佐藤通雅は、古径社版『山西省』の「続後書」に着目、戦時中、歌集出版に踏み切れなかったのは「当時の心に欝するものがあったからである」とする、その「心に欝するもの」の解明を試みている。ほかに、碓田のぼる『占領軍検閲と戦後短歌・続評伝渡辺順三』（かもがわ出版・二〇〇一年）、時野谷ゆり「占領期の『右翼』と短歌――歌道雑誌『不二』にみる影山正治の言説とGHQの検閲」（『Intelligence』一一号・二〇一一年三月）があるが、前者は、順三がかかわった『人民短歌』を主として、当時の短歌総合誌『短歌研究』『日本短歌』『八雲』などの検閲の実態についても言及している。さまざまな短歌雑誌や地方の同人誌やサークル誌などの短歌作品にも及ぶ検閲の痕跡は生々しく残され、私の手元には、短歌関係のコピーは取り寄せているが、別稿に譲りたい。その中に、郵便の検閲に関わる短歌が削除された例があるので紹介しておきたい。その英訳と削除理由である。

・郵便の検閲を兼ね翻訳の仕事あれども未だ行かず　（飯岡幸吉「浸透」『短歌研究』一九四九年四月）

I may be letter censor and translator, if like, but I do not feel incline for job in the least.

(Reference to censorship)

しかし、プランゲ文庫の資料によれば、夥しい数の雑誌が対象になり、短歌作品の一首、一首にまで、検閲官の目は光っていたことにもなる。実際、民間検閲局CCDで、その検閲作業にあたっていた人々についての調査や研究が少しずつだが進んできた。先駆的な松浦総三『占領下の言語弾圧』増補決定版（現代ジャーナリズム出版会・一九七四年）においても、検閲の担い手についての言及はなかった。江藤淳『閉ざされた言語空間』（文藝春秋・一九八九年）によって、その概要を伝えられたが、英語が堪能な多くの日本人がかかわったにもかかわらず、「裏切り」的な後ろめたさを持ったためか、名乗り出るものが皆無に等しい状態であった。敗戦後五〇年を経て、英文学研究者甲斐弦が、勇気を持って綴った『ＧＨＱ検閲官』（葦書房・一九九五年）が刊行された。また、現在は、山本武利が見出した、一時期のＣＣＤ日本人検閲者名簿による検証・照合が続いている段階である（山本武利「経験語らぬ日本人検閲者」『ＧＨＱの検閲・諜報・宣伝工作』岩波書店・二〇一三年。山本武利「ＣＣＤ雇用の日本人検閲者の労働現場――人数、職名、組織」、木村洋「ＣＣＤでのハンス・Ｅ・プリングスハイム」、いずれも『Intelligence』一六号・二〇一六年三月）。最近、こんな短歌にも出会った。一首目の作者は、『まひる野』創刊メンバーの一人で、その後の出版人生活も長い歌人である。二首目の作者は、松田常憲の長女で、現在『水甕』の発行人である。

・配給の用紙は割当てＧＨＱの検閲ありて日比谷へ通ひき
（横山三樹『九階の空』ながらみ書房・二〇一七年）

・検閲を下怒りつつ畏れゐし父の見回り闇ただよへり
（春日真木子『何の扉か』角川書店・二〇一八年）

# 第四章　齋藤史から何を知り、何を学ぶのか

## 一、短歌創作の姿勢について

### （１）「不作為」と「作為」のあいだ

齋藤史の戦時期・占領期、歌集でいえば『朱天』から『うたのゆくへ』までの時代の軌跡と初出作品をたどりながら、いわば時代、時代の「生の声」に近い、その声を聞きつつ、検証してきた。そして、「歌集」として世に発信するとき、著者の齋藤史が残した言説を記述にとどめ、誤解を招き、ときには明らかな誤りを含む発言については、できる限り言及してきたつもりである。その事実から、事実の積み重ねから、私が確実に伝えられること、推測できることも述べて来た。ここでは、齋藤史の作品や作品発表と歌集編集への姿勢を通して、短歌にかかわる者として、何を知り、何を学ぶべきかをまとめておきたい。

短歌創作への史の姿勢である。たんに、技術的・事務処理的な問題として軽視できない問題も含んでいると思われる三つの問題点をあげる。すでに、指摘していることでもあるが、一つは、『全歌集』（一九七七年、一九九七年）における歌集の改編・削除の問題、二つ目は、二重投稿・多重寄稿の問題、三つ目は、歌集編集時の改作の問題である。

『全歌集』収録時の歌集の改編・削除の問題は、大きく言えば、歴史認識、戦争責任にかかわる問題といえよう。繰り返しになるが、戦時下の歌集『朱天』を隠さず『全歌集』に収録したと明言しながら、初版の『朱天』から一七首削除していた事実について、歌数の報告はあっても、それ以上の説明がなかった。その一方で、インタビューなどに答える形で、「戦時下の自分の作品や生き方は隠しても仕方ないこと、自分のように弱い立場の者には選択肢がなかったこと、隠し通せるものではないから全部さらけ出した」と潔さを強調しているが、彼女の戦時下におけるマス・メディアへの頻出状況だけを見ても、「弱い立場」であったのかは、疑問である。「全部さらけ出した」といいながら、戦時下に、回を重ねて寄稿した作品などを意図的に歌集に収録しなかったこととの整合性にも疑問は残る。にもかかわらず、彼女の発言を検証しないまま、うのみにして評する論者が多いことも問題である。ここではひとまず、①その時代の作者の姿や言語生活が反映されるという点で、初出作品は重要であること、②「全歌集」には、作者と時代を如実に反映している公刊時の「歌集」の作品や編集をそのままに収録すべきであること、③著作やインタビューなどの作者ないし当事者周辺の発言には、裏付けが必要であること、を結論としておきたい。

以下は、今回の作業を通じて、事実との整合性が疑われる作者や論者の発言に幾度か出会ったので、その例を挙げておこう。

歌壇の枠を超えた場面でも、齋藤史をめぐる言説が、歌人ではない論者や一般のマス・メディアによって拡大・再生産されるのを目の当たりにするようにもなった。その典型的なものを見てみよう。

一つは、「齋藤史さんの対談集　毅然とした歌人に文士の面影」という新聞記事（『朝日新聞』一九九八年五月二三日夕刊)。本稿でも紹介した『ひたくれなゐに生きて』の紹介なのだが、その記事の中につぎの一節がある。

父の瀏氏は、陸軍少将で、朝日歌壇の選者をつとめた歌人。二・二六事件で反乱軍ほう助の罪で名誉を剝奪され、戦後、失意のうちに亡くなる。

当の対談集の読者であれば、この記事の不正確さは、すぐにでも見抜けるが、齋藤瀏を巡る事実はこんな風にはまとめられないはずである。二・二六事件後の釈放後から敗戦に至るまでの瀏の足跡をたどれば、あるいは、大方の短歌史をひもといてみれば、戦時下における彼の作品と動向は知りうるはずである。このところをあえて空白のまま、「失意のうちに」とは、たんに「知らない」では済まされない、ジャーナリストとしての姿勢が問われよう。ちなみに記事の末尾には(帆)との匿名が記されていた。

さらに、もう一件、森まゆみ『恋は決断力——明治生まれの13人の女たち』(講談社・一九九八年。『昭和快女伝——恋は決断力』として二〇〇五年、文藝春秋で文庫化されている)における「齋藤史——いのちさらしきること」の記述である。二・二六事件については教科書程度の知識と自認し、短歌史にも詳しくない聞き手の森は、『魚歌』の「暴力はかくうつくしく……」「濁流だ濁流だと……」などの作品を挙げて、つぎのように続ける。

二・二六事件でどーんとすべてが剝ぎ取られ、父の汚名を着た。さらに夫は召集、空襲の火花は散った。早産してここで死ぬかと思ったが、なんとか助かり昭和二十年、長野に疎開、次は飢えとの闘いが待っていた。

この対談集では、齋藤史の発言は、直接話法、間接話法が入り乱れた形で進められるのだが、史の発言については、従来のスタンスとは変わりない様相が伝えられる。執筆の森は、すでに「聞き書き」の怖さを十分心得ている作家だと思うが、やはり発言の裏付け調査の手間を省いている。資料2でも明らかなように、一九四〇年から敗戦までの華々しい活動の一部でも調べるべきではなかったか。史においては、省いて語らない「不作為」と、積極的に隠蔽はしないと語る「作為」とを見極める必要があったのではないかと思う。

（2）ふたたび多重寄稿、そして改作

前述のように、「二重」の投稿・発表に対する史の姿勢についてである。たとえ、思い入れの深い作品や秀作であっても、「転載」などの断りもなく、同一作品を何度でも複数のメディアに発表するのは、創作者のモラルとしていかがなものか、というのが素朴な疑問である。読者対象が若干異なったとしても、もし、同一作品を読んだときの読者の反応はどうだろう。さらに、稿料を支払う商業雑誌にしてみれば、なおさらのことであろう。私がこれまで資料として接し得た歌人たちにしてもあまり例をみない。

篠弘は、『魚歌』と『新風十人』の中の「朱天」との双方に載ったものは、史なりに自信を持つものであったと解したい、との見解を示していた（「戦争と歌人たち14――齋藤史の抽象技法（二）」『歌壇』二〇一四年一二月）。さらに、一九三七年、「濁流」八首を『短歌研究』三月号に発表するが、その一連が、実は、自分の所属結社誌『日本歌人』一月号には発表済みの作品だった例をあげて、『日本歌人』に先行して寄稿したのは、「こわごわと手探りで、世の中の反応を見る必要があった」（「戦争と歌人たち13――齋藤史の抽象技法（一）」『歌壇』二〇一四年一一月）との理解を示しているのであった。なお、『短歌人』から別れて創刊した『原型』においては、私の通覧できた限りでは、他のメディアに発表済みの作品は「転載」と明記して、巻頭の一頁目にコラムとして登載、資料名と一部は月日を示していた。これが本来の姿ではなかったか。新作と思われる作品は、作品欄の冒頭に掲載されるのが慣例となった。没後は、巻頭に史の歌集からの作品が数首ずつあるいはエッセイが転載されるようになった。

また、史自身が、自らの選歌にあたって、「厳しい」姿勢を貫き、つぎのようにも述べていることと、どう折り合いをつけているのかも理解できない部分があった。先の対談集『恋は決断力』に、「あきまへんわ　といひてわが歌に棒線を引くときの快感」（『秋天瑠璃』）の一首を引用しながら、「自分の歌はどうもね。雑誌に発表するときに削り、歌集にするときにまた削る。全歌集に収めるときはどれも線で消したくなっちゃう」と述べている。雑誌に発表したものを「歌集」に収録するか否かは、作者に選択の自由があり、取捨と若干の改作は自由だろう。しかし、『全歌集』に収録するときに、これを認めてしまうと、「歌集」の文学的価値と資料的価値をともに貶めることにならないか。

『全歌集』への収録の際の改作については、前述した。ここでは、雑誌発表の作品を歌集に収録する際の改作について、いくつかの類型が見られる。『うたのゆくへ』と『朱天』収録作品を例に、類型的にまとめてみた。

(a)単純に語句を言い換え、微妙なニュアンスの深化をはかる。
・しなやかに熱き体のけだものを身の内に馴らす悲しみ深き（『短歌人』一九四九年一二月）
↓しなやかに熱きからだのけだものを我の中に馴らすかなしみふかき
（『短歌研究』一九四九年一二月、『うたのゆくへ』）
・はるかなる一処は吹雪ここは茜雪野に迫めてくる夜のかげ（『短歌人』一九五一年三月）
↓はるかなる山肌は吹雪ここは茜いちやうに迫《せ》めてくる夜のかげ（『うたのゆくへ』）

(b)複数の発想を一首に集約して、高い完成度を目指す。
・辱めらるる思ひたちきり水仕事洗濯に立つわが日日のこと（『短歌人』一九五〇年一一・一二合併）
・わが歌のこき落ろされゐる雑誌伏せ油の配給をとりに出でゆく
（『短歌人』一九五〇年一一・一二合併）
↓わが歌のこき落《おろ》されゐる雑誌伏せ洗濯に立つわが日日のこと（『うたのゆくへ』）

(c)一首の意味を大きく変えたり、表現の抑制をはかったりする。
・百二十餘年の無道をきよむると燃えし炎か夜も日も止まず（『朱天』九八頁）
↓百二十餘年東洋を蔑《なみ》したる道きよむると燃えし炎か（『朱天』『全歌集』収録）
・國をこぞり戰ひとほす意氣かたし今擊たずして何日の日にまた（『朱天』八九頁）

↓國こぞり戰ひとほす意氣かたし今起たずして何日の日にまた（『朱天』『全歌集』収録）
・亡き友よ今ぞ見ませと申すらく君が死も又今日の日のため（『朱天』八九頁）
↓亡き友よ今ぞ見ませと申すらく君が憂ひしとき至りたり（『朱天』『全歌集』収録）

(a)の二首は、史の歌集においてもしばしばみられる改作の例で、歌集への収録時や既発表作品を他のメディアに寄稿する際になされる改作である。一首目、「身」を「我」に改めたことで、より抽象的になり深化する効果をもたらしたことは確かであろう。二首目は、「雪野」を「いちやう」と改めることで、雪国の黄昏の風景から、より普遍性を高める効用を意図したのであろうか。(b)は、たまたま見出した例であるが、これほど明確でなくとも、同じ発想の類似の表現による作品が、繰り返し登場する例も少なくはない。(c)については、『朱天』を例に前述し、繰り返しになるが、こうした改作が、表現者の倫理から可能なのかどうかが、問われるべきではないかと思っている。

篠弘は、(c)の「國をこぞり」と「亡き友よ」の二首について、つぎのように解説する。この二首は、詞書によれば二・二六事件で刑死した栗原中尉に宛てたものとして、「もはや戦後になって、開戦を全否定する民主主義的な風潮の中で、改作を余儀なくされたものと思われる。蹶起した皇道派の青年将校たちが、開戦を杞憂していたかのように受け取れよう。これは歴史上の事実にそぐわないもので、史自身の幼友だちを痛切に庇い立てようとしたものである」と。さらに、父瀏が出獄後、短歌をも以て、国家の使命を達せねばと主張する状況下で「史は時流に従わざるをえなかった。この改作は、参戦を賛美しながらも、皇道派の純粋であった若者を愛惜し、何としても汚名を濯ぎたかったからであろう」

（「『昭和』における齋藤史　主題としての滅びの意識」『短歌研究』二〇〇二年八月号）。戦後の「開戦を全否定する民主主義的な風潮」、戦時下の「時流」という真逆の状況に合わせた形での改作への篠のスタンスは曖昧なままである。

同時に、今回の初出作品の検索作業で、史の推敲による改作は、語句の選択に始まり、漢字かかな書きか、ルビをふるか否かなどの細部にわたることも知った。また、編年の形態をとりながらも、初出発表時が異なるものをまとめたり、題名なども、発表時にこだわることなく、再構成したりすることも多い。一冊の歌集を仕上げる過程で、一首一首の独立性を高め、推敲への意欲とそれに注ぐエネルギーを知るに及んだ。

## 二、天皇への傾斜、その源流

### （1）「貴種」というプライド

これまで、齋藤史の戦時期から敗戦時という一時期に限って、初出作品を検証しながら作業を進めてきたが、もう少し長いスパンで、史の作品をたどるとき、彼女の皇室観、天皇制への対応を避けて通れなくなった。従来、二・二六事件との関連で、「軍人の娘」としての矜持が語られることはあっても、彼女が一貫して持ち続けた「地方」に対する優越感、ひいては大衆（文化）に対する不信・蔑視などを背景とするエリート意識との関係を、正面から分析されることは少なかった。あくまでも、作品を中心に、エリート意識の根底にあるものと皇室・天皇制への接近の構図を探ってみたい。

以下の各歌集には、ここに挙げた数首に限らず、敗戦後の疎開先で歯を食いしばって「こんなはずではない」と自分の暮らしの理不尽さに耐える、暗くて重い作品が溢れている。その原点は、すでに、一九三六年の二・二六事件に連座して、父齋藤瀏が囚われの身となったときに「今に見て居れ今に見て居れといふこころさへ飲食《おんじき》の間にしばしゆるびぬ」（『魚歌』『新風十人』）にあると言えるだろう。ただ、その後には、いわば栄光の『朱天』の時代がやってくるのである。どちらが仮の姿であったというべきか。『うたのゆくへ』の時代になると、あくまでも仮の住まいであったはずの疎開先の長野を離れるすべが失われてゆく兆しが見えて来て、執念にも似て一層、口惜しい思いを募らせてゆく様相が窺われる。以下も初出の記述がない場合は、初出は不明であることを示す。

「杳かなる湖」から

・大森の南受けなるわが庭の八重のさくらは咲きにつらむか
（『日本短歌』一九四六年六月、「みなみ」「櫻」とある）
・うらぶれて身慄《ふる》ひ思ふ飲食《おんじき》に追はれて心すでに死にしや

『やまぐに』から

・長沼のりんご畑の落りんご拾ひ干さむとわが思はざりし（『朝の杉』一九五〇年、「思ひきや」とある）
・梨の花いかにも白き朝をまたいかなる夢の過ぎしといはむ（『短歌研究』一九四六年六月）
・いつかまた出でゆくべきこの村のりんご樹林の春のかげろふ
・地平線に大きくのぼる陽も知らず山國人はここに終らむ（初版は「大いに」とある）
・土よごれ染みたる顔をいら立てて野良の女になりきれず我は（初版は「農良」とある）

・三十路すぎやうやくふかくかなしめる夏の底《そこひ》の想《おもひ》といはな（『オレンジ』一九四七年三月）

『うたのゆくへ』から

・落とし紙も石鹼も使はぬ土地の女等のあとなるお風呂《ゆ》を我はいただく

・我はもはや逃げずと決めてぼろぼろの足どりもすこしおちつくらしき

（『女人短歌』1号・一九四九年九月）

・家家がしづかな窓の目もて視る今日子守うたうたへる我を（『短歌研究』一九五一年八月）

・高い段を降りてゆく我の演技にて裾かろやかに舞はしめにけり（『短歌人』一九五一年一〇月）

・花のまがきに花終りたる季《とき》なればここ過ぎてよりわが喪はながし（『文藝春秋』一九五一年一〇月）

「杳かなる湖」の一首目では、疎開先で、東京の我が家をなつかしみ、後の二首では、疎開地の暮しを思いきり嘆いている。『やまぐに』には、「梨の花」や「りんご樹林」にも決してなじむこともないまま、疎開地での思いをストレートに表出している歌も多い。そして、いつか必ずこの山国からの脱出を果すという強い意思を滲ませる歌も続き、史の歌の系譜からはやや特異な一時期だったかもしれない。『うたのゆくへ』になると、自身も述べるように『魚歌』の道を貫くより「仕方なかった」と自負をのぞかせる。したがって、しばしば引用される「落し紙」の歌などはむしろ突出している作品と言えるのではないか。あとの三首などは、自意識が過剰なまであらわとなって、開き直っている感もある。その根底には、自身の「許しがたい境遇」への憤懣が幾重にも層をなしていたのだろう。

一方、短歌研究社のオーナーでもあり歌人の木村捨録は、歌壇における女性歌人についての論評の中で、中河幹子、山田あき、岩波香代子、館山一子の作品一首と並んで、齋藤史のつぎの一首をあげ、以下のように述べている（「女歌とその作者たち」『短歌研究』一九五八年三月）。

・スクリーンが閉ぢつつ映す終場面暗き山とほく裂けしまま消ゆ　齋藤史

女人短歌のグループと対立するというほどではないにしても、少なくとも同化し得ない独自の信念をかかげる作家たちでもある。中でも齋藤史は華麗な詩精神を持ち、五島の好敵手であったが、遠く東京を離れているためか、このところやや沈黙しているのは惜しまれてならない。

水原紫苑は、〈戦後短歌50年傑出歌人の戦後詠〉として、史の戦後初めての歌文集『やまぐに』を取り上げて、『やまぐに』の前半からは、戦争直後の放心状態に近い虚脱感を読み取り、前記引用の「いつかまた」などの「過去こそがうつくしく、今ここには自分のあるべき場所ではないという意識」と、後半の「土よごれ」「三十路すぎ」などにみる「すでに村で異人種として生きる決意」、いわば、「貴種流離的意識」との質の違いを指摘する。「貴種流離」という形で、新しい怨念の形象を見出す準備期間が『やまぐに』で、『うたのゆくへ』では、史の「真の戦後詠が完成」したとする（「貴種流離への道」『短歌』一九九五年八月）。

ちなみに、この後の歌集にもつぎのような作品が散見出来、その底流には常に、山国での断絶感、疎外感、ひいては山国の人々への優越感は、ぬぐいきれるものではなく、それを歌い続けたといえよう。

史自身は、こんな風にも述べている。俵万智との対談で「都会が日本だと思ったら大変な間違いだということ。都会と農村を合せて二つで割ったところに日本の文化程度がある。悲しかったけれど、認めざるを得なかったわ」との発言がある（前掲『ひたくれなゐに生きて』）。桶谷秀昭との対談においても同趣旨の発言をしている（『新潮』一九九八年一月）。都会が農村より格段文化的水準が高いということを前提にしていることを明白に言い切っているといえよう。

また、これ以降の歌集においても、つぎのような作品が続く。以下も作品に記述がない限り、初出は不明である。

『密閉部落』から

・石だたみを流れてくらき夜の雨十年を棲みてなほ孤獨なり（『短歌』一九五八年一月）
・農家族同型の厚きくちびるに紅《ルージュ》せるが近く嫁《とつ》ぐといふ（『短歌研究』一九五八年三月）

『風に燃す』から

・口ごもる呪詛のごとくに唄ひゆくを農民のうたと言ひ錄音す（『女人短歌』35号・一九五八年三月）
・すずめ蛾がはばたきめぐる燈《ひ》に開く守衛が愛し居る月おくれ句誌
・わが喪失《うしな》ひしものの重さは言ひがたし實に撓《しな》ひゐる柑橘の枝

『ひたくれなゐ』から

・いづかたの渚を指すと翔ぶ鳥か水冷えてゆく此處を見捨てて
・先行くも鬼と知りつつ從《つ》きて來しわれの一期《ご》の身の捨てどころ
・ささやくは我が身の中の何の聲逃げよ逃げよとつねに急がす

『秋天瑠璃』から
・いまだ出さぬ返事のひとつ「齋藤瀏とはどんな鬮りが御有りでしょうか」
・お前《め》さん誰の弟子かね俺村《おらほ》にも師匠が居りやすまた來てみなして

「厚きくちびる」「月おくれ句誌」などにみる地元の人々への身体的、文化的な蔑視は、現代から見ては、なおさら、当時にしてもかなり根強い先入観が感じられる。とくに『密閉部落』には、時代的背景が異なるとはいえ、「白痴の部落《むら》」「多産系にて背低き」「混血のくらき肌」など差別意識を助長するような言葉が頻出し、「よくもここまで」いい切れるのかと思うほどである。『秋天瑠璃』の二首などは、ユーモアとしては受け取りがたく、これほどのプライドを持ち続けていたのでは、暮らしにくかったのだろうと、むしろ同情さえ禁じ得ないほどである。

なほ、出典として登場する『女人短歌』は、一九四九年九月、「女人短歌会」によって創刊された。創刊号の扉には、「女人短歌宣言」、その第一条には「短歌創作の中に人間性を探求し、女性の自由と文化を確立しよう」と高らかに歌い上げられるが、「編集後記」には「それぞれ女の生活を持ちながら、片手間に作った歌がこの一輯となつた。形は小さく、内容にも限界がある。しかし、女が現在の状態から片手間を割き人間探究することが、芸術の源流となる。山々のささやかな清流が集まつて、新しい文化流域をつくりたい。（阿部）」ともあり、こちらの方が現実的である。編集委員は、阿部静枝、生方たつゑ、川上小夜子、北見志保子、五島美代子で、編集兼発行人は北見であり、事務方は長澤美津であったろうか。号を追うごとに、作品や作品評、評論、ときには男性歌人もゲストとして迎えられ、充実の過程が見られる。しかし、その反響は好意的なものばかりではなかった。齋藤史も創刊号から参加、「作品1」欄に、若山喜志子と四賀光子に挟まれて、齋藤史・鈴鹿俊子・森岡貞香と並んだ。その後も、毎号というわけではないが、登場する。この雑誌を通覧していると、二〇〇名近い出詠者は、いくつもの作品欄に分散しての構成で、各「作品欄」の冒頭部分と末尾を、編集委員ほかのベテラン歌人が位置し、その段の組み方も一様ではないことがわかる。そこまでしての「序列」への配慮が顕著な編集への違和感は、すでに、創刊号について、土岐善麿は「編集のさいの序列が、こう整然（？）としているのは、あまりに窮屈な感じである」と指摘しているくらいである[*注]（「歌よむ女人」『女人短歌』二号・一九四九年一二月）。

もっとも、齋藤史は、この「序列」の恩恵にもっとも浴した歌人の一人ではなかったか。前記創刊号以下、二号では片山廣子、北見、五島のつぎに史が続き、生方、長澤、阿部、川上、久保田不二子が巻頭を飾り、九号（一九五一年九月）では、最後の作品欄の末尾が葛原妙子、初井しづ枝、栗原潔子、齋藤史となる。一九六〇年代、『密閉部落』刊行以降、『原型』運営に力を注いだのか、齋藤史の『女人短歌』への寄稿がめっきり間遠になるのは、資料1でも明らかである。だが、寄稿があれば、その扱いは、他には例を見ないほど破格の扱いであった。そうしたことの背景には、「女人短歌会」での実務を取り仕切ってきた長澤美津との縁があったことは、史自ら、一二〇号（「二度目の出発」一九七九年一二月）のエッセイでも書き綴っていた。「中央」を離れた人間への仕打ちが厳しいことを語っているのだが、長澤は、何かと史への声掛けを怠らなかったようだ。史は「みやこおちした人間の耳に、そりゃあいろいろなことが入ってきたもんです」と自嘲的に語るのだが、誇張や前述したような地方蔑視にも似た妙な先入観も入り混じっていたのではないか。

たしかに、史の日常はついに長野を離れることがなかったので、自らの存在の証でもあるかのように、『ひたくれなゐ』にあっては、「貴種流離譚」に己の身をおくような歌も見出せる。あたかも白らを「貴種」と任ずる感覚、そのプライドこそが、敗戦後の彼女の歩みを支えてきたことがわかる作品群であった。

『ひたくれなゐ』

・衰へゆく豫感にいつもつながれて胸いたみ聞きし貴種流離譚
・貴種流離・土着逃散《てうさん》のものがたり聞きて育ちしやぶからし草
・みづからに科せし流刑《るけい》と下思ふこの寒冷の地にながらへて

そして、最晩年には、つぎのような作品を残すのだった。

・中央歌壇とは何か知らねど遠くより見れば賑やか華やかさうな
・山国に退きしより〈地方歌人〉と見くだされたる年月ありき（『原型』二〇〇〇年一月）

＊注　創刊号に到る事情やこの「序列」に関しては、阿木津英「女人短歌会」（『二十世紀短歌と女の歌』学芸書林・二〇一一年）に詳しい。本書「おわりに」でも触れた。

## (2) 天皇へのスタンスの軌跡

齋藤史の「軍人の娘」という階級意識と都会的な文化・教養の担い手であるという自負が、戦前・戦後を貫き、彼女の暮らしと文学的生活を支えていたことは、その短歌を通じて明らかにしてきたつもりである。つぎに、父、齋藤瀏の済南事件、二・二六事件をめぐっての処遇に係る昭和天皇との確執が、史にも大きくのしかかっていた事実に触れないわけにはいかない。

史は、敗戦直後の昭和天皇の人間宣言について、桶谷秀昭との対談における「ああ、〝宮内庁うまく逃げたなあ〟と思った。人間というのは錯誤もあればミスもいっぱいあるの。ある程度許さなきゃならない」「天皇は日本の中にいるかぎり食べるにこまらないだろう。ここで身を御引きになることが当然ではないのか」といった発言と合わせて、つぎのような歌も残している(前掲『ひたくれなゐ』)。

『密閉部落』から

・みづからの神を捨てたる君主にてすこし猫背の老人なりき　(「昭和三十一年」)

・それより掲げし事なし　衰へし父の背後にはためきし日章旗　(「昭和三十四年」)

(『短歌研究』一九五九年一月)

『渉りかゆかむ』から

・ある日より現神《あきつかみ》は人間《ひと》となりたまひ年號長く長く續ける昭和　(「昭和五十九年」)

『秋天瑠璃』から

・昭和終わりて後のきさらぎ二十六日　小雪のあとすこし明るむ　（「平成一年」）
・責任を問はれぬ位置に長命の人逝きて鬱陶しさすこし薄らぐ　（「平成三年」）

これだけ読むと、渡部直己の言う「不敬文学」の系譜にも入りそうな作品ではある（『不敬文学論序説』太田出版・一九九九年）。現在、このように昭和天皇を歌える歌人は少ないだろう。

しかし、一九九〇年代半ばごろから、史の発言は微妙に変化を遂げる。前述の『新潮』における桶谷との対談で、一九九三年、史が芸術院会員になった折、明仁天皇との懇談において、天皇が齋藤瀏の名前を持ち出してきたときのことをつぎのように話している。

「咄嗟に『始めは軍人で、おしまいはそうではなくなりました、おかしな男でございました』。まさか前の天皇さんがみんなむしり取って刑務所に入れたと言えませんからね、こっちに引きとっとけば無礼にならない。そしたら、ニコニコあそばして、『ウン』と深くおっしゃった。天皇さんはそれを話そうとちゃんとご準備になっていた。逃げられないんです、私」と語る。さらに続けて歌会始の召人の打診が各関係者からあったときのことを「ふと漏れてきたことがあって、こりゃ逃げられないわと思いました。陛下は勉強していらっしゃる例の事件を。それは前からちょっと聞いていました。癒しをしてやろうというお気持ちが感じられないんじゃないんです。そうすると、ひねくれてもいられませんしね」と語る（前掲『新潮』一九九八年一月）。

一九九三年の天皇との懇談の様子を、史自身は、後に、つぎのように詠み、『風翩翻』に収録されている。

・「おかしな男です」といふほかはなし天皇が和《にこ》やかに父の名を言ひませり

齋藤史が歌会始の召人になったのは一九九七年一月であった。召人は、皇族、選者、入選者とともに歌会始に招かれ、お題の短歌を詠む。敗戦直後は、選者を務め終えた御歌所の歌人がなるのが恒例であったが、その後は、かならずしも歌人である必要がなくなったのか、芸術家や研究者、政治家や実業家などで、短歌をたしなみ、皇室に深い理解のある「文化人」が一人選ばれている。齋藤史が召人として、お題「姿」を詠んだのがつぎの一首だった。

・野の中にすがたゆたけき一樹あり風も月日も枝に抱きて

毎年歌会始の終了後、天皇から召人にもねぎらいの言葉があるらしい。そのときの天皇と史の様子を、選者の一人だった岡井隆は「この二人の問答を、ちょっとはなれた所から聞きながら、『うむ。これは天皇家との長いいきさつの、いはば和解の風景かも知れない』と思って……」というくだりがある（「このしたたかな同時代の人――齋藤史全歌集解題」前掲『齋藤史全歌集』一九九七年）。この岡井の文章については、道浦母都子との対談で史は、当初「天皇家と齋藤家の和解」という表現があったので、「いくらなんでも（天皇家との）並列は困るわ」と申し入れ、前記の表現に落着したことを語っている。

この召人となるまでの、敗戦後からの史の天皇・皇室との関りをたどっておこう。「天皇家との和解」云々とも言われるが、すでに、一九五四年一月の歌会始の陪聴者として招かれ、歌人としては、前川佐美雄、長澤美津、生方たつゑ、中原綾子、久保田不二子らと一緒だった。ただ、私としては、この前年の七月、父瀏を亡くして、いわば喪中であったはずであるが、宮中の正月行事に参加していたという違和感も残る。このとき、昭和天皇を目前にし、詠んだのが、前掲の「猫背の老人」であったのだろうか。時代は下って、一九八一年四月、史は「勲五等宝冠章」を受章、六月には叙勲を祝う会が開かれている。[*注1]

史が受章した「勲五等宝冠章」は、二八段階の一八位にあたり、「宝冠章」というのは各勲等の中位に在って女性のみを対象とし、女性歌人では、一九八〇年に生方たつゑが同じ章を、一九八一年には、長澤美津が「勲四等宝冠章」を受章している。史は、一九九七年一一月には、「勲三等瑞宝章」を受章し、この間の一九九三年に芸術院会員となったのである。[*注2]当時、女性歌人としては初めてのことであった。現在の歌人会員は、岡野弘彦（一九九八年）、馬場あき子（二〇〇三年）、佐佐木幸綱（二〇〇八年）、岡井隆（二〇〇九年）の四人。ここでは詳しく述べないが、過去の芸術院会員の受章・受賞歴を調べてみたことがある。存命・物故歌人内で、歌会始の選者を務めたのは、一八人中、齋藤茂吉、千葉胤明、吉井勇、佐佐木信綱、川田順、窪田空穂、宮柊二、佐藤佐太郎、土屋文明、岡野弘彦、岡井隆の一一人であった。芸術院会員入りが、その条件でもあるかのように、文化功労者は、信綱（一九五一年、文化勲章一九三七年）、茂吉（一九五二年、文化勲章一九五一年）、空穂（一九五八年）、文明（一九八四年、文化勲章一九八六年）、弘彦（二〇一三年）、隆（二〇一六年）ということになり、齋藤史が、歌会始選者、芸術院賞を経ずに芸術院会員なったことと、近藤芳美が、歌会始選者、芸術院会員を経ずに文化功労者になったこと（一九九六年）とは、異例の人事であったように思う。歌壇のさまざまな賞の受賞や新聞歌壇等の選者などによる短歌の普及、短歌の人気を高めた功績に、関係者が動いたのであろう。

短歌の世界における、日本芸術院賞・日本芸術院会員、文化功労者・文化勲章、紫綬褒章などの叙勲制度、加えて、芸術選文部科学大臣賞・新人賞と歌会始選者、さらには、各々の会員による推挙・選挙ないしは選考委員、各省庁の推挙の過程を経て、究極は天皇が授与するという国家的褒賞制度は、純粋な、客観的な選考はあり得ず、国家への「貢献度」、限りない「縁故性」「互酬性」が渦巻く世界なのではというのが、成り行きを見ての結論となる。そしてその栄誉は、深くマス・メディアが絡み、独り歩きし、権威主義を助長する（拙著「勲章が欲しい歌人たち」『天皇の短歌は何を語るのか』御茶の水書房・二〇一三年）。

齋藤史もその例外ではなく、天皇の権威を頂点とする国家の褒賞制度にからめとられていった軌跡を見ることが出来よう。一九九七年九月一二日、東京で開催された『齋藤史全歌集』の出版を祝う会」は、発起人代表の大岡信の挨拶に始まり、祝辞の筆頭は宮内庁侍従長渡辺允であり、乾杯は日本芸術院長犬丸直だった。当時は、祝辞を述べている馬場あき子、佐佐木幸綱、岡井隆もまだ、芸術院会員ではなかった時代であった。

史の没後にまとめられた歌集には、つぎのような作品が散見できる。最晩年の天皇へのスタンスがわかる作品と言える。ここでは、昭和天皇への直接の「恨み言」から、少し引いた形でのメッセージとなっている。一首目は、自らの「しくじり」ととらえ、二首目では、やや客観的に「視終へました」と言い、三首目では「らし」とし、四、五首目では、伝達のシステムを焦点に据えているが、どうしても昭和天皇への不信感が氷解したとは言えない詠みぶりとなっているのがわかる。しかし、これはあくまでも、「昭和天皇」「天皇」へのメッセージであって、天皇というシステム、天皇制への疑問には至り得なかったとみてよい。

『風翩翻』以後
・現人神《あらひとがみ》を奉じしゆゑのしくじりのながくひびきてわが一期《ご》あり（『短歌』二〇〇〇年六月）
・昭和の事件も視終へましたと彼の世にて申上げたき人ひとりある（『新潮』二〇〇一年二月）
・相継ぎて春花ひらけば天意とふま直《すぐ》なるものつらぬけるらし（『原型』二〇〇一年七月）
・奉勅命令とは何なりし伝はらず　途中に消えて責任者無し（『原型』二〇〇一年一一月）
・知らぬうちに叛乱の名を負はされしわが皇軍の決起部隊は（同前）

＊注1　生存者叙勲は、敗戦後廃止されていたものを、一九六四年四月、池田勇人内閣が復活させた。勲章受章者は、各省庁から推薦された候補者を総理府賞勲局の審査を経て、形式的な閣議決定・天皇への上奏後、裁可され発令となる。年に四月二九日と一一月三日の二回実施されている。形式的ながら天皇が関与し、実質は関係省庁による選別の上、二八段階に振り分けるという褒章制度である。
＊注2　日本芸術院は、芸術上の功績顕著な芸術家を優遇するための栄誉機関で、一九一九年「帝国美術院」として創設、一九三七年に美術のほかに文芸、音楽、演劇、舞踊の分野を加え「帝国芸術院」に改組、一九四七年に「日本芸術院」と名称を変更、現在に至っている。大きく美術と文芸、音楽・演劇の三部門で構成され、あわせて一二〇名という定員があり、会員からなる部会の推薦（部会における選挙）と

総会の承認によって選ばれ、文部科学大臣により任命される。二〇一七年現在、九六名を擁し、終身会員制で年金二五〇万円が支払われている。歌人の物故会員は、没年順で、井上通泰、北原白秋、金子薫園、岡麓、齋藤茂吉、千葉胤明、太田水穂、吉井勇、佐佐木信綱、川田順、窪田空穂、土岐善麿、宮柊二、佐藤佐太郎、前川佐美雄、土屋文明、齋藤史、前登志夫の一八名だが、詩人として大岡信、書家として尾上柴舟も会員であった。日本芸術院ＨＰ参照。

# おわりに

齋藤史が亡くなって、一六年経つが、今回の執筆対象となった「『朱天』から『うたのゆくへ』」の時代に限らず、齋藤史という歌人に関心を寄せる歌人、その作品の魅力を語る歌人は多い。齋藤史論や作品鑑賞の執筆は、短歌総合誌や結社・同人誌においても活発である。毎年の『短歌研究』の『短歌年鑑』掲載「作家研究文献リスト」を見ただけでも、衰えることはない。史の根拠地であった『原型』は、二〇一三年三月に終刊となったが、その後もこの傾向は続いている。すべてに目を通してはいないが、気づいたものだけながら、資料1にも示してみた。こうした状況自体、歌人研究、作品研究が活発なことは、望ましいことではあるが、やはりそこには基本的な事実の上に立った検証が必要であろうと思う。

今回の作業では、父齋藤瀏と齋藤史が創刊した『短歌人』と『原型』、運営には直接は関わらなかったが、断続的に作品を発表していた『女人短歌』を、数年を通して閲覧・複写することが多かった。すると、作品欄の序列を随分気にしているような編集ぶりが見て取れた。

『短歌人』では、まず、創刊以来の目次をみると、冒頭の作品欄は男性で占められ、そのトップは、常に齋藤瀏であったが、いくつか設けられたうちの最後の作品欄には、女性の有力歌人が集められている。創刊当初、トップには、先輩女性歌人の富岡冬野、朝吹磯子、山川柳子などの順で後に齋藤史が続いたり、この欄の最後から二番目に名を連ねていたことは前述した。富岡冬野没後の追悼号以降は、ほぼ、この女性歌人欄のトップの掲載が定着した。

一九五三年の父齋藤瀏の死去後においても、齋藤史が、男女混合の冒頭の作品欄のトップ掲載が圧倒的に多くなった。そうでなければ、その作品欄の最後尾とか、もう一つの有力歌人による作品欄のトップか最後尾に掲載されることも多くなった。「主宰」や「幹部たち」を作品欄のトップや最後尾に配する編集は、今どきの結社誌でもよく見かけるパターンである。微妙な「序列」意識の反映であると思われる。

そして、一九六二年四月、齋藤史は、史の選を受けてきた同人を引き連れるような形で、『短歌人』を去り、『原型』を創刊するのである。その間の経緯は、詳しく語られることは少ないが、以下のような『短歌人』の記事は、その経緯を示唆するものである。

「短歌人会は合議制で運営されている」という潟岡路人の一頁分の文章がある（一九六二年二月）。当時の会員数は、六〇〇余人になっていた。記事に拠れば、短歌人会の運営は、毎年、同人・準同人の選挙で一二人の運営委員が決まり、編集委員は運営委員によって選出され、会の重要事項はすべて運営委員の合議制で決まる、としている。一人の宗匠的人物を中心に師弟関係を結成すると、そこには「独裁制や長幼の序が生まれ、作品とは何の関係もない対人関係の息苦しさが、互をしばりつける」という従来の結社の在り方を否定するところから、戦後の短歌人は再出発したとする。「どのような意味にもせよ主宰の名を抹消し、独裁制を排して民主的なルールにより会の運営を図ることを申し合わせた」と記している。たしかに一九四六年四月の復刊号の最終頁には「短歌人規約改正」と題し、「本会は委員制を以て之を運営し、編輯は編集委員会を以てす」の一条項があった。この時の「編輯、発行兼印刷人」は伊藤豊太であった。

さらに、史が『原型』創刊の一九六二年四月の『短歌人』（通号二三八号）の最終頁の後記に位置する「手帖」欄には小宮の文章を筆頭に高瀬一誌らの文が続く。

「四月号」短歌人創刊が四月号であった。昭和十六《ママ》年（昭和十四年の間違いか）のことである。古いといえば相当古い年月の間、ここに集まり、ここから離れていった人々も相当の数になることだろう。だが短歌人は存続している。昔の短歌人は今の短歌人ではないし、二三七号の短歌人と二三八号の短歌人とは別物である。「生れ」に対する特権や執着は捨てなければいけない。あるものはいつも新たに創られたものであるべきである。（小宮）

四月号をお送りする。作品特集、評論と力のこもつた内容になつた。常に短歌への意欲、雑誌へのあたたかい支持があつてこそ、〈短歌人〉の今日の充実となつた。この支持のある限り僕達はこのグループを守つてゆくだろう。（高瀬）

編集委員として、小宮、潟岡、高瀬、伊藤、蒔田やよひ、市川英一、人里弘、中森潔、山川柳子、松村和が名を連ねる。これらの決意表明は、まさに齋藤史からの決別を意味し、とくに敗戦後の復刊以降の同人のあいだでの不満がくすぶっていたことの証左ではないか。会員の作品傾向として「丁寧な初学講座を説きつつ地味で知性的な翳風を持つ小宮良太郎と、天与の感覚をもって自己の立場を鮮明に歌う齋藤史との二つが誌上にあった」ことが、史の『短歌人』からの離脱の要因だったような記述もある（中地俊夫「短歌人」『戦後短歌結社史』短歌新聞社・一九八一年）。しかし、作風の違いというよりは、再生『短歌人』二三八号の後記にあるような確執は根強かったものと思われる。

また、『女人短歌』における齋藤史をたどってみる。史の出詠は、前述のように、決して毎号というわけではないのだが、掲載されるときは、まさに有力、ベテラン歌人と同じ頁に並ぶ。創刊号（一九四九年九月）は、作品Ⅰ欄の2～3頁に若山喜志子（一八八八年生）・齋藤史・鈴鹿俊子（一九〇九生）・森岡貞香（一九一六生）・四賀光子（一八八五生）、第二号（一九四九年一二月）では、作品1の4～5頁に齋藤史・生方たつゑ（一九〇四生）・長沢美津（一九〇五生）というように並ぶ。創刊十年後の第四一号（一九五九年九月）では、作品Ⅶ欄で、長沢美津と二頁を分け合う形であった。こうした編集を見ると、一九〇九年生まれの史は、より若い森岡らとともに嘱望された中堅としての存在であったことがわかる。こうしたポジションはどのように成立したのかは定かではない。史は、疎開先の長野に在住したままであったため、編集などには直接かかわれなかったと思う。つぎのような作品が散見でき、長野に生きてゆく覚悟とくやしさのようなものがにじみ出ていると読むことができよう。中央で活躍する先輩・後輩の歌人たちへの一種の羨望もあったにちがいない。前述のように自らを「貴種流離」と位置付ける思い入れと、それがのちの叙勲や芸術院会員入りによる自負やエリート意識に結びつく土壌も作り上げていったのではないかと思う。

・我はもはや逃げずと決めてぼろぼろの足どりも少しおちつくらしき
（『女人短歌』創刊号・一九四九年九月）
・小ぎれいに歌もよみつつ生きてゆくまことにまことに悪人ならず（同前）
・汽車の窓に顔を寄せて居りすべり入るこの東京をいつもやや戀へり（同一九号・一九五四年三月）

これからの齋藤史研究、齋藤史作品鑑賞の一助になれば、と今回の作業を始め、未完ながら、ひとまず筆をおきたい。

# あとがきにかえて

資料の収集と本文の執筆には、長い年月を要してしまった。本著の冒頭「はじめに」と「おわりに」をしたためた間に、すなわち、二〇一七年の夏から二〇一八年夏にかけて、日本の政局は、実に目まぐるしい動きを見せた。しかし、基本的な体制は大きく変わりようもなく、天皇の代替わり二〇一九年と東京オリンピック二〇二〇年を控え、立法・行政・司法の三権が本来の機能を失いかけている状況の中で、日本の文芸は、実に息苦しくなると予想される。その前兆を、歌人たちも、短歌の総合誌のエディターたちも、肌で感じながら、雑誌の存続や保身を考えているようにも見える。「リベラル」と称される歌人たちでさえ、明確な言説を避けて、ときには言を弄して、時代の空気を読み取り、大きな流れからは外れまいとする。短歌の総合誌では、各種の受賞作品や受賞歌人を称揚してやまない時評やエッセイがあふれ、すでに現代の「政治」からは遠く離れた古典鑑賞、古今の歌人研究、作品鑑賞、短歌入門、ハウツーものがあちこちで繰り返し特集される。企画の独自性が薄まって行き、人気歌人は、掛け持ちで忙しそうである。執筆者や発言者たち、座談や対談の当事者たちは実に楽しそうだが、資料的な価値は低減する。

そうした状況の中で、私は、歌人の資料の読み方と批判精神の脆弱さを知る体験をすることにもなった。二〇一六年、『うた新聞』紙上の吉川宏志氏の時評で、私が所属する『ポトナム』における私の時評への反論がなされた。今ここでは、詳細には述べないが、その反論では、吉川氏らが主催したあるシンポジウムに内野は「参加もしないで、参加者のレポートやブログ記事や憶測で批判するのはルール違反だ」という趣旨であった。たしかに、私は参加できなかったシンポジウムについて、参加者や主催者が執筆した文章を引用した上で、自分の感想を綴った。

これがルール違反だとすると、直接体験しないことについて、発言できないことになってしまう。その不合理には、どう応え得るのか不可解でもあった。さらに、私が時評で触れてないことにまで対象を広げ、思い込みによる批判もなされた。しかし、私のこれまでの著作やブログ記事を読めば、そのような展開にはならないはずだった。不毛な論争は避けたいが、自由で、活発な論議は、むしろ歓迎されるべきであった。ただ、議論の対象に関連して、調べようとすれば少しの努力で、読もうと思えば簡単に入手できる、あるいは閲覧できる資料や文献を読むことを面倒がらない姿勢が、いまの発言者や執筆者に薄れていることを残念に思うことが多い。みずからの主張の論証にあたっても、当然のことながら、批判しようとする場合は、さらなる入念さが必要なのではないかと思った一件であった。[*注]

＊注　内野光子「歌壇時評――「時代」の所為（せい）にはするな」（『ポトナム』二〇一六年七月）／吉川宏志「〈いま〉を読む（4）――批評が一番やってはいけない行為」（『うた新聞』同年八月号）／内野光子「吉川氏「〈いま〉を読む（4）――批評が一番やってはいけない行為」への反論」（『うた新聞』同年九月）／吉川宏志「〈いま〉を読む（6）内野氏に応える」（『うた新聞』同年一〇月）／内野光子「吉川氏「〈いま〉を読む」に再び、応える」（『うた新聞』同年一一月）。この論争のまとめとしては、屋良

健一郎「２０１６評論展望」（『短歌研究年鑑』二〇一六年一二月）、岩田亨「屋良健一郎君へ」（『短歌研究』二〇一七年二月）参照。

さらに、二〇一七年に入って、こんなことがあった。お会いしたことはないが、歌集等は時々いただくこともある歌人から電話があった。一方的に話されるのを要約すると、「あなたは、自分の著書で私への批判をしているが、いずれも事実に反する。その記述によって、私の名誉は傷つけられ、二〇年以上、我慢してきた。それを読んだ弟子が何人も私から離れていった。身近な弟子や親しい記者が、名誉棄損で訴えることを勧めるが、それを受ける意思があるか」という趣旨だった。

私は少々面食らうが、「どの本の、どの個所のことを指しているのか」との質問に、氏が電話口で読み始めたのは、私の文章ではなく、インターネット上で、私の著書を紹介している部分のようであった。「それは、私の書いた文章ではない。私の本のどの部分が適切でないのか」と尋ねると、「いま、その本を取り寄せようと出版元に電話したが通じない。出版社は潰れたのか」ともいう。そんなはずはないのだが、私の著書の具体的な個所を特定してのクレームではなかったのである。さらに続けて氏は、「私を批判するならば、私は生きているのだから、なぜ、本人の私に確認しないのか、取材に来ないのか。自分は、もの書きとして、人を傷つけることは、決して書かないということを信条にしてきた」とも話される。私としては「傷つける意図などまったくなく、あなたの著作や発言を根拠として示して書いているはずなので、著作そのものを読んで欲しい」と答えるほかなかった。

インターネット上の情報には、不正確な、事実ではない情報も氾濫している。したがって、ネット上の情報を利用するときは、つとめて第一次資料までさかのぼることが必要で、引用か、孫引きなのか、いずれも典拠の明示も不可欠である。ネット上では、剽窃という場合もあり、なりすましということもある。情報の信頼度は、自ら精査するしかない。ネット情報をそのまま信じて、それを根拠に、ものを言ったり、書いたりしてはならないはずである。その辺のことも合わせて伝えたかったが、電話でのやり取りでもあるので断念した。さらに、生存者には、直接取材せよ、との発言には異議がある。私の体験から言えば、生存者本人の取材云々は、インタビューや対談自体が目的ならいざ知らず、客観的に、その人物について調査や取材をする場合、本人の発言はもちろん家族や遺族、関係者の発言というのは、往々にして信ぴょう性に欠ける場合がある。それをすべて真実のように扱うことは、当然リスクが伴い、戒めなければならない。ともかく、作品や著作として活字や音声、記録として残された資料を「資料」として考証する必要が肝要だと思うようになった。

そして、昨年からの二〇一八年にかけては、森友・加計問題、自衛隊日報問題に関連して、公文書の隠蔽、改ざん、捏造などがクローズアップされた。錯綜する情報に接して、公文書に限らず、表現者が、一度、公表した「著作」や「作品」は、隠蔽、改ざんはなされるべきではないということをあらためて確信させられたのだった。短歌を、ひとたび、作品として、雑誌や書籍、インターネット上などで公表した後に、「歌集」や「全集」に収録する場合は、誤記・誤植の訂正にとどめるべきではないのか。その範囲を超え、歌の意味や表現を大きく変える場合は、収録時における新たな作品とみなして、選歌をすべきではないのかとの考えを一層強めたのであった。「推敲」というならば、公表前の作業であろう。「歌集」収録の作品の取捨はともかく、「歌集」として「著作集」や「全歌集」に収録するにあたって、「歌集」刊行時のままとするのが表現者の覚悟ではないかの思いを強くし、本書の主題とも大きくかかわるものとなった（拙著「短歌における『改ざん』問題」『梧葉』57号・二〇一八年四月）。

さらに、この覚悟に加え、さまざまな情報が氾濫する中で、そのデメリットを十分承知しながら、資料の精粗、信ぴょう性を自ら精査するのは、表現者としての義務でもある。本書においても、私は、真実に近づくための資料の探索について、現時点で可能な限り、意を尽くし、至らない部分を確認しながら進めてきたつもりである。資料を材料として提示し、筆者の見解を明示しない個所も多いかもしれない。資料を分析しきれない私自身の力不足による場合も、判断を読者に委ねたい場合も混在する。間違いのご教示ほか、お気づきの点やご意見をお聞かせいただけたら幸いである。

なお、短歌の表記については、できる限り、発表媒体の原文に従った。そのため、旧字と新字が混在し、統一がとれない表記があることをお断りしておきたい。

本書の出版に際しては、一葉社の和田悌二、大道万里子さんのお二人には、長い間、お励ましいただき、ようやく形にしてくださったことに、感謝申し上げたい。装丁の松谷剛さんには、さまざまな工夫をしていただいた。重ねて感謝申し上げたい。

まだ行き届かない資料の検索や出典の確認などの不備が心残りではあるが、ひとまずの報告とすることにした。資料検索・閲覧・複写などについては、国立国会図書館、日本近代文学館、日本現代詩歌文学館、石川武美記念図書館、佐倉市立志津図書館などのお世話になった。また、櫻本富雄さんが譲ってくださった、戦時下の歌集・歌書、なかでも齋藤史の著作の幾冊かは、ありがたい存在だった。

あらためてお礼申し上げたい。短歌とは縁がない第三者として、私の発言を受け止め、ときには提言にも及ぶ夫、醍醐聰にも感謝したい。

食卓が仕事机でもある私の身辺には、積まれた本や雑誌、幾つもの手提げの袋に入ったコピー類と書き込みや付箋がぎっしりの二冊の『齋藤史全歌集』と何冊かの歌集の初版本がある。できれば本稿を追補していきたいと思っているので、当分手離せそうもない。自らの体調維持と、拙いながらの意欲を持ち続けることが今後の課題となろう。

二〇一八年一〇月一五日

内野光子

**内野光子**（うちの・みつこ）
1940年東京生まれ。63年東京教育大学文学部（法律政治学専攻）卒業。国立国会図書館に11年間勤務後、短大・大学図書館に勤務し、94年退職。98年立教大学社会学部修士課程（マス・メディア論専攻）修了。
1959年東京教育大学短歌会参加。60年ポトナム短歌会参加、現在に至る。1982～2005年風景短歌会参加。
歌集に『冬の手紙』（五月書房・1971）、『野の記憶』（ながらみ書房・2004）、『一樹の声』（ながらみ書房・2012）。評論集に『短歌と天皇制』（風媒社・1988）、『短歌に出会った女たち』（三一書房・1996）、『現代短歌と天皇制』（風媒社・2001）、『天皇の短歌は何を語るのか』（御茶の水書房・2013）。共著に『知識の組織化と図書館』（日外アソシエーツ・1983）、『扉を開く女たち』（砂子屋書房・2001）、『女たちの戦争責任』（東京堂出版・2004）などがある。

**齋藤史《さいとうふみ》『朱天《しゅてん》』から『うたのゆくへ』の時代《じだい》**
**――「歌集」未収録作品から何を読みとるのか**

2019年1月9日　初版第1刷発行
定価　3000円＋税

著　　者　内野 光子

発 行 者　和田 悌二
発 行 所　株式会社 一葉社
〒114-0024　東京都北区西ケ原1-46-19-101
電話 03-3949-3492 ／ FAX 03-3949-3497
E-mail : ichiyosha@ybb.ne.jp
URL : https://ichiyosha.jimdo.com
振替 00140-4-81176
装 丁 者　松谷　剛
印刷・製本所　モリモト印刷株式会社



ISBN978-4-87196-075-5

資料1

## 齋藤史著作年表　付／齋藤史・齋藤瀏関係文献（2017年12月）

| 年 | 史の著書・動向 | 史の短歌作品・散文<br>（心の花、短歌人、日本歌人、短歌作品、オレンジ、原型） | 史の短歌雑誌掲載短歌・散文<br>歌数の（　）内は歌集収録歌数 |
|---|---|---|---|
| | ◆ここには、史のおもな動向と史の著作のうち、歌集、合同歌集、歌集収録図書及びエッセイ集などを収録する。<br><br>1909年2月14日生 | ◆1927年ごろより、『心の花』への出詠始まる、と年譜にあるが、1930年以前は見当たらなかった。<br>◆歌数を付すものは、現物・複写により確認した。題名・歌数不明なものは、目次集などに拠る。 | ◆歌集名の略号は以下の通り<br>魚…魚歌<br>歴…歴年<br>新…合同歌集・新風十人<br>朱…朱天<br>杳…未刊歌集・杳かなる湖<br>や…歌文集・やまぐに<br>対…短歌作品・対岸<br>う…うたのゆくへ<br>密…密閉部落<br>頌…新日本頌<br>風…風に燃す<br>以降の収録歌数未調査 |
| 1930 | | | |
| 1931 | 1月　『短歌作品』（1932年8月まで8冊刊行）に参加 | 1月　街は夜霧に8（歴7）〈心の花〉<br>2月　短歌・夢魔〈短歌作品〉<br>2月　レントゲン室5（歴3）〈心の花〉<br>4月　三月集合評〈心の花〉<br>5月 花の咲く方角8（歴3）／四月集合評〈心の花〉<br>6月 らせん・と・植物6（0）／五月集合評／「春」出版記念の記〈心の花〉<br>7月　薄明6（0）／歌誌合評〈心の花〉<br>8月　魚蔭8（魚1歴3）／近頃頭に残った歌など〈心の花〉<br>9月　砂2（0）／葉月集合評 | |

| 史の新聞・総合・文芸・女性雑誌等掲載の短歌・散文<br>歌数の（　）内は歌集収録歌数 | 主な齋藤史関係文献 | 齋藤瀏の動静及び著作・主要関係文献 |
|---|---|---|
| | | 1879年4月16日生<br>1904年　陸軍士官学校卒<br>1909年　陸軍大学校卒<br>1915年『青年将校の修養』（兵事雑誌社）<br>1920年12月『曠野』（竹柏会）（『現代短歌全集4』筑摩書房 1981、2001）に収録<br>1928年　山東出兵、済南事件により待命、30年少将予備役となる。<br>1929年4月『霧華』（竹柏会） |
| | | 5月　有志で齋藤瀏歓迎会開催 |
| | | 11月　つはものの道　〈雄弁〉 |

| 年 | 史の著書・動向 | 史の短歌作品・散文<br>(心の花、短歌人、日本歌人、短歌作品、オレンジ、原型) | 史の短歌雑誌掲載短歌・散文<br>歌数の( )内は歌集収録歌数 |
|---|---|---|---|
| | | 〈心の花〉<br>10月　貝7(0)　〈心の花〉<br>11月　十月号合評〈心の花〉<br>12月　年輪5(歴3)〈心の花〉 | |
| 1932 | 10月　改造社から『短歌研究』創刊／日本短歌社から『日本短歌』創刊 | 1月　照明8 (0)　〈心の花〉<br>1月　短歌・帽子〈短歌作品〉<br>2月　正月歌会報告〈短歌作品〉<br>2月　風景5(魚3)〈心の花〉<br>3月　短歌・笛　〈短歌作品〉<br>3月　租界10(魚7)〈心の花〉<br>4月　春藻11(魚4)〈心の花〉<br>6月　月蝕4(魚1)〈心の花〉<br>8月　短歌・舞台〈短歌作品〉<br>8月　海7 (0)　〈心の花〉<br>9月　なぎさ5 (0)〈心の花〉<br>12月　秋日7(0)　〈心の花〉 | |
| 1933 | 『短歌作品』を『カメレオン』に改題<br>10月　齋藤瀏・史共著『続明治の歌人』(明治神宮社務所) | 1月　冬の舗道3(0)〈心の花〉<br>2月　雪原9(歴1)〈心の花〉<br>5月　蟻3 (魚1)　〈心の花〉<br>7月　面紗11(魚6)〈心の花〉<br>10月　夏日8(魚1)〈心の花〉<br>11月　短歌・晩夏〈カメレオン〉 | |
| 1934 | 6月『日本歌人』創刊、参加 | 3月　氷原9 (0)　〈心の花〉<br>4月　いのち14(魚6)〈心の花〉<br>5月　忘却12(魚2)〈心の花〉<br>6月　痴春16 (魚13) ／詩論・感想　〈日本歌人〉<br>8月　短歌／雑言〈日本歌人〉<br>9月　少女 (短文)〈心の花〉<br>9月　旅8 (魚3)　〈心の花〉<br>9月　無駄口　〈日本歌人〉 | |

| 史の新聞・総合・文芸・女性雑誌等掲載の短歌・散文<br>歌数の(　)内は歌集収録歌数 | 主な齋藤史関係文献 | 齋藤瀏の動静及び著作・主要関係文献 |
|---|---|---|
| | | |
| | | 12月　時局を詠ふ　〈雄弁〉 |
| | | 1月～1934年12月 萬葉名歌鑑賞1～24　〈心の花〉<br>1月 秋日遊行、5月 東北北海道遊草、8月 尾上柴舟と吉井勇、10月諸悪諸毒、12月 戸隠山　〈短歌研究〉<br>7月　中隊長死んでもよろしいですか　〈話〉 |
| | | 1月　霧の湖、2月　天竜峡、4月、6月、8月、9月、10月、12月　〈短歌研究〉<br>7月　悼東郷元帥〈文藝春秋〉<br>9月～12月　名歌鑑賞1～4　〈日本短歌〉 |

| 年 | 史の著書・動向 | 史の短歌作品・散文<br>（心の花、短歌人、日本歌人、短歌作品、オレンジ、原型） | 史の短歌雑誌掲載短歌・散文<br>歌数の（　）内は歌集収録歌数 |
|---|---|---|---|
| | | 10月　小景5（0）〈心の花〉<br>11月　短歌　〈日本歌人〉<br>12月　石川信夫ほか東京座談会　〈日本歌人〉 | |
| 1935 | | 1月　冬翳9（魚3）〈心の花〉<br>1月　短歌／東京歌会報告〈日本歌人〉<br>2月　狂7（魚1）〈心の花〉<br>4月　骨格7（魚3）〈心の花〉<br>4月　短歌　〈日本歌人〉<br>5月　短歌／人々〈日本歌人〉<br>7月　短歌・寺　〈日本歌人〉<br>8月　短歌・寺／片方の眼〈日本歌人〉<br>10月　短歌・化石〈日本歌人〉<br>11月　短歌・罠／飛行毛氈〈日本歌人〉<br>12月　自選歌・罠〈日本歌人〉 | |
| 1936 | 1月　寺10（魚9）『現代代表女流年刊歌集』（歌壇新報社）<br>2月26日　二・二六事件<br>12月　濁流12（魚7）『現代代表女流年刊歌集・第2輯』(同上) | 1月　短歌・野　〈日本歌人〉<br>2月　短歌・季節／作品月評〈日本歌人〉<br>＊「日本歌人」欠詠続く | |
| 1937 | 11月　暮春8（魚7）『現代代表女流年刊歌集・第3輯』(同上)<br>12月　『新万葉集』刊行開始、全11巻38年9月完結 | 1月　濁流9（魚6）〈日本歌人〉<br>4月　短歌　〈日本歌人〉<br>6月　短歌　〈日本歌人〉<br>9月　歌集「シネマ」（評）〈日本歌人〉<br>11月　短歌　〈日本歌人〉 | 3月　濁流8（魚・新7）〈短歌研究〉<br>10月　暮春8（魚7）〈短歌研究〉 |

| 史の新聞・総合・文芸・女性雑誌等掲載の短歌・散文<br>歌数の（　）内は歌集収録歌数 | 主な齋藤史関係文献 | 齋藤瀏の動静及び著作・主要関係文献 |
|---|---|---|
| | | |
| | | 2月～5月　続萬葉名歌鑑賞〈心の花〉<br>2月、8月、9月、11月、12月作品〈短歌研究〉<br>6月『万葉名歌鑑賞』（人文書院）［増補1942、改訂1945など］ |
| 1月　化石2（魚1）〈婦人文芸〉 | | 1月　戦場で迎へた正月〈心の花〉<br>2月　私の歌〈心の花〉<br>2月　二・二六事件<br>3月、4月〈短歌研究〉<br>5月　衛戍刑務所に収監<br>7月12日　二・二六事件の栗原安秀、坂井直ら処刑 |
| | | 1月18日　軍法会議により二・二六事件反乱幇助、禁固5年の判決 |

| 年 | 史の著書・動向 | 史の短歌作品・散文<br>(心の花、短歌人、日本歌人、短歌作品、オレンジ、原型) | 史の短歌雑誌掲載短歌・散文<br>歌数の(　)内は歌集収録歌数 |
|---|---|---|---|
| 1938 | 4月　9(魚9)『新万葉集』第4巻<br>(改造社)<br>12月　9(魚6)『現代代表女流年刊歌集・第4輯』(歌壇新報社) | 1月　短歌／同人雑記<br>〈日本歌人〉<br>3月　短歌　〈日本歌人〉<br>5～6月　短歌　〈日本歌人〉<br>7月　短歌／明石海人<br>〈日本歌人〉<br>8～12月　短歌〈日本歌人〉 | 10月　記録8(魚7新3)<br>〈短歌研究〉<br>11月　相22(魚21・新3)<br>〈＜新萬葉新人作品輯＞短歌研究〉 |
| 1939 | 4月　父、瀏と『短歌人』創刊 | 1月　短歌7(魚5)／六号雑誌<br>〈日本歌人〉<br>2月　短歌　〈日本歌人〉<br>4月　白夜9(魚5)〈短歌人〉<br>4月　短歌　〈日本歌人〉<br>5月　浅春4(魚3)〈短歌人〉<br>5月　短歌／前月号合評<br>〈日本歌人〉<br>6月　晩春7(魚6新1)／空と子供の話他〈短歌人〉<br>6月　短歌／前月号合評<br>〈日本歌人〉<br>7月　座談会・推敲とは(史、瀏、小宮良太郎他)　〈短歌人〉<br>7月　三首3(0)　〈短歌人〉<br>8月　欠詠　〈短歌人〉<br>8月　短歌　〈日本歌人〉<br>9月　三首3(魚3)〈短歌人〉<br>10月　欠詠　〈短歌人〉<br>10月　短歌／前月号合評<br>〈日本歌人〉<br>11月　三首3(魚2)〈短歌人〉<br>11月　短歌／前月号合評<br>〈日本歌人〉<br>12月　欠詠　〈短歌人〉<br>12月　短歌　〈日本歌人〉 | 2月　歴史17(魚15新2)<br>〈短歌研究〉<br>4月　アンケート・青年歌人は啄木を考えるか〈短歌研究〉<br>7月　諸家近詠の鑑賞<br>〈短歌研究〉<br>9月　故山6(魚・新6)<br>〈短歌研究〉 |

| 史の新聞・総合・文芸・女性雑誌等掲載の短歌・散文<br>歌数の(　)内は歌集収録歌数 | 主な齋藤史関係文献 | 齋藤瀏の動静及び著作・主要関係文献 |
|---|---|---|
| | | ４月　44首『新万葉集』第４巻（改造社）<br>９月　仮出所<br>11月　帰来吟抄　〈心の花〉<br>12月　幽居雑唱　〈短歌研究〉<br>12月　幽居雑詠　〈心の花〉 |
| ６月３日　新進歌人抄（齋藤瀏選）２（魚２）〈朝日新聞〉<br>**――ここまで『魚歌』――** | | １～４月、６月　短歌〈心の花〉<br>１月　短歌　〈文芸〉<br>４月～1941年２月　萬葉名歌鑑賞１～21連載　〈短歌人〉<br>４月　大佛　〈短歌研究〉<br>７月　歌集『波濤』（人文書院）<br>７月　短歌　〈新日本〉<br>７月　勢いに駆られて　〈文藝春秋〉<br>８月　元帥上原勇作〈文藝春秋〉<br>８月　苦笑　〈短歌研究〉<br>９月　消夏座談会〈短歌研究〉<br>９月　短歌　〈文芸〉<br>11月　経国文芸の会、佐藤春夫らと結成<br>11月　弾雨下の小便問答　〈文藝春秋〉<br>11月　銃後のことども　〈文藝春秋〉<br>12月　獄中記――暇つぶしの戯歌　〈日本短歌〉<br>12月　編著選歌集『肉弾は歌ふ』　（八雲書林） |

| 年 | 史の著書・動向 | 史の短歌作品・散文<br>(心の花、短歌人、日本歌人、短歌作品、オレンジ、原型) | 史の短歌雑誌掲載短歌・散文<br>歌数の(　)内は歌集収録歌数 |
|---|---|---|---|
| 1940 | 2月　1 (0)『紀元二千六百年奉祝歌集』(大日本歌人協会)<br>・天をあおぎ祖(みおや)が擧げしよろこびの聲のとどろきを今に繼ぎつつ<br>7月『新風十人』(八雲書林)<br>9月『魚歌』(ぐろりあそさえて)<br>11月『歴年』(甲鳥書林) | 1月　歴史の傾斜6(魚5)〈短歌人〉<br>1月　短歌／前月号合評〈日本歌人〉<br>2月　冬至7(魚4)〈短歌人〉<br>2月　短歌〈日本歌人〉<br>**——ここまで『魚歌』——**<br>3月　雑2 (0)〈短歌人〉<br>4月　短歌／転載歌〈日本歌人〉<br>4月～5月　欠詠〈短歌人〉<br>5月　短歌／転載歌〈日本歌人〉<br>6月　浅春17(新17)〈短歌人〉<br>6月　短歌〈日本歌人〉<br>7月　六月6(歴2新2)〈短歌人〉<br>7月　短歌／転載歌〈日本歌人〉<br>8月　行雲5(歴5)〈短歌人〉<br>8月　短歌／転載歌〈日本歌人〉<br>9月　夏日4(歴3)〈短歌人〉<br>10月～11月　欠詠〈短歌人〉<br>10月　短歌／転載歌〈日本歌人〉<br>11月　短歌／転載歌〈日本歌人〉<br>**——以下『朱天』——**<br>12月　五首5(歴2朱2)〈短歌人〉<br>12月　紀元二千六百年祝歌(特集)〈日本歌人〉 | 2月　冬日5(魚・新5)〈短歌研究〉<br>**——ここまで『魚歌』——**<br>4月　エッセイ女流五題・地形〈短歌研究〉<br>5月　余寒12(魚4・歴3・新9)　魚・歴・新の重複収録〈日本短歌〉<br>6月　模糊5(新5)〈短歌研究〉<br>9月　朝暮5(歴4)〈短歌研究〉<br>10月　重症5月(歴5)〈日本短歌〉 |
| 1941 | 8月『日本歌人』84号にて終刊 | 1月　つゆじも5(朱5)〈短歌人〉<br>1月　短歌〈日本歌人〉<br>2月　欠詠〈短歌人〉<br>3月　三首3(朱3)／『枯野抄』(生方たつゑ)を読む〈短歌人〉<br>4月　近詠5(朱5)〈短歌人〉 | **——以下『朱天』——**<br>2月　ぼたん雪9(朱9)〈短歌研究〉<br>**【全歌集から削除②】**<br>2月　秋より冬へ15(朱14歴1)〈日本短歌〉<br>**【全歌集から削除①】** |

| 史の新聞・総合・文芸・女性雑誌等掲載の短歌・散文<br>歌数の（　）内は歌集収録歌数 | 主な齋藤史関係文献 | 齋藤瀏の動静及び著作・主要関係文献 |
|---|---|---|
| 2月　頌歌1（歴1）〈輝ク〉<br>4月　九段対面の日揮毫3（歴2）〈輝ク〉<br>4月12日　新進歌人抄・暮色5（新5）〈朝日新聞〉<br>6月　春泥5(新4)〈文芸文化〉<br>7月　流砂7（歴3新風4）〈文藝春秋〉<br>7月　闌夜5（新5）〈新潮〉<br>10月5日　秋天4（歴4）〈朝日新聞〉<br>――以下『朱天』――<br>11月　去来10（歴9朱1）〈公論〉 | | 1月　正月来る〈心の花500号〉<br>2月　将来の兵器〈雄弁〉<br>2月　戦場短歌に哭く美祢國樹の戦場詠について〈日本短歌〉<br>3月　影〈短歌研究〉<br>3月　伊藤豊太：齋藤瀏論〈日本短歌〉<br>5月　中河与一「歌ごころ」〈日本短歌〉<br>6月　虫〈短歌研究〉<br>6月　『悪童記・短歌と随筆』（三省堂）<br>7月　短歌〈日本短歌〉<br>8月　佐藤春夫らと文芸新体制協議会提唱<br>9月　古今東西〈短歌研究〉<br>11月　大政翼賛運動の中核への希望〈現地報告〉<br>11月　文芸人に寄す〈文芸〉<br>11月　新体制と短歌及歌人〈短歌人〉<br>12月　『獄中の記』（東京堂）<br>12月　新体制と短歌〈短歌研究〉<br>12月　短歌〈日本短歌〉 |
| 1月　国土5(新1歴4)〈輝ク〉<br>3月　近づく春9（朱9）〈新女苑〉<br>4月　遺児の日白扇揮毫3(歴2)〈輝ク〉<br>4月　春落葉7（朱7）〈改造〉<br>4月　常会拾ひ話〈改造時局版〉 | 1月18日　茅野雅子：若い二人の女流歌集（魚歌・歴年と五島美代子について）〈朝日新聞〉<br>3月　魚歌・歴年　批評特集22名執筆〈日本歌人〉 | 2月　戦陣訓と共に想ふ〈実業の世界〉<br>4月　短歌〈雄弁〉<br>4月　翼賛会の改組〈現地報告〉<br>6月　言霊の佐くる國〈逓信協会雑誌〉<br>7月～11月　萬葉のこころ連載〈婦人朝日〉 |

| 年 | 史の著書・動向 | 史の短歌作品・散文<br>(心の花、短歌人、日本歌人、短歌作品、オレンジ、原型) | 史の短歌雑誌掲載短歌・散文<br>歌数の(　)内は歌集収録歌数 |
|---|---|---|---|
| | | 5～8月　欠詠　〈短歌人〉<br>8月　『空は青し』(富岡冬野)について　〈短歌人〉<br>8月　短歌／前月作品合評　〈日本歌人〉<br>9～10月　欠詠　〈短歌人〉<br>11月　常日6(朱6)〈短歌人〉<br>12月　秋日4(朱4)〈短歌人〉 | 7月　春のをはり5(女3朱5)〈短歌研究〉<br>9月　蜥蜴6(朱5)〈日本短歌〉 |
| 1942 | 1月～10月　『婦人朝日』短歌欄選者<br>5月　飛沫45(朱44)『女流十人短歌集』(富士書房)<br>**【全歌集から削除④】**<br>6月　戦ひの日日8(朱8)『大東亜戦争歌集』(国民歌人会)<br>11月　開戦15(朱11)『新日本頌』(八雲書林)<br>**【全歌集から削除⑥】**<br>12月　新体制成らんとす7(歴7)『現代代表女流銃後歌集』(歌壇新報社) | ＊以下、掲載誌名ないものはすべて『短歌人』なので省略した。<br>1月　無題4(朱3)<br>2月　開戦4(朱3)<br>3月　海涛4(朱4)<br>4月　南方6(6)<br>5月　春花5(朱5)<br>6月　四首4(朱4)<br>7月　青嶺4(朱4)<br>8月　夏4(朱2)<br>9月　くろき炎5(朱2)<br>**【全歌集から削除⑩】**<br>10月　九月5(朱5)<br>11月　無題3(朱3)<br>12月　うつつにあらぬ5(朱4) | 1月　天業8(朱7)〈短歌研究〉(「宣戦の詔勅を拝して」特集)<br>4月　春花また6(朱6)〈日本短歌〉<br>**【全歌集から削除⑦】**<br>7月　近詠12(朱12)〈短歌研究〉<br>10月　日常9(朱5)〈日本短歌〉<br>11月　身辺5(朱65)〈短歌研究〉 |

| 史の新聞・総合・文芸・女性雑誌等掲載の短歌・散文<br>歌数の(　)内は歌集収録歌数 | 主な齋藤史関係文献 | 齋藤瀏の動静及び著作・主要関係文献 |
| --- | --- | --- |
| 8月　朝の歌5（朱5）〈婦人朝日〉<br>8月　私の隣組　〈婦女新聞〉<br>8月　事件前　〈新女苑〉<br>10月　私の日日〈婦人公論〉<br>10月　秋夜7（朱6）〈逓信協会雑誌〉<br>11月　我が現代短歌の鑑賞〈婦人画報〉<br>11月19日　近詠3（朱2）〈読売新聞〉 | | 7月　『戦陣訓読本』（三省堂）<br>7月『日本の決勝戦此の一年』〔石原広一郎と共述〕(明倫会)<br>7月　短歌・西山荘〈文藝春秋〉<br>7月　事変処理をあせるな〈実業の世界〉<br>8月　安きに馴れざれ〈現地報告〉<br>9月　短歌・世界の混乱〈公論〉<br>10月　皇国の教育を想ふ〈教育〉<br>11月　在刑者の歌　〈婦人界〉<br>11月　寧ろ讃えむ！〈現地報告〉<br>12月　歌壇の動向　〈短歌人〉 |
| 1月　みいくさ5(朱5)〈文芸〉<br>1月　開花期　〈少女画報〉<br>1月　わが尊敬する女性・弟橘媛　〈婦人公論〉<br>1月　アンケート・戦ひの意志〈文芸〉<br>1月　吾が家の翼賛正月〈婦女界〉<br>3月　四方清明5(朱5)〈公論〉<br>**【全歌集から削除⑦】**<br>3月　国民の誓い5（朱3）〈婦人朝日〉<br>**【全歌集から削除⑥】**<br>4月　たたかふ春9（朱9）〈文学界〉<br>4月　シンガポール陥ちぬ5(朱5)　〈モダン日本〉<br>4月　南の海8(朱8)〈新文化〉<br>4月7日　感激にひれ伏して・あゝ特別攻撃隊〈現地報告〉<br>5月　皇軍讃歌7（朱7）〈文藝春秋〉<br>5月31日　珊瑚海海戦3(朱3)　〈週刊朝日〉 | | 1月　『わが悲懐』(那珂書店)<br>1月　勝たねばならぬ〈少女画報〉<br>1月～6月　海報歌壇選者〈海軍報国〉<br>1月　天日　〈日本短歌〉<br>1月　戦ひの意志　〈文芸〉<br>1月　短歌・勝利の一路〈実業之日本〉<br>2月　真の歌道　〈文化日本〉<br>2月　座談会・必勝の信念を語る　〈婦女界〉<br>2月　皇国に生れて31〈公論〉<br>3月　シンガポール陥落・魂勝つ人によりて　〈現地報告〉<br>3月　貢を待つ　〈日本短歌〉<br>4月　将兵の武勲に応ふる道〈文藝春秋〉<br>4月　国民としての気持〈中央公論〉<br>5月　やまとなでしこ〈公論〉<br>5月　『四天雲晴』　(東京堂)<br>6月　『防人の歌』　(東京堂) |

| 年 | 史の著書・動向 | 史の短歌作品・散文<br>(心の花、短歌人、日本歌人、短歌作品、オレンジ、原型) | 史の短歌雑誌掲載短歌・散文<br>歌数の( )内は歌集収録歌数 |
|---|---|---|---|
| | | | |
| 1943 | 2月　14(朱13、頌2)『大東亜戦争歌集愛国篇』(天理時報社)<br>7月　『朱天』(甲鳥書林) | 1月　日常3（朱2）<br>2月　北なる人に4（朱2）<br>**【全歌集から削除⑬】**<br>3月　無題3（朱3）<br>4月　進撃4（朱4）<br>**【全歌集から削除⑮⑯】**<br>5月　春雑歌3（朱1）<br>――**ここまで『朱天』**――<br>6月　春終る4（杳1）<br>7月　残りなく6（0）<br>8月　海軍航空隊5（0）<br>9月　挺身隊3（0）<br>10月　人はいのちに4（0）<br>11月　いのり3（0）<br>12月　朝富士3（0） | 4月　冬樹7(朱7)〈短歌研究〉<br>**【全歌集から削除⑯】**<br>5月　身辺歌13（朱5杳2）〈日本短歌〉<br>――**ここまで『朱天』**――<br>11月　九月ごろ4（0）〈日本短歌〉<br>12月　海の図7（杳1）〈短歌研究〉 |

| 史の新聞・総合・文芸・女性雑誌等掲載の短歌・散文<br>歌数の（　）内は歌集収録歌数 | 主な齋藤史関係文献 | 齋藤瀏の動静及び著作・主要関係文献 |
|---|---|---|
| 5月　女性の誓ひ、目立たない力〈婦人公論〉<br>6月　対談・父娘の会話〈婦人公論〉<br>8月　せんたく談義〈新文化〉<br>9月　微明8（朱8）〈新女苑〉<br>9月　防人の母・妻のうた〈時局雑誌〉<br>10月　母となる心〈新女苑〉<br>11月27日　めぐる感激十二月八日・それから一年〈朝日新聞〉<br>11月　和歌解説日本の歌〈少女倶楽部〉<br>12月　北の防人を偲びて10（朱8）〈文藝春秋〉<br>**【全歌集から削除⑬⑰】**<br>12月　十二月八日7（朱5）〈文芸世紀〉<br>**【全歌集から削除⑫】** | | 6月　日本人の死生歓〈文藝春秋〉<br>7月『萬葉のこころ』（朝日新聞社）<br>7月～12月　日本の母・名歌鑑賞連載〈少国民文化〉<br>7月「昭和防人の歌」欄選者〈週刊朝日〉<br>7月　青年日本戦争史〈公論〉<br>8月　短歌・海〈逓信協会雑誌〉<br>11月　恋関の慟哭〈文藝春秋〉<br>12月　勝利の常道〈文藝春秋〉<br>この年、『大詔の下に　大東亜聖戦詞華集』（大和書房） |
| 1月　霜一夜5（朱5）〈四季71号〉<br>2月　机〈新文化〉<br>2月　少女和歌朗詠読本（愛国百人一首より）〈少女倶楽部〉<br>2月28日　ニューギニヤ進撃〈週刊毎日〉<br>3月　撃ちてしやまむ5（朱3）〈文芸〉<br>5月20日　畏き御仁慈3（0）〈朝日新聞〉<br>**──ここまで『朱天』──**<br>7月　花あかり7（杳1）〈婦人公論〉<br>7月　アツツ島の英霊にささ | | 2月　座談会・女性精神と短歌（佐佐木信綱・井上司朗ほか）〈婦人日本〉<br>2月『無縫録』（那珂書店）<br>2月　合同詩歌集『軍神につづけ』（翼賛図書刊行会）<br>3月　短歌・撃ちてし止まむ〈短歌研究〉<br>3月　撃ちてし止まむ（20人一首）「天に日あり地に日本あり大稜威さへぎるもの撃ちてし止まむ」〈日本短歌〉<br>3月　撃ちてし止まむ／撃攘精神の根本〈文藝春秋〉<br>4月『信念の書──日本世界観・指導原理』（東京堂）<br>6月　信念昂揚の途〈文藝春秋〉<br>7月～44年7月　日本精神講座、連載〈主婦之友〉 |

| 年 | 史の著書・動向 | 史の短歌作品・散文<br>(心の花、短歌人、日本歌人、短歌作品、オレンジ、原型) | 史の短歌雑誌掲載短歌・散文<br>歌数の( )内は歌集収録歌数 |
|---|---|---|---|
| | | | |
| 1944 | 4月　文學報国会短歌部会理事に就任、女性1人<br>5月『春寒記』(乾元社)<br>12月～『婦人画報』短歌欄選者<br>12月　特別攻撃隊2(朱2)、アッツ島山崎部隊11(朱7)『軍神頌』(青磁社)<br>**【全歌集から削除⑬】** | 1月　学徒征く5(0)<br>2月　花よりも3(0)<br>3月　二月7(杳4)<br>4月　樹液7(杳2)<br>5月　春のみぞれ6(杳2)<br>6月　日常5(0)<br>7月　欠詠<br>8月　扉4(杳1)<br>9月　太鼓5(0)<br>10月　欠詠<br>11月　夕べの花5(0)<br>12月　秋夜5(0) | 2月　冬空5(杳1)〈日本短歌〉<br>4月　闥5(杳1)〈短歌研究〉 |
| 1945 | 3月 長野県に疎開<br>4月『短歌人』休刊<br>12月 もののふ1(魚1)『現代名歌選』(吉井勇編　養徳社) | 1月　幼等6(0)<br>2月　杳かなる湖8(杳6)<br>3月　夜の雪6(杳2)<br>*『短歌人』1945年4月～1946年3月休刊 | 1月　無題7(杳1)〈短歌研究〉<br>3月　ことばについてのひとりごと〈短歌研究〉<br>9月　山の賦10(杳8)〈短歌研究〉 |
| 1946 | 4月『短歌人』復刊<br>10月『オレンジ』創刊、参加 | *以下掲載誌名がないものは『短歌人』<br>4月　山の賦7(杳6)転載<br>9月　やまのかげ7(や5)<br>10月　杳かなる湖10(杳7) | 1月　山の茜12(や3)〈短歌研究〉<br>6月　酷寒以後8(や1)〈日本短歌〉<br>6月　春いたる9(や7)〈短歌研究〉<br>7月　近作自歌自釈〈日本短歌〉<br>8月　散り易く5(や5)〈不死鳥〉 |

| 史の新聞・総合・文芸・女性雑誌等掲載の短歌・散文<br>歌数の(　)内は歌集収録歌数 | 主な齋藤史関係文献 | 齋藤瀏の動静及び著作・主要関係文献 |
|---|---|---|
| げまつる８（0）〈文学界〉<br>８月　勤労女性の歌及びその人々に　〈新女苑〉<br>８月　アッツ島の英霊にささげまつる５(0)〈婦人画報〉<br>10月　愛国百人一首解説〈日本少女〉<br>10月　詩・挺身隊　〈知性〉 | | ８月　懸賞短歌＜落下傘＞選〈日本短歌〉<br>９月　盤石必勝の信念〈文藝春秋〉<br>10月　戦ひは変貌す〈短歌人〉<br>10月　第二回大東亜文学者大会所感　〈日本短歌〉<br>11月　惜命貢国　〈言論報国〉<br>11月　形式的総親和否定〈公論〉<br>この年、『主婦之友』歌壇選者、太田水穂・若山喜志子・土屋文明と交代で務める。 |
| １月　決戦新春に詠める３(0)〈文学報国⑭〉<br>11月　燃ゆる憎み５（0）〈日本婦人〉 | ４～５月　『朱天』研究〈短歌人〉 | １月～12月　護国の勲（絵入りコラム）連載〈主婦之友〉<br>１月　愛国百人一首の諸相・鑑賞の方法について〈日本短歌〉<br>１月　何くそッ頑張れ〈海軍報国〉<br>２月　日本思想戦線の進発〈公論〉<br>４月　光と力　〈文藝春秋〉<br>５月　日本人の心と櫻花　〈若桜〉<br>６月　古賀司令官殉職〈文藝春秋〉<br>11月　我が短歌観〈短歌研究〉（改造社より日本短歌社譲受け、１巻１号） |
| ９月　長沼日記　〈芸苑〉<br>10月　愛しき国土５（0）〈文藝春秋〉 | | １月　特別攻撃隊に合掌す〈短歌研究〉<br>４月　歌集『光土』（八雲書林） |
| ４月　春のいろ５（や２）〈少女クラブ〉<br>８月　村のたお母さんの鳩〈少年クラブ〉<br>８月　信濃７(や７)〈文藝春秋〉 | ６月　コラム短歌〈文藝春秋〉［芸術派の一人として登場］ | １月　懺悔断章　〈短歌研究〉<br>４月　日本的性格　〈短歌人〉 |

| 年 | 史の著書・動向 | 史の短歌作品・散文<br>（心の花、短歌人、日本歌人、短歌作品、オレンジ、原型） | 史の短歌雑誌掲載短歌・散文<br>歌数の（　）内は歌集収録歌数 |
|---|---|---|---|
| | | 〈オレンジ創刊号〉 | 10月　歌壇作品合評〈短歌研究〉<br>11月　ゆめあさく5（や4）〈信濃短歌〉<br>12月　無題5 (0)〈短歌研究〉 |
| 1947 | 4月　『新日光』創刊<br>7月　『やまぐに（歌文集）』（臼井書房） | 1月　我生昏るる10（杳5）〈オレンジ〉<br>3月　祈願11（や3）〈オレンジ〉<br>5月　山草5（や5）<br>8月　感傷7（0）／食べる<br>**――以下『うたのゆくへ』――**<br>9月　修羅5（う1）<br>10月　春の歌10（や10）〈オレンジ〉<br>11月　寒夜20（う16）転載 | 1月　日常10（や7）〈八雲〉<br>3月　千曲川べのうた5（0）〈信濃短歌〉<br>4月　雑草6（や5）〈新日光〉<br>4月　冬5 (0)　〈ちくまの〉<br>5月　鳥一羽6 (0)　〈明星〉<br>**――以下『うたのゆくへ』――**<br>6月　寒夜20（う16）〈八雲〉<br>7月　南瓜の花6(や6)〈ちくまの〉<br>9月　水5 (0)　〈短歌研究〉<br>10月　四章詩3篇、うたのいのり4(0)　〈新日光〉<br>10月　〝やまぐに〟より8(や7)〈山と川〉<br>10月　やまぐに抄5(や5)〈新日光〉<br>11月　村棲み10(0)〈短歌雑誌〉<br>12月　雪けむり20(0)〈短歌往来〉<br>12月　自選歌十首集10(う7)〈短歌研究〉<br>12月　風雪30(う10)〈新日光〉 |
| 1948 | 1月　もののふの1<br>『現代名歌選』改訂版（吉井勇編 養徳社） | 1月　夏7（0）／批評家のすみか　〈オレンジ〉<br>3月　風雪14（う5）／小手帖（デッサンについて）<br>4月　かげり7（0）<br>5月　雪道10（う6）<br>6月　ことば7（う2）<br>7月　無題10（う5） | 1月　或る日5(う3)〈信濃短歌〉<br>1月　アンケート・歌壇の新人はだれか　〈真人〉<br>1月　山の賦より5(杳5)〈青雲〉<br>2月　信州風聞　〈短歌研究〉<br>3月　風化3 (0)　〈女性短歌〉<br>4月　杳かなる湖［詩］〈日本短歌〉 |

| 史の新聞・総合・文芸・女性雑誌等掲載の短歌・散文<br>歌数の（　）内は歌集収録歌数 | 主な齋藤史関係文献 | 齋藤瀏の動静及び著作・主要関係文献 |
|---|---|---|
| 9月　山の賦6（杳5）〔『短歌人』からの転載〕〈あをば〉<br>9月　飛沫5（や5）〈群像〉 | | |
| 1月　鳰5（や2）〈婦人画報〉<br>1月　小説・林檎の村（縁談／雪解／英霊）〈文化展望〉<br>1月　雑記　〈黒姫〉<br>1月　永劫のゆめ2（0）〈少女クラブ〉 | 西村孝:『やまぐに』〈短歌人〉 | 4月　雪の連峰6〈ちくまの〉<br>5月　短歌の将来とそのあり方〈短歌人〉<br>7月　桜6　〈ちくまの〉<br>7月『自然と短歌』(人文書院) |
| ──以下『うたのゆくへ』──<br>2月　雪白し6（う3）〈文藝春秋〉<br>3月　秋のおはり10（う5）〈武蔵文化〉<br>5月　林の中10(う7)〈人間〉<br>5月　日常5（う4）〈道程〉<br>5月　花粉5(0)　〈令女界〉 | 8月　平光善久：『やまぐに』読後の感想　〈短歌人〉 | 4月　自己忘却自己失墜〈短歌人〉<br>5月　(佐佐木信綱)先生の北海道遊藻を前に　〈心の花〉<br>6月　新象徴短歌　〈短歌人〉 |

| 年 | 史の著書・動向 | 史の短歌作品・散文<br>(心の花、短歌人、日本歌人、短歌作品、オレンジ、原型) | 史の短歌雑誌掲載短歌・散文<br>歌数の(　)内は歌集収録歌数 |
|---|---|---|---|
| | | 8月　林の中10（う7）転載<br>8月　無題8(う1)〈オレンジ〉<br>9・10月合併　塵11（う1）<br>11月　ねむり9（う5）<br>12月　静穏10（う10）<br>12月　無題7（う1）<br>〈オレンジ〉 | 4月　村境30(う15)〈短歌世界〉<br>4月　水の音5(う2)〈短歌往来〉<br>6月　冬いささか15（う5）<br>〈日本短歌〉<br>6月　夕映12(う3)〈短歌研究〉<br>6月　ドン底の記憶　〈真人〉<br>7月　梨花6(う1)〈短歌雑誌〉<br>7月　野草7（う1）〈原始林〉<br>＊GHQの検閲一首含む<br>8月　現代短歌の批判　〈像〉<br>8月　雨降る5(う3)〈信濃短歌〉<br>9月　太鼓［小説］〈日本短歌〉<br>9月　重き芳香12（0）<br>〈臨増短歌研究〉<br>10月　白鷺青鷺　〈短歌雑誌〉<br>11月　白うさぎ14（う12）<br>〈短歌雑誌〉 |
| 1949 | 9月　『女人短歌』創刊、参加 | 1月　作品10（う2）<br>〈オレンジ〉<br>1・2月合併　黄な蜂7（う4）<br>3月　重き芳香12（0）転載<br>4・5月合併　濡れてゆくに12（う10）転載<br>6月　つばさ7（う2）<br>7月　無題8（う2）<br>8月　五月の森7（0）<br>9月　四首4（う1）<br>10・11月合併　草の穂4(う3)<br>12月　無題6（う4） | 1月　光焔10(う7)〈北日本短歌〉<br>2月　濡れてゆくもの12(う10)<br>〈短歌研究〉<br>5月　冬虹16(う11)〈短歌研究〉<br>5月　春の河5(う2)〈短歌新潮〉<br>6月　七首7（う6）〈日本短歌〉<br>8月　昨年の落葉5(う3)〈諏訪〉<br>9月　青葉濃く6（う6）<br>〈女人短歌1〉<br>10月　作品合評　〈短歌研究〉<br>11・12月　顫音15（う9）<br>〈短歌研究〉<br>12月　赤い月4(う3)〈女人短歌2〉 |
| 1950 | 1月　『短歌声調』創刊<br>1月　『日本歌人』復刊 | 1・2月合併　無題5（う3）<br>3月　無題4（う1） | 1月　くらい荒れた谷間15（う14）　〈短歌研究〉 |

| 史の新聞・総合・文芸・女性雑誌等掲載の短歌・散文<br>歌数の（　）内は歌集収録歌数 | 主な齋藤史関係文献 | 齋藤瀏の動静及び著作・主要関係文献 |
|---|---|---|
| 6月　雨降る6（う5）〈黒姫〉<br>6月　アンケート わが処女作・出世作・『魚歌』〈文学集団〉<br>7月　春の雲5(0)〈小説新潮〉<br>9月　相5（魚5）〈白鳳〉<br>9月　夕あかね4（0）〈科野雑記〉<br>10月　短歌などについて〈詩風土27〉<br>10月　ゆうやけ〈幼年クラブ〉<br>11月19日～1949年1月25日(67回)　過ぎて行く歌［小説］〈信濃毎日新聞〉<br>11月　無題5（う3）〈りんどう〉 | | |
| 1月　月明夜歌8（う8）〈女人芸術〉<br>1月　元旦日記　〈月刊信毎〉<br>5月　春のうた5（う4）〈月刊信毎〉<br>9月　秋の落日2（う1）〈信州自治、扉グラビア〉<br>12月　夜の色6（う1）〈文藝春秋〉 | 8月～　塚本邦雄：齋藤史論〈メトード1～3〉<br>8月　大塚駿之介：齋藤史論ノート〈覇王樹〉 | 8月　雲〈諏訪〉<br>9月　齋藤千代：齋藤瀏論〈短歌人〉 |
| 3月　春浅き千曲川べ　〈旅〉 | 2月　安藤佐貴子：女性圏の歌齋藤史・生方たつゑ | 4月　「信濃漫筆」連載始まる〈短歌人〉 |

| 年 | 史の著書・動向 | 史の短歌作品・散文<br>（心の花、短歌人、日本歌人、短歌作品、オレンジ、原型） | 史の短歌雑誌掲載短歌・散文<br>歌数の（　）内は歌集収録歌数 |
|---|---|---|---|
| | （『オレンジ』後継誌）<br>10月　重き芳香72（う17、や41）『朝の杉（日本歌人女流十二人集）』（国際文化協会出版部） | 〔ほかに『短歌研究』からの7首転載あり〕<br>3月　無題10（う5）〈短歌作品〉<br>4月　無題4（う4）<br>5月　無題6（う6）〔『短歌研究』1月から一部転載〕<br>5月　無題5（う2）〈短歌作品〉<br>6月　無題4（う3）<br>7月　無題3（う2）<br>〔ほかに『短歌声調』からの「吹雪」5首転載〕<br>8月　無題3（う2）<br>9月　無題7（う7）<br>10月　無題5（う5）〔『短歌雑誌』7月「迷妄」転載〕<br>10月　不清浄天使30（う23）〈短歌作品〉<br>11・12月合併　無題7（う6）／小手帳1（デッサンについて） | 3月　魔神花火　〈短歌研究〉<br>5月　月光7（う5）〈短歌雑誌〉<br>5月　吹雪5（う5）〈短歌声調〉<br>6月　良薬と毒薬12（う11）〈短歌研究〉<br>7月　迷妄5（う2）〈短歌雑誌〉<br>8月　水妖通信　〈日本短歌〉<br>8月　近作相互評（香川進）〈短歌研究〉<br>9月　青葉濃く6（う6）〈女人短歌5〉<br>10月　自選小歌集白炎62　＊未調査　〈日本短歌〉<br>12月　秋湖12（う12）〈短歌研究〉<br>12月　くれなゐ5（う2）／歌集浅紅読後〈女人短歌6〉 |
| 1951 | 1月　九条武子短歌鑑賞『現代短歌鑑賞3』（国際文化協会出版部、第二書房）<br>3月　内界外界『近代短歌講座2』（新興出版社） | 1月　無題5（う4）／小手帳2<br>2月　無題6（う5）／小手帳3<br>3月　無題5（う1）／小手帳4<br>4・5月合併　無題6（う5）／小手帳5（BK放送稿1）<br>6月　無題5（う4）<br>7月　無題5（う4）／小手帳（独語、あれこれと）<br>8月　無題8（う8）／小手帳（一人一首）<br>9月　欠詠<br>10月　無題6（う5）<br>11・12月合併　無題6（う2） | 1月　凍れる河5（う5）〈日本短歌〉<br>4月　「いひづな」読後　〈潮音〉<br>6月　無題5（う5）〈女人短歌8〉<br>7月　晩春5（う5）〈日本短歌〉<br>8月　氷火30（う28）〈短歌研究〉<br>9月　無題5（う5）〈女人短歌9〉<br>10月　まなじり5（う3）〈日本短歌〉 |

| 史の新聞・総合・文芸・女性雑誌等掲載の短歌・散文<br>歌数の（　）内は歌集収録歌数 | 主な齋藤史関係文献 | 齋藤瀏の動静及び著作・主要関係文献 |
| --- | --- | --- |
| | 〈短歌雑誌〉<br>11月　歌人印象記・齋藤史<br>〈日本短歌〉 | 5月　回想　〈短歌研究〉 |
| 10月　花のまがき6（う6）<br>〈文藝春秋〉 | | 4月『二・二六』（改造社）<br>10月「秋を聴く」を読みて<br>〈心の花〉 |

| 年 | 史の著書・動向 | 史の短歌作品・散文<br>(心の花、短歌人、日本歌人、短歌作品、オレンジ、原型) | 史の短歌雑誌掲載短歌・散文<br>歌数の(　)内は歌集収録歌数 |
|---|---|---|---|
| 1952 | 7月　『魚歌』抄『現代短歌全集5』(創元社) | 1月　無題5(う1)<br>2・3月合併　無題5(う4)<br>4月　無題6(う6)<br>〔ほかに『短歌研究』からの転載あり〕<br>5月　無題6(う5)<br>〔『短歌研究』から一部転載〕<br>6月　愛憐6(う6)<br>7月　無題5(う4)<br>8月　無題7(う5)<br>9月　無題6(う5)／作品評<br>10月　欠詠／同人欄読後<br>11・12月合併　無題7(う6) | 2月　月光7(う5)〈短歌雑誌〉<br>3月　裸木6(う4)〈日本短歌〉<br>3月　かりそめ30(う30)〈短歌研究〉<br>3月　かなた7(う6)〈女人短歌11〉<br>4月　夜寒7(う7)〈短歌雑誌〉<br>10月　あくた29(う27)〈短歌研究〉<br>11月　百首　＊未調査〈短歌雑誌〉 |
| 1953 | 7月　『うたのゆくへ』(長谷川書房)<br>7月5日　父齋藤瀏死去<br>8月　夫、医院開業 | 1月　生涯5(う1)<br>2月　残菊4(う2)<br>**――以下『密閉部落』――**<br>3月　無題6(う1＋密2)／同人欄読後<br>4月　無題6(密1)<br>5月　無題4(う1密1)<br>6・7月合併　無題3(密1)<br>8月　無題6(密1)<br>9月　欠詠／木下さん／読後感<br>10月　いたみ歌11(密6)／別れの記、父瀏の思い出(8月24日NHK放送)<br>11・12月合併　放送短歌抄 | 2月　雪片々12(う5)〈日本短歌〉<br>**――以下『密閉部落』――**<br>7月　魚卵13(密6)〈短歌研究〉<br>10月　父のこと　〈心の花〉<br>12月　最近歌集抄『うたのゆくへ』〈短歌研究〉<br>12月　無題10(0)〈女人短歌18〉 |
| 1954 | 1月　歌会始陪聴<br>1月　角川書店『短歌』創刊<br>6月　『現代短歌入門』(元元社) | ＊この年『短歌人』未確認 | 1月　十首抄10(う9)〈短歌研究〉<br>2月　みぞれ14(密6)〈短歌研究〉<br>3月　死後30(密10)〈短歌〉<br>3月　無題10(0)〈女人短歌19〉<br>6月　異質14(密9)〈短歌研究〉 |

| 史の新聞・総合・文芸・女性雑誌等掲載の短歌・散文<br>歌数の(　)内は歌集収録歌数 | 主な齋藤史関係文献 | 齋藤瀏の動静及び著作・主要関係文献 |
|---|---|---|
| 10月　魔性6（う6）〈文藝春秋〉 | | 1月　『慟哭』〈短歌人〉<br>4月　羹に懲りて膾を吹く〈短歌人〉<br>7月　戦犯容疑証人〈日本及日本人〉 |
| 3月　信濃春花譜〈婦人の友〉<br>3月　自選・春の歌8（う7）〈美しい暮らしの手帖〉<br>3月　歌のゆくへ6（う6）〈文藝春秋〉<br>**──以下『密閉部落』──**<br>4月　皿の上5(密1)〈新文明〉<br>9月　雷5(密1)〈郵政〉 | 12月　高尾亮一『うたのゆくへ』評〈短歌研究〉 | 7月5日　死去<br>10月　齋藤瀏追悼号、年譜・追悼歌・追悼記（佐佐木信綱、前川佐美雄、山下陸奥、石川信夫ほか多数）〈短歌人〉<br>10月　齋藤瀏追悼号（佐佐木信綱、川田順、下村海南ほか）〈心の花〉 |
| 2月　冬の犬6（密2）〈文藝春秋〉<br>10月　むだばなし〈旭の友　長野県警〉<br>12月　秋扇5(密2)〈小説新潮〉 | 3月13日　<読書>『うたのゆくへ』紹介〈読売新聞夕〉<br>3月　久方寿満子：齋藤史氏の作品雑感〈短歌雑誌〉<br>4月　五島茂：齋藤史論〈短歌〉 | |

| 年 | 史の著書・動向 | 史の短歌作品・散文<br>(心の花、短歌人、日本歌人、短歌作品、オレンジ、原型) | 史の短歌雑誌掲載短歌・散文<br>歌数の(　)内は歌集収録歌数 |
|---|---|---|---|
| | | | 6月　無題10(0)〈女人短歌20〉<br>11月　戸隠二十首20（0)〈短歌研究〉<br>12月　十首抄10(う9)〈短歌研究〉<br>12月　未来10(密4)　〈短歌〉<br>12月　無題10(密1)〈女人短歌22〉 |
| 1955 | | 1月　幹4（密3)<br>2月・3月　欠詠<br>4月　棒杭6(密5)／佳品抄<br>5月　『秋の椅子』佳品抄<br>6月　汚れ雪4（密1)<br>7月　樹6(密2)／短歌人女流作品<br>8月　花の毒6(密5)／短歌人女流作品<br>9月　夏雲4（密2)<br>10月　演技と儀礼6（密3)<br>11月　無辺6（0)<br>12月　高い手すりのある風景5(密1)／あたたかまなざし | 2月　読者短歌　〈短歌〉<br>7月　追悼録太田先生〈潮音〉<br>12月　無題7（密1)〈女人短歌26〉 |
| 1956 | | 1月　あぶら6（0)／文学としての短歌<br>2月　とげ6(密2)／対談記<br>3月　街4（0)　〈短歌人〉<br>3月～5月　山の青年<br>4月　果汁5（密2)<br>5月　奇形4（密1)<br>6月　芽ぐむ5（密1)<br>7月　春塵5(密3)／日本映画のはなし<br>8月　白崖5(密1)〈短歌人〉<br>9月　河3(0)／北國歌壇の紹介 | 3月　作中人物30（密19)〈短歌研究〉<br>3月　無題7（密2)〈女人短歌27〉<br>8月　雨期10(密9)〈短歌研究〉<br>10月　春から夏へ15（密9)〈短歌〉 |

| 史の新聞・総合・文芸・女性雑誌等掲載の短歌・散文<br>歌数の（　）内は歌集収録歌数 | 主な齋藤史関係文献 | 齋藤瀏の動静及び著作・主要関係文献 |
|---|---|---|
| | 9月　石川信夫:尢妖艷之體乎——齋藤史　〈短歌〉 | |
| 10月　野の夏8（密7）　〈文藝春秋〉 | | |
| 9月　狐の毛皮　〈郵政〉<br>10月　鎮魂歌7（密1）　〈文藝春秋〉<br>10月　秋の旅　〈温泉〉<br>11月　信濃住み『登山全書随想編3（山の詩歌）』　（河出書房） | 4月　上田三四二：齋藤史　〈短歌研究〉<br>5月　大野誠夫:芸術派の陥穽　〈短歌研究〉<br>6月　若林のぶ:現代短歌鑑賞　〈短歌〉<br>7月　中野菊夫：齋藤史　〈国文学解釈と鑑賞〉<br>11月　上田三四二:齋藤史論『現代歌人論』(短歌新聞社) | |

| 年 | 史の著書・動向 | 史の短歌作品・散文<br>(心の花、短歌人、日本歌人、短歌作品、オレンジ、原型) | 史の短歌雑誌掲載短歌・散文<br>歌数の(　)内は歌集収録歌数 |
|---|---|---|---|
| | | 10月　墓2(密1)<br>11月　場末の雨5(密3)／馬が人を食つたはなし<br>12月　遠景4(密2) | |
| 1957 | 9月　齋藤史集158『現代日本文学全集90』(筑摩書房)<br>7月　『灰皿』創刊、参加 | 1月　秋花火6(0)<br>2月　仮称3(密1)／二元集の作家達<br>3月　糖衣錠5(0)<br>4月　炭殻4(密3)<br>5月　濁る4(密1)<br>6月　孵化4(密1)<br>7月　黴4(密1)<br>8月　生きもの5(密1)<br>9月　単線5(密4)<br>10月　歳月3(密1)<br>11月　義眼4(密1)<br>12月　氷1(0) | 1月　うろこ30(密11)〈短歌研究〉<br>2月　齋藤瀏とその歌〈心の花〉<br>3月　漂白記50(密26)〈短歌〉<br>7月　お菓子のこと〈短歌〉<br>7月　点10(密4)いなかの歌人1〈灰皿創刊号〉 |
| 1958 | 作品14『信濃観光歌集1』(旅と信濃社) | 1月　浮彫4(0)<br>2月　樹皮5(密1)<br>3月　風に吹かれて4(密2)<br>4月　乾性の雪2(密2)／『黒衣』批評<br>5月　石像4(密2)<br>6月　残置灯6(密2)<br>7月　冬の蠅4(密4)<br>8月　山の町4(密4)<br>9月　羽毛4(密1)<br>10月　いらくさ5(密1)／短歌の毒<br>11月　花よりすずし5(密2)<br>12月　原始林5(密4)<br>**──ここまで『密閉部落』──** | 1月　暗き山10(密6)、いなかの歌人2〈灰皿2〉<br>1月　野火30(密15)〈短歌〉<br>3月　暗き赤29(密10)〈短歌研究〉<br>3月　無題13(密5)〈女人短歌35〉<br>6月　町10(密8)〈灰皿3〉<br>6月　それは向うからやってきた──なぜ短歌を選んだか〈短歌研究〉<br>6月　抒情〈短歌新聞〉<br>8～11月　信濃だより1～5〈短歌〉<br>8月　密殺30(密15)〈短歌〉 |

| 史の新聞・総合・文芸・女性雑誌等掲載の短歌・散文<br>歌数の(　)内は歌集収録歌数 | 主な齋藤史関係文献 | 齋藤瀏の動静及び著作・主要関係文献 |
|---|---|---|
| | | |
| 1月　秋あざみ5（0）〈政界往来〉<br>3月　山鳩5（密2）〈郵政〉<br>8月　生きもの5（密1）〈小説新潮〉<br>8月　多肉植物5（密2）〈政界往来〉 | | |
| 1～12月　歌壇選〈若い広場〉<br>7月　乾く蛇5（0）〈逓信協会雑誌〉<br>8月　亀裂7(密7)〈文藝春秋〉<br>10月　草色の月5（密1）〈小説新潮〉<br>10月　氷片5(0)〈若い広場〉<br>11月　羽毛4（密3）〈若い広場〉 | 1月　上田三四二：齋藤史の場合〈短歌〉<br>1月　坪野哲久：齋藤史『昭和秀歌』（理論社）<br>8月　現代の表情・齋藤史〈短歌〉 | |

| 年 | 史の著書・動向 | 史の短歌作品・散文（心の花、短歌人、日本歌人、短歌作品、オレンジ、原型） | 史の短歌雑誌掲載短歌・散文 歌数の（　）内は歌集収録歌数 |
|---|---|---|---|
| | | | 8月　門扉8（密4）〈灰皿4〉<br>9月　氷上の人15（密11）〈短歌〉<br>9月　渡り鳥5（密3）〈女人短歌37〉<br>12月　土葬死者8（密8）〈灰皿5〉<br>12月　警職法アンケート〈短歌〉 |
| 1959 | 9月　『密閉部落』（四季書房） | 1月　杏仁5（風2）<br>2月　硬貨5（風2）<br>3月　鳥3（風1）<br>4月　風雪5（風3）／座談会・短歌人の歩み／短歌人と現代短歌巾と深さと<br>5月　なまこ5（風2）<br>6月　春の風化3（0）<br>7月　三首（風2）<br>8月　蛭4（風2）<br>9月　白蝶4（風3）<br>10月　旧稿より7（密6）<br>11月　旧作より7（密7）<br>12月　逆立つ樹木（風1） | 1月　流木14（密14）〈短歌研究〉<br>3月　新人の資格とは〈短歌研究〉<br>3月　信濃花譜　〈短歌〉<br>5月　密閉部落Ⅰ 35（密35）〈短歌研究〉<br>6月　密閉部落Ⅱ 35（密35）〈短歌研究〉<br>7月　密閉部落Ⅲ 35（密35）〈短歌研究〉<br>8月　自選秀歌十首10（密9）作者ノート　〈短歌研究〉<br>**――ここまで『密閉部落』――**<br>9月　新人賞講評〈短歌研究〉<br>9月　無題13（風4）〈女人短歌〉十年のあゆみ〈女人短歌41〉<br>10月　水門30（風15）〈短歌〉<br>10月　未発表歌集「杳かなる湖」87（杳74）　〈短歌研究〉<br>12月　今年の仕事来年の抱負〈短歌〉 |
| 1960 | 4月　長野県文化功労賞受賞 | 1月　旅7（風7／作品合評）<br>2月　冬の位置6（風2）<br>3月　廃壁4（風3／作品合評）<br>4月　氷柱5（風3）<br>6月　冬の山7（風3）<br>7月　なだれ6（風3）／『夜 | 1月　自然の歌10（風5）〈短歌研究〉<br>3月　自選「密閉部落」60首〈短歌〉<br>8月　義眼25（風22）〈短歌研究〉 |

| 史の新聞・総合・文芸・女性雑誌等掲載の短歌・散文<br>歌数の（　）内は歌集収録歌数 | 主な齋藤史関係文献 | 齋藤瀏の動静及び著作・主要関係文献 |
|---|---|---|
| | | |
| 1月～12月　歌壇選　〈若い広場〉<br>1月　道標5（密1）　〈若い広場〉<br>――**ここまで『密閉部落』**――<br>12月　洪水以後5（0）　〈小説新潮〉 | 8月　石川信夫：齋藤史・人と作品　〈短歌〉 | |
| 1～12月歌壇　〈若い広場〉<br>4月　身辺雑記鼠の巣　〈信濃教育〉<br>7月　短歌5〈逓信協会雑誌〉<br>7月　温泉旧知　〈温泉〉<br>11月　秋芳洞その他7(風3) | 2月　山口由幾子・赤座憲久ほか『密閉部落』批評特集　〈短歌人〉<br>3月　大野誠夫：『密閉部落』の表現／寺山修司：灰歌　〈女人短歌43〉 | |

| 年 | 史の著書・動向 | 史の短歌作品・散文<br>(心の花、短歌人、日本歌人、短歌作品、オレンジ、原型) | 史の短歌雑誌掲載短歌・散文<br>歌数の(　)内は歌集収録歌数 |
|---|---|---|---|
| | | 学生のうた』批評<br>8月　かもしか5 (3) ／旅のノート<br>9月　如露6（風5)<br>10月　夏芽5（風3)<br>11月　石筍4（風2)<br>12月　旅なかば5（風4) | 9月　新人賞講評〈短歌研究〉<br>11月　旅30（風24)〈短歌〉<br>12月　歌壇問題作品抄〈短歌研究〉<br>12月　抒情への疑問〈女人短歌46〉 |
| 1961 | | 1月　風船5（風3）／歌人<br>2月　冬の樅5（風3)<br>3月　冬4（風1)<br>4月　魚2(風1)／新人の条件<br>5月　氷滝2(風2)／作品批評二元集<br>6月　燻製7（風6)<br>7月　仮面6（風2)<br>8月　海雪4(風1)／消夏随想<br>9月　雨襲ふ5（風5)<br>10月　囮鮎6（風5)<br>11月　音4（風2)<br>12月　黒色の砂5（風5) | 3月　大西民子『風紋』読後〈短歌〉<br>5月　獣脂30(風25)〈短歌研究〉<br>6月　うつつには参じがくても〈心の花〉<br>6月　無題5(風2)〈女人短歌48〉<br>8月　錯覚5(風3)〈短歌芸術〉<br>9月　紫陽花5(風2)〈短歌研究〉<br>9月　『漆黒』読後〈ポトナム〉<br>9月　新人賞講評〈短歌研究〉<br>11月　座談会・つねに前向きの苦渋を・農村短歌を語る〈短歌〉<br>11月　虫・魚四季30（風25)〈短歌〉<br>12月　自選作品抄10（風9)〈短歌研究〉<br>12月　会員作品1(0）／新聞歌壇について〈女人短歌50〉 |
| 1962 | 4月　『原型』創刊、『短歌人』退会 | 1月　浮袋7(風7）／難解といわれること　〈短歌人〉<br>＊以下1982年まで『原型』未見多数あり、収録歌集未調査多し。<br>4月　文学の原型<br>4月　風花14（風14)<br>5月　同人作品読後 | 4月　花火師30（風29)〈短歌研究〉<br>8月　短歌を書く農人たち──前衛の土俗化　〈短歌〉<br>8月　渚30（風29)　〈短歌〉<br>8月　短歌を書く農人たち──前衛の土俗　〈短歌〉 |

| 史の新聞・総合・文芸・女性雑誌等掲載の短歌・散文<br>歌数の(　)内は歌集収録歌数 | 主な齋藤史関係文献 | 齋藤瀏の動静及び著作・主要関係文献 |
|---|---|---|
| 〈文藝春秋〉<br>9月　山むらさき5（風5）〈政界往来〉<br>12月　草といへども5(風4)〈郵政〉 | 4月　塚本邦雄：魔女不在〈短歌研究〉<br>11月　藤田武：密閉部落」〈短歌研究〉 | |
| 1～12月　歌壇〈若い広場〉<br>10月　太田水穂と私　墨のあと〈信濃教育(太田水穂特集)〉 | 5月　米田利昭:軍国主義者と短歌・齋藤瀏・史父娘のこと〈文学〉<br>11月　中森潔:齋藤史論メモ／人里弘:齋藤史論〈短歌人〉 | |
| 1～12月　歌壇選者〈若い広場〉<br>4月18日　稚魚3（0）〈毎日新聞〉<br>5月　縛8(風7)〈文藝春秋〉<br>5月　花火〈日本歌人クラブ春号〉 | 1月　前登志夫：処女歌集研究「魚歌」〈短歌〉<br>2月　研究討論「虫・魚四季」〈短歌〉<br>5月　葛原妙子:「原型」の創刊と齋藤史さん〈短歌〉<br>10月　島田修二:例外者の系 | 6月　葛城正:歌人齋藤瀏の面影〈原型〉 |

| 年 | 史の著書・動向 | 史の短歌作品・散文<br>(心の花、短歌人、日本歌人、短歌作品、オレンジ、原型) | 史の短歌雑誌掲載短歌・散文<br>歌数の(　)内は歌集収録歌数 |
|---|---|---|---|
| | | 6月　縛8(風7)転載／具象と抽象と／風林集読後<br>7月　胞子5(風2)／空中楼閣／作品Ⅰ読後<br>8月　植物5(風3)／自然<br>10月　晩夏5(風3)／目の埃り<br>11月　夏の蝶4(風1)／歌評――人物評<br>12月　地下湖4(風3)／うたができないという友へ | 10月　喩の刺繍者――塚本邦雄氏の近作について〈短歌〉 |
| 1963 | 11月　『原型』『魚歌』特集 | 1月　通話5(風3)／ことばのひびき<br>2月　厳冬5(風3)／齋藤史六つの短歌英訳<br>3月　雪5(風1)／土器<br>4月　こぼれ雪5(風4)／藁馬<br>5月　玄冬素心10(風10)転載<br>6月　飛行天女5(風4)／無題<br>7月　欠詠／おとなの質問<br>8月　海草3(風0)／表現者<br>9月　すずめ蛾3(風1)／仮面雑感<br>10月　夏花4(風0)／歌会の評について<br>11月　自選歌10(風10)／資料『魚歌』の付記<br>12月　落暉5(風1)／自選ということ | 2月　玄冬素心30(風30)〈短歌〉<br>9～10月　現代短歌講座《狂》ことばの機能〈短歌〉<br>10月　実作教室・夜の虹〈短歌〉<br>12月　63年作品抄〈短歌研究〉 |
| 1964 | | 1月　氷塊5(風4)／ことば<br>2月　迷路5(風5)／ふたたび仮面について | 1月　流刑地30(風30)〈短歌〉<br>2月　(追悼)佐佐木信綱先生〈短歌〉 |

| 史の新聞・総合・文芸・女性雑誌等掲載の短歌・散文<br>歌数の(　)内は歌集収録歌数 | 主な齋藤史関係文献 | 齋藤瀏の動静及び著作・主要関係文献 |
|---|---|---|
| 7月　みみず5　〈小説新潮〉<br>11月5日　「九千万人の一人」(NHK出演) | 譜・塚本邦雄と齋藤史〈短歌〉<br>10月　塚本邦雄：不死の鳩・齋藤史作品研究　〈短歌〉<br>12月　人物ハイライト齋藤史〈短歌〉 | |
| 1月〜　歌壇選者199号まで後半石川信夫を経て中村正爾へ　〈若い広場〉<br>12月　原野7（風3）〈文藝春秋〉 | 4月　合同研究「玄冬素心」〈短歌〉<br>5月　葛原妙子：原型の創刊と齋藤史さん　〈短歌〉<br>6月　吉田漱：齋藤史論・黒い氷炎　〈短歌〉<br>11月　前川佐美雄：資料『魚歌』の序　〈原型〉<br>12月　寺山修司：推理的鑑賞覚書・齋藤史論　〈短歌〉 | 3月　山川柳子：齋藤瀏の横顔〈短歌研究〉 |
| 6月　氷塔5〈信濃毎日新聞〉<br>8月　邦楽歌詞・おばすて(NHK) | 2月　篠弘：齋藤史〈国文学解釈と鑑賞〉<br>4月　赤座憲久：『魚歌』時代 | |

| 年 | 史の著書・動向 | 史の短歌作品・散文（心の花、短歌人、日本歌人、短歌作品、オレンジ、原型） | 史の短歌雑誌掲載短歌・散文 歌数の（　）内は歌集収録歌数 |
|---|---|---|---|
| | | 3月　肩5（風5）／一人称<br>4月　凍湖5（風2）／二十首詠読後感<br>5月　川魚5（風1）／無題<br>6月　夜雨5（風3）／風流<br>7月　母雉5(風2)／転合・続風流<br>8月　水栓5(風2)／花を分ける<br>9月　離脱5（風4）／邂逅<br>10月　晩夏5（風4）／劇<br>12月　欠詠／一年／同人作品回顧 | 4月　御おもかげを〈心の花 信綱追悼特集〉<br>8月　映写12（風12）〈短歌〉<br>8月　朱天131『新風十人』より（巻末付録）〈短歌〉<br>10月　雪の霊・告別歌25（風17）〈短歌研究〉<br>12月　64作品抄〈短歌研究〉 |
| 1965 | | 1月　欠詠／さらに多い実りを<br>2月　冬5（風3）／いたしかたないはなし<br>3月　蜆5(風3)／やりなおし<br>4月　欠詠／うけうり<br>5月　河5（風2）／仕事部屋<br>6月　追儺5（風2）／草木鳥獣歌28（風25）転載／野草<br>7月　欠詠／書く<br>8月　ありまき5<br>9月　旅の作品<br>10月　五輪塔<br>11月　傷痕3(風2)／アンケート<br>12月　もう一度 | 3月　石川信夫のこと〈宇宙風〉<br>4月　草木鳥獣歌28（風25）〈短歌〉<br>10月　歌よむに〈醍醐〉<br>11月　ゆくへ見むとて30（風28）〈短歌研究〉<br>12月　65作品抄〈短歌研究〉 |
| 1966 | | 1月　氷結5（風5）／石<br>2月　小文章<br>3月　粉雪5（風2）／家なし<br>4月　なぜ？書くのだろう<br>5月　風に燃す8（風7）／夜のゆき<br>6月　松代群発地震 | 4月　口舌5（風5）〈短歌〉<br>6月　『死者よ月光を』読後〈ポトナム〉<br>8月　その頃〈短歌研究〉<br>10月　榊原かつ氏追悼記〈ポトナム〉 |

| 史の新聞・総合・文芸・女性雑誌等掲載の短歌・散文<br>歌数の(　)内は歌集収録歌数 | 主な齋藤史関係文献 | 齋藤瀏の動静及び著作・主要関係文献 |
|---|---|---|
| 11月　夜の雲5(風4)〈文芸〉 | 〈原型〉<br>5月　中森潔:独断的齋藤史論1～7、1967年1月まで連載〈原型〉<br>9月　玉城徹：新風十人とその時代〈短歌〉 | |
| 1月　邦楽歌詞・春の雪(NHK)<br>2月　随筆信州下山田〈温泉〉<br>6月　松代焼〈現代の眼〉 | | |
| 1月　アルプス展望5〈電電しんえつ〉<br>12月　日本の表情〈中日新聞〉 | 6月　菱川善夫：現代短歌史論序説――「新風十人」と聞き時代に美意識をめぐって〈素4号〉 | |

| 年 | 史の著書・動向 | 史の短歌作品・散文<br>（心の花、短歌人、日本歌人、短歌作品、オレンジ、原型） | 史の短歌雑誌掲載短歌・散文<br>歌数の（　）内は歌集収録歌数 |
|---|---|---|---|
| | | 7月　こだま5（風4）／擬音語・擬態語<br>8月　緑青5（風4）／言語の起源について<br>10月　欠詠／くろい いやなやつ<br>11月　背後3（風2）／くたびれもうけ<br>12月　知らざれば3(風2)／鼠の素 | |
| 1967 | 11月『風に燃す』（白玉書房） | **──以下『ひたくれなゐ』──**<br>1月　耳もて問はむ5／バァー<br>2月　豪雪5／眼帯<br>3月　厨にて5／たしかに書く／社外作品合評<br>4月　母貝5／月もおぼろに／競詠作品読後<br>5月　密呪5／あんずと佐藤春夫先生<br>6月　徒労5／虎が石<br>7月　虹のうろこ5／臼が住む<br>8月　すず振るは5<br>9月　白蟻5／雨乞い<br>10月　夜の桔梗5／「が」と「の」<br>11月　地下街5／毛能波<br>12月　彼岸5／エビス講 | 2月　山湖周辺15〈短歌新聞〉<br>3月　老母像・他33〈短歌新聞〉<br>3月　山下陸奥追悼記〈一路〉<br>5月　鹿の子〈短歌研究〉<br>9月　書評『信濃路』(武川忠一)〈短歌〉<br>10～11月現代短歌講座・伝統の遺産1～2〈短歌〉<br>12月　現代短歌講座作品鑑賞〈短歌〉 |
| 1968 | 6月　『風に燃す』批評特集〈原型〉<br>12月　『原型』日本短歌雑誌連盟より優秀歌誌で表彰 | 1月　くだたま5／きみがよ<br>2月　ねむれ5／百人一首<br>3月　歌稿5／独白<br>4月　鳥は林に5／競詠読後感<br>5月　蝕5／梅<br>6月　無題7<br>7月　夏近く5／類型 | 1月　白露9〈短歌〉<br>1月　すず振るは12〈律〉<br>7月　明日は見えぬ30〈短歌研究〉<br>7月　木村捨録歌集評〈林間〉<br>8月　宮柊二作品私抄百首〈短歌〉<br>8月　自歌自註〈短歌新聞〉<br>10月　読者短歌欄選者〈短歌〉 |

| 史の新聞・総合・文芸・女性雑誌等掲載の短歌・散文<br>歌数の（　）内は歌集収録歌数 | 主な齋藤史関係文献 | 齋藤瀏の動静及び著作・主要関係文献 |
|---|---|---|
| | | |
| 1月22日　雪片無限5〈毎日新聞〉<br>1月　冬4　〈電電しんえつ〉<br>7月　信州だより1～10〈中日新聞〉 | 2月　若林のぶ:齋藤史の作品〈原型〉 | |
| 1月　黄梅・紅梅〈中日新聞〉<br>1月～12月16日　現代の秀歌、連載　〈毎日新聞〉<br>7月　あざみ色7〈小さな蕾創刊号〉<br>11月7日　きのこの季節〈毎日新聞〉 | 4月　星野徹:新刊書から『風に燃す』――円熟への期待と危惧　〈短歌〉<br>6月　長澤美津ほか多数『風に燃す』批評　〈原型〉 | |

| 年 | 史の著書・動向 | 史の短歌作品・散文（心の花、短歌人、日本歌人、短歌作品、オレンジ、原型） | 史の短歌雑誌掲載短歌・散文 歌数の（　）内は歌集収録歌数 |
|---|---|---|---|
| | | 8月　青灰色５／読む<br>9月　涸谷5／夏期大会のあと<br>10月　おどろ５／でんがく<br>11月　旗５／点と丸<br>12月　冬へ５／一年間 | 12月　定型詩域の工作者たち〈短歌年鑑〉<br>12月　松本千代二歌集評〈地平線〉<br>12月　悼む若山喜志子先生〈創作〉 |
| 1969 | 6月　15回角川短歌賞選考委員〈短歌〉 | 1月　和音７／おすすめ<br>2月　廃坑５／われひとともに／現代の秀歌〔毎日新聞より転載、連載始まる〕<br>3月　あけぐれ５／齋藤史英訳短歌<br>4月　風の中５／競詠読後感／現代の秀歌<br>5月　土鈴５／自作自釈余談／現代の秀歌<br>6月　地表５／現代の秀歌<br>7月　あぢさゐ蒼く5／こぼれ話<br>8月　六月５／はつっぱほろほろ／現代の秀歌<br>9月　夏日５／ぽつん／現代の秀歌<br>10月　あかり５／未完成<br>11月　欠詠／雑誌「四季」／現代の秀歌<br>12月　草生５／冬花火／現代の秀歌 | 2月　雪の埋葬18〈短歌〉<br>3月　三月随想・桃の節句〈短歌研究〉<br>3月　風立てば30〈短歌展望〉<br>6月　座談会・角川短歌賞選考〈短歌〉<br>10月　夕鳥18〈短歌〉<br>11月　近藤芳美『黒豹』鑑賞〈短歌研究〉<br>11月　処刑忌5〈現代短歌70〉<br>12月　読者短歌欄選者〈短歌〉 |
| 1970 | 1月　齋藤史93（解説馬場あき子）『日本の詩歌29現代短歌集』（中央公論社）<br>6月　第16回角川短歌賞選考委員 | 1月　らんぷ５／あたらし／現代の秀歌<br>2月　野の暗５／かんづめ植物／現代の秀歌<br>3月　修那羅拾遺６／戦死／現代の秀歌 | 1月　魚痩せて・修那羅峠50〈短歌〉<br>1月　新年の歌・わが一首〈短歌研究〉<br>1月　霧氷５〈新日光〉<br>2月　ことばの舞踏（講演録） |

| 史の新聞・総合・文芸・女性雑誌等掲載の短歌・散文<br>歌数の（　）内は歌集収録歌数 | 主な齋藤史関係文献 | 齋藤瀏の動静及び著作・主要関係文献 |
|---|---|---|
| | | |
| 3月　雪の埋葬27〈小さな蕾〉<br>6月30日　春のまぼろし5〈毎日新聞〉<br>10月　かんくどり〈小さな蕾〉 | 9月13日　新･文学人国記34　長野〈読売新聞〉 | |
| 1月　新春詠1〈国民協会報〉<br>1月　新選者のことば〈信濃毎日新聞〉<br>3月　なだれ7　〈小さな蕾〉<br>11月14日　秋の刃5〈毎日新聞〉 | 7月　100号記念年表〈原型〉 | |

| 年 | 史の著書・動向 | 史の短歌作品・散文<br>(心の花、短歌人、日本歌人、短歌作品、オレンジ、原型) | 史の短歌雑誌掲載短歌・散文<br>歌数の( )内は歌集収録歌数 |
|---|---|---|---|
| | 7月　100号記念特集〈原型〉 | 4月　背後5／くたびる・へたばる・かたばる／競詠読後感<br>5月　あけくれ5／会見／現代の秀歌<br>6月　饒舌5／催促金神余談／現代の秀歌<br>7月　自選作品暁暗10<br>8月　春拾遺5／てんさくということ／現代の秀歌<br>9月　風破れ5／かまきり<br>10月　無題5／現代の秀歌<br>11月　欠詠／削る／現代の秀歌<br>12月　刃5／たくらた | 〈短歌〉<br>3月　胡桃15　〈短歌研究〉<br>4月　書評岡部桂一郎『木星』〈短歌〉<br>9月　無題4　〈女人短歌85〉<br>12月　歌集『にはとこ』評〈潮音〉 |
| 1971 | | 1月　寒冷列島7／猪のしし／現代の秀歌<br>2月　夢織りの7／現代の秀歌<br>3月　鼓7／現代の秀歌<br>4月　刺す7／現代の秀歌<br>5月　山羊7<br>6月　まどろみ7／もうかえろうよ<br>7月　五月野6／紫羅らん／現代の秀歌<br>8月　桜桃5<br>9月　日盛り6／「なにを」と「いかに」<br>10月　燃焼5／戸隠の鬼<br>11月　山の沼4<br>12月　ぬけがら3 | 3月　烏田楽15　〈短歌研究〉<br>6月　朱竹20　〈短歌〉 |
| 1972 | 1月　『遠景』[自選歌集]　(短歌新聞社) | 1月　鬼供養10／続戸隠の鬼<br>2月　街6／ことば<br>3月　街10 | 1月　無銘25　〈短歌〉<br>1月　読者短歌欄選者〈短歌〉<br>3月　きさらぎ空15〈短歌研究〉 |

| 史の新聞・総合・文芸・女性雑誌等掲載の短歌・散文<br>歌数の（　）内は歌集収録歌数 | 主な齋藤史関係文献 | 齋藤瀏の動静及び著作・主要関係文献 |
|---|---|---|
| | | |
| | | |
| 2月20日雪の野 5 〈毎日新聞〉<br>5月　春浅く 5 〈郵政〉 | 1月　前登志夫：解説『遠景』［自選歌集］（短歌新聞社） | 3月　阿部正路：悲劇の歌人たち(3)齋藤瀏 〈短歌現代〉 |

| 年 | 史の著書・動向 | 史の短歌作品・散文<br>(心の花、短歌人、日本歌人、短歌作品、オレンジ、原型) | 史の短歌雑誌掲載短歌・散文<br>歌数の(　)内は歌集収録歌数 |
|---|---|---|---|
| | | 4月　春近く5／「文学の原型」再録<br>5月　早春6<br>6月　歪形5／転載歌抄9<br>7月　格子5／信濃の歌人1 島木赤彦<br>8月　銀毛5<br>9月　夏の宿5<br>10月　口苦し5／信濃のの歌人太田水穂<br>11月　欠詠<br>12月　栂池拾遺6／ことば(現代歌人協会大会の感想) | 5月　随筆いまはむかし〈短歌〉<br>9月　たままつり10　〈短歌〉<br>10月30日　過疎地の歌〈朝日新聞〉 |
| 1973 | 2月『現代短歌大系4』[『うたのゆくへ』ほか]　(三一書房)<br>5月　夫、堯夫脳血栓のため入院 | 1月　一月6／雑煮<br>2月　つゆ5<br>3月　つゆむし6<br>4月　氷群5<br>5月　行く5<br>6月　草青し5<br>7月～12月　欠詠 | 1月　風18　〈短歌〉<br>1月　現代歌人百人一首〈短歌研究〉<br>3月　見えぬ18　〈短歌研究〉<br>5月　読者歌壇選者　〈短歌〉 |
| 1974 | | 1月　病院日々6<br>2月　欠詠<br>3月　水底のごとき10転載<br>4月、5月、8月、9月、10月、11月、12月欠詠<br>6月　ここはいづこの10転載 | 1月　水底のごとき10〈短歌〉<br>3月　凍る夜の10〈短歌研究〉<br>5月　ここはいづこの10〈短歌〉<br>9月　野鳥・濃いむらさき30〈短歌〉 |
| 1975 | 8月　原型合同歌集『弦』『彩』『象』(原型歌人会) | 1月　野鳥・濃むらさき30転載<br>2月　信濃柿<br>4月　黄落の時10転載<br>5月　きさらぎ9転載<br>6月　破片10転載 | 3月　破片10　〈短歌研究〉<br>4月　きさらぎ9　〈短歌〉<br>10月　ひたくれなゐ51〈短歌〉 |

| 史の新聞・総合・文芸・女性雑誌等掲載の短歌・散文<br>歌数の（　）内は歌集収録歌数 | 主な齋藤史関係文献 | 齋藤瀏の動静及び著作・主要関係文献 |
|---|---|---|
| | | |
| | 2月　磯田光一：齋藤史論——神々の罠のゆくえ『現代短歌大系4』（三一書房） | 9月～1975年1月　内野光子：歌人にとっての戦争責任～吉植庄亮・逗子八郎・齋藤瀏1～8　〈閃〉 |
| | 5月　富小路禎子：詩界の人　齋藤史　〈短歌〉 | |
| 6月1日　私の一首（前川佐美雄）　〈毎日新聞〉 | 4月　高嶋健一：齋藤史論——ある一つの視点から『現代短歌の20人』（清水弘文堂） | |

| 年 | 史の著書・動向 | 史の短歌作品・散文<br>(心の花、短歌人、日本歌人、短歌作品、オレンジ、原型) | 史の短歌雑誌掲載短歌・散文<br>歌数の( )内は歌集収録歌数 |
|---|---|---|---|
| | | 10月　欠詠<br>11月　ひたくれなゐ51転載<br>12月　欠詠 | |
| 1976 | 9月『ひたくれなゐ』(不識書院)<br>10月　夫、堯夫死去 | 1月　逆光5<br>2月〜6月　欠詠<br>7月　散りゐて5<br>8月　めぐる21転載<br>9月　欠詠 | 2月　つゆしぐれ2・エッセイ〈短歌〉<br>7月　めぐる21〈短歌〉 |
| 1977 | 6月『ひたくれなゐ』第11回迢空賞受賞<br>12月『齋藤史全歌集』[昭和3〜昭和51]　(大和書房) | 1月　欠詠<br>2月　傾く秋8転載<br>3月　秋終る9転載<br>4月　現代短歌の鑑賞(1)『現代短歌入門』より<br>5月　現代短歌の鑑賞(2)『現代短歌入門』より<br>6月　葬りののち15転載<br>7月　ひたくれなゐ抄16／賞(釈迢空賞)をいただいて<br>8月　夢果てし5転載<br>9月　春花21転載<br>10月　欠詠<br>11月　夏5転載<br>12月　墓山10転載 | 1月　秋終る9〈短歌〉<br>4月　賞をいただいて〈信濃毎日新聞〉<br>4月　葬りののち15〈雁〉<br>6月『ひたくれなゐ』自選五十首〈短歌〉<br>6月　第11回迢空賞受賞の言葉〈短歌〉<br>7月　春花21〈短歌〉<br>7月　墓山10〈短歌研究〉<br>8月　夏5〈短歌新聞〉<br>8月　インタビュー・歌壇から外れた人間〈短歌新聞〉<br>9月　杉群7〈短歌現代〉<br>9月　第11回迢空賞受賞お礼の言葉〈短歌〉<br>11月　渡り鳥11〈短歌〉<br>11月　齋藤瀏(先師達の肖像画集)〈短歌研究〉 |

| 史の新聞・総合・文芸・女性雑誌等掲載の短歌・散文<br>歌数の（　）内は歌集収録歌数 | 主な齋藤史関係文献 | 齋藤瀏の動静及び著作・主要関係文献 |
|---|---|---|
| | | |
| 12月　傾く秋8〈文藝春秋〉 | 1月　横田真人『齋藤史論』（木菟書館）<br>1月　横田真人:「林檎の村」について、連載始まる〈原型〉<br>8月　三国玲子:五島美代子・齋藤史・葛原妙子の作品に沿って〈短歌〉<br>12月　片山貞美:信濃漂浪歌『ひたくれなゐ』読中記〈短歌〉 | |
| 4月21日　短歌を録音する〈読売新聞夕〉<br>6月25日　夢果てし5〈毎日新聞〉<br>7月2、9、16、23、30日　私の短歌作法〈毎日新聞〉<br>この年　遠ざかる8〈地域と創造〉 | 7月　島有道：明治の瀏。そして昭和、齋藤史／横田真人：時間的思考の結実（現代短歌のすべて・短歌臨増）<br>10月　高柳重信:齋藤史『ひたくれなゐ』〈短歌現代（閨秀歌集展望）〉<br>12月　塚本邦雄:残紅黙示録<br>春日井建：自然に軽やかに<br>岡井隆：「朱天」を読む<br>小中英之：修羅が身の日々<br>佐佐木幸綱:望遠鏡とレーダー<br>大西巨人：耐えるべき「長命」として〔『全歌集』付録〕（大和書房） | 11月　齋藤史：齋藤瀏（先師達の肖像画集）〈短歌研究〉 |

| 年 | 史の著書・動向 | 史の短歌作品・散文<br>(心の花、短歌人、日本歌人、短歌作品、オレンジ、原型) | 史の短歌雑誌掲載短歌・散文<br>歌数の( )内は歌集収録歌数 |
|---|---|---|---|
| 1978 | 9月 『魚歌』より『女人和歌体大系6』(風間書房) | *以下1983年まで『原型』所蔵館の欠号のため未見多し。<br>1月 遠ざかる8転載<br>2月 闇の色17転載<br>6月 ゆくへをみれば4<br>11月 文学の原型(創刊のことば)/200号に際して<br>12月 夏5転載 | 1月 芯25(渉6)〈短歌現代〉<br>1月 闇の色17 〈短歌〉<br>2月 いくとせか30〈短歌研究〉<br>3月 あられ7 〈短歌研究〉<br>3月 イメージをふくらませる〈短歌研究〉<br>6月 うすあおき21 〈短歌〉<br>6月 五島美代子追悼〈短歌研究〉<br>8月 晶子の作品を今どうして読むか 〈短歌研究〉<br>8月 八月十五日の記憶・りんご倉庫で 〈短歌現代〉<br>9月 夏5+エッセイ(わが戦後特集) 〈短歌〉<br>9月 大正十五年頃のこと〈創作〉 |
| 1979 | 10月 母キク死去 | 1月 風花7<br>2月 寒5<br>3月 飯綱——戸隠5転載<br>5月 遠域5転載<br>9月 老猫6<br>12月 晩夏光15転載 | 1月 飯綱—戸隠5 〈短歌〉<br>3月 夢花野7 〈短歌研究〉<br>4月 鳥渇く10 〈短歌現代〉<br>5月 冬の衣11 〈短歌〉<br>5月 歌人日乗 〈短歌現代〉<br>10月 晩夏光15 〈短歌〉<br>12月 二度目の出発〈女人短歌120〉 |
| 1980 | 8月 『魚歌』[『現代短歌全集8』]、9月『うたのゆくへ』[『現代短歌全集12』](筑摩書房)<br>8月 『遠景近景』(随筆) (大和書房)<br>11月 『風のやから』[自選歌集](沖積舎) | 1月 もみぢ5<br>5月 冬7転載<br>6月 微明31転載<br>10月 石5 | 1月 翳る10 〈短歌現代〉<br>2月 『銀の花』読後 〈潮音〉<br>3月 冬7 〈短歌研究〉<br>3月 微明31 〈短歌〉<br>8月 春より夏21 〈短歌〉 |

| 史の新聞・総合・文芸・女性雑誌等掲載の短歌・散文<br>歌数の（　）内は歌集収録歌数 | 主な齋藤史関係文献 | 齋藤瀏の動静及び著作・主要関係文献 |
|---|---|---|
| 6月8～29日　信濃ぐらし〈朝日新聞〉 | 1月30日　全歌集をまとめた齋藤史さん〈朝日新聞〉<br>3月28日　中井英夫：『齋藤史全歌集』風と魚の詩人〈週刊読書人〉<br>5月　松田修『齋藤史全歌集』書評〈短歌現代〉<br>6月　和泉鮎子：水も花も～齋藤史のうたから〈短歌〉 | 4月・5月　中山周三：齋藤瀏の書簡〈原始林〉 |
| 1月12日　遠域5〈読売新聞夕〉<br>2月28日　おやじとわたし（NHKラジオ） | 5月　村永大和：齋藤史『わが歌の秘密』（不識書院）<br>5月　山下礼子：『ひたくれなゐ』を読む〈心の花〉<br>10月　岩田正：現代歌人の世界・齋藤史その同族意識の負と正〈短歌〉 | |
| 1月3日　新春詠・ひとり住む3〈読売新聞夕〉<br>4月8日　子供〈毎日新聞〉<br>4月18日　歌詠みの女に見る生の光（にんげん訪問／聞き手木内宏）〈朝日ジャーナル〉 | 8月11日　<本と人>『遠景近景』の齋藤史さん〈読売新聞〉<br>10月　太田青丘：『遠景近景』～大日本歌人協会解散をめぐって〈潮音〉<br>11月　市村宏：『遠景近景』読後〈短歌〉<br>11月　森岡貞香：『遠景近景』〈短歌現代〉 | |

| 年 | 史の著書・動向 | 史の短歌作品・散文<br>(心の花、短歌人、日本歌人、短歌作品、オレンジ、原型) | 史の短歌雑誌掲載短歌・散文<br>歌数の( )内は歌集収録歌数 |
|---|---|---|---|
| 1981 | 1月 『朱天』[『現代短歌全集9』](筑摩書房)<br>4月 復刻版『魚歌』(四季出版)<br>5月 勲五等宝冠章受章<br>10月 『短歌読本・家族』前田透共編(有斐閣) | 2月 秋の旅19転載<br>5月 二月5<br>12月 風のみち10転載 | 1月 秋の旅20 〈短歌〉<br>2月 現代短歌論連続討究・歌と散文のあいだ『遠景近景』をめぐって(対談永田和宏)〈短歌研究〉<br>3月 北国7 〈短歌研究〉<br>3月 私の娘時代・随想と短歌7 〈短歌研究〉<br>4月現代短歌論連続討究・史における詩と真実(対談藤田武)〈短歌研究〉<br>7月 季節匆匆 〈短歌〉<br>7月 歌人のアルバム(写真)〈短歌〉<br>7月 一首選評 〈ポトナム〉<br>9月 風のみち10〈女人短歌129〉<br>11月 おもかげ(若山喜志子追悼) 〈短歌現代〉 |
| 1982 | 10月 長野最城山水内神社歌碑建立「夏草のみだりがはしき野を過ぎて渉りかゆかむ水の深藍」<br>12月『原型20周年記念合同歌集』(原型歌人会) | 3月 野付椴原7転載<br>7月 半透明5<br>9月 雑6 | 1月 晩秋10 〈短歌現代〉<br>1月 北辺唱21 〈短歌〉<br>1月 野付椴原14〈短歌研究〉<br>1月 心の花の想い出・おもかげ〈心の花〉<br>3月 冬7 〈短歌研究〉<br>3月 50年を代表する名歌を解読する③ 〈短歌研究〉<br>6月『冥王星』(遠藤秀子) 書評〈ポトナム〉<br>6月 齋藤瀏 〈短歌現代〉<br>9月 50年を代表する名歌を解読する⑨ 〈短歌研究〉<br>10月 50年を代表する名歌を解読する⑩ 〈短歌研究〉 |

| 史の新聞・総合・文芸・女性雑誌等掲載の短歌・散文<br>歌数の(　)内は歌集収録歌数 | 主な齋藤史関係文献 | 齋藤瀏の動静及び著作・主要関係文献 |
| --- | --- | --- |
| | 1月　小中英之：鬼火・齋藤史小論　〈短歌〉<br>3月　塚本邦雄：齋藤史『研究資料現代日本文学⑤短歌』　(明治書院)<br>10月6日　新人国記長野・長野県歌びとの国の伝統　〈朝日新聞夕〉 | |
| 1月6日　ちゃぼ〈毎日新聞〉<br>7月7日　自歌自選1　〈読売新聞〉 | 3月　星野ほか：齋藤史『遠景』について　〈歌と観照〉<br>4月　岩田正：齋藤史『現代の歌人』　(牧羊社) | |

| 年 | 史の著書・動向 | 史の短歌作品・散文<br>（心の花、短歌人、日本歌人、短歌作品、オレンジ、原型） | 史の短歌雑誌掲載短歌・散文<br>歌数の（　）内は歌集収録歌数 |
|---|---|---|---|
| | | | 11月　秋風10（列島縦断シリーズ）〈短歌現代〉<br>12月　心の花の歌人たち〈心の花1000号記念〉 |
| 1983 | 6月　第29回角川短歌賞選考委員<br>この年　長野県池田町鎌中神社歌碑建立（父娘 瀏・史）「やまぐにの春の遠さよき春は燃えておもひ深むるらしも・史」 | 2月　熊本行7<br>3月　秋日秋夜14転載<br>4月　つらら6転載<br>5月　冬銀河5転載<br>6月　ふぶき7転載<br>7月　春そぞろ5<br>10月　逆光5<br>11月　逆光5 | 1月　冬銀河5〈短歌新聞〉<br>1月　秋日秋夜14〈短歌〉<br>1月　現代一〇人一首鑑賞〈短歌研究〉<br>3月　ふぶき7〈短歌研究〉<br>6月　角川短歌賞選考座談会〈短歌〉<br>6月　水浅黄25〈短歌現代〉<br>11月　ジョホール・バル14〈短歌〉 |
| 1984 | 6月　角川短歌賞選考委員 | 1月　シンガポール拾遺8<br>2月　タイにて6<br>3月　メナム河・他7転載<br>4月　中国諸処14転載<br>5月　中国諸処6<br>6月　中国諸処6<br>7月　中国諸処6<br>8月　残花21転載<br>9月　粘液5<br>10月　暗緑5<br>11月　中国拾遺5<br>12月　欠詠 | 1月　メナム河・他7〈短歌研究〉<br>2月　中国諸処14〈短歌〉<br>3月　円型7〈短歌研究〉<br>3月　わたしの「たからもの」〈短歌研究〉<br>6月　角川短歌賞選考座談会〈短歌〉<br>7月　残花21〈短歌〉<br>8月　不死鳥のうた・太田水穂〈潮音〉<br>10月　中城ふみ子の百首選及びノート〈短歌〉 |
| 1985 | 6月　第31回角川短歌賞選考委員<br>9月　『渉りかゆかむ』（不識書院）<br>〔86年読売文学賞受賞〕 | 1月　旅5<br>2月　冬の背後14転載<br>3月　冬信濃10転載<br>4月　宿無し・一首転載<br>5月　なまこ7転載 | 1月　冬の背後14〈短歌〉<br>1月　宿無し・一首〈短歌研究〉<br>1月　冬信濃10〈短歌現代〉<br>3月　なまこ7〈短歌研究〉<br>4～6月　風のヒュウ（童話） |

| 史の新聞・総合・文芸・女性雑誌等掲載の短歌・散文<br>歌数の（　）内は歌集収録歌数 | 主な齋藤史関係文献 | 齋藤瀏の動静及び著作・主要関係文献 |
|---|---|---|
| | | |
| 2月19日　冬の方位5〈毎日新聞〉 | | 長野県池田町鎌中神社歌碑建立（父娘 瀏・史）「墨染のそれとまがへど牡丹花のむらさき匂ふおぼろなる月・瀏」 |
| 8月　対談（青柳志解樹）俳句の花・短歌の花〈俳句〉<br>12月5日　ビテオテープ〈朝日新聞〉 | 7月　＜**齋藤史特集**＞〈短歌〉（岩田正・武川忠一・馬場あき子ほか）<br>11月26日　訪問インタビュー“ひたくれなゐ”の生（NHK教育テレビ）<br>12月　稲葉京子：齋藤史―飛翔と潜行『現代短歌の十二人』（雁書館） | 9月　安藤寛：歌人将軍 齋藤瀏と私〈心の花〉 |
| 6月1日　転生5〈毎日新聞〉<br>8月　春から夏へ5〈逓信協会雑誌〉<br>11月　失踪8〈早稲田文学〉 | 11月23日　短歌のたしなみ60年〈読売新聞〉<br>12月17日　大岡信：折々のうた、以後、88年12月21日、91年5月14日、91年 | |

| 年 | 史の著書・動向 | 史の短歌作品・散文<br>（心の花、短歌人、日本歌人、短歌作品、オレンジ、原型） | 史の短歌雑誌掲載短歌・散文<br>歌数の（　）内は歌集収録歌数 |
|---|---|---|---|
| | | 6月　無題5<br>7月　転生5<br>8月　風のかたち5<br>9月　寸言<br>10月　風土10転載<br>11月　微量の毒20転載<br>12月　失踪8、転載 | 〈短歌研究〉<br>10月　微量の毒20 〈短歌研究〉<br>この年　風土10 〈短歌界〉 |
| 1986 | 3月　不死鳥のうた『私のなかの歴史⑥』（北海道新聞社編刊） | 1月　冬のけもの5<br>2月　風無限7転載<br>3月　冬へ7転載<br>4月　透明風景5転載<br>5月　白鳥7転載<br>6月　壺7転載<br>7月　化石8転載<br>8月　諸方5<br>9月　欠詠<br>10月　茜8転載<br>11月　雑詠5<br>12月　緑青木立5転載 | 1月　冬へ7 〈短歌〉<br>1月　風無限7 〈短歌研究〉<br>2月　市村宏『千曲川』書評〈短歌〉<br>3月　白鳥7 〈短歌研究〉<br>3月　インタビュー・いのちをおくる歌 〈短歌新聞〉<br>4月　『俳句の時代』（角川春樹ほか）書評 〈短歌〉<br>5月　壺7 〈短歌現代〉<br>7月　迢空賞の頃 〈短歌〉<br>9月　茜8 〈ぽあ⑤〉<br>9月　緑青木立5 〈郵政〉<br>12月　150号随感〈女人短歌150〉 |
| 1987 | 5月　『原型』25周年記念全国大会開催 | 1月　雲6<br>2月　迂回7連載<br>3月　迷彩7、転載<br>4月　（200号以降）自選歌38 エッセイ類型／原型特別賞付記<br>5月　韓国旅詠8転載<br>6月　旅詠13転載<br>7月　浄白7転載<br>8月　小現実転載<br>9月　歌こよみ20転載<br>10月　薄雪7、転載 | 1月　迂回7 〈短歌〉<br>1月　迷彩7 〈短歌研究〉<br>1月　韓国旅詠8 〈悠久〉<br>1月　処女歌集出版のころ―『魚歌』の思い出〈短歌新聞〉<br>2月　宮柊二追悼〈短歌研究〉<br>3月　浄白7 〈短歌研究〉<br>3月　旅詠13 〈短歌現代〉<br>4月　小現実15 〈短歌新聞〉<br>4月　宮柊二寸描〈短歌現代〉<br>7月　歌こよみ20 〈歌壇〉<br>7月　薄雪7〈現代短歌雁3〉 |

| 史の新聞・総合・文芸・女性雑誌等掲載の短歌・散文<br>歌数の(　)内は歌集収録歌数 | 主な齋藤史関係文献 | 齋藤瀏の動静及び著作・主要関係文献 |
|---|---|---|
| | 11月15日、92年4月28日、93年7月1日〈朝日新聞〉 | |
| 6月　化石8（秋2）〈文藝春秋〉<br>12月15日　透明風景5〈毎日新聞〉<br>12月20日　第一歌集のころ短歌11／歳月（付写真）〈アサヒグラフ増刊・昭和短歌の世界〉 | 2月1日　大岡信:読売文学賞『渉りかゆかむ』〈読売新聞〉<br>2月4日　読売文学賞の人齋藤史さん　〈読売新聞夕〉<br>2月5日　編集手帳〈読売新聞〉<br>3月　渋沢孝輔:『渉りかゆかむ』書評　〈短歌〉<br>4月16日　齋藤史さんを祝う会　〈読売新聞〉<br>5月　神田重幸:現代歌人論・齋藤史〈国文学解釈と鑑賞〉<br>10月　横田真人『齋藤史論』（ほおずき書籍） | |
| 5月9日　海人全集に寄せて〈図書新聞〉<br>この年　北国回帰5〈毎日新聞〉 | 1987～97年『歌壇』での読者歌壇を断続的に務める<br>6月　雨宮雅子『齋藤史論』（雁書館）<br>8月28日　村木道彦:生身凝視〈読売新聞〉<br>9月・12月　川合千鶴子：齋藤史小論Ⅰ・Ⅱ〈女人短歌153・154〉<br>10月　安森敏隆『齋藤史論』書評　〈短歌現代〉 | |

| 年 | 史の著書・動向 | 史の短歌作品・散文<br>(心の花、短歌人、日本歌人、短歌作品、オレンジ、原型) | 史の短歌雑誌掲載短歌・散文<br>歌数の(　)内は歌集収録歌数 |
|---|---|---|---|
| | | 11月　北国回帰5転載<br>12月　虚空7転載 | 10月　佐藤佐太郎追悼〈短歌研究〉<br>10月　虚空7〈短歌ふぉーらむ〉<br>11月　エッセイ佐藤佐太郎〈短歌現代〉 |
| 1988 | 6月『齋藤史歌集』[自選2000首](不識書院) | 1月　柿5<br>2月　テレビ録画拾遺6<br>3月　録画拾遺(二)5<br>4月　村花火14転載<br>5月　実生20転載<br>6月　蕗味噌5<br>7月、10月　欠詠<br>8月　越後5<br>9月　木彫面20転載<br>11月　野付水没址5転載<br>12月　傾く5 | 1月　現代一〇〇人一首鑑賞〈短歌研究〉<br>1月　村花火14〈短歌〉<br>3月　實生20〈歌壇〉<br>3月　自選200〈歌壇〉<br>6月　自歌自注〈短歌現代〉<br>8月　木彫面20〈短歌研究〉<br>9月　野付水没址5〈NHK春秋・歌壇〉 |
| 1989 | 11月　第3回牧水賞(創作社)受賞 | 1月　帯状疱疹2<br>2月　やまぐに14転載<br>3月、5～7月、11～12月　欠詠<br>8月　ヘルペス後遺症15転載<br>9月　後遺症5転載<br>10月　仙人掌3転載 | 1月　やまぐに14〈短歌〉<br>1月　鬼女伝説13〈短歌現代〉<br>2月　喜志子一首鑑賞・信濃人〈創作〉<br>6月　昭和の歌集Ⅱ『うたのゆくへ』〈短歌現代〉<br>7月　ヘルペス後遺症15〈短歌研究〉<br>7月　良き師にめぐり合う〈短歌研究〉<br>10月　歌集に見る北海道詠〈原始林〉<br>12月　一滴20〈歌壇〉 |
| 1990 | 4月　111[『魚歌』『うたのゆくへ』『ひたくれなゐ』菱川善夫選] | 1月　一滴20転載<br>第3回牧水賞受賞記念「齋藤史歌集」抄22 | 1月　一睡14〈短歌〉<br>7月　薄紅梅20<br>自選100首 |

| 史の新聞・総合・文芸・女性雑誌等掲載の短歌・散文<br>歌数の（　）内は歌集収録歌数 | 主な齋藤史関係文献 | 齋藤瀏の動静及び著作・主要関係文献 |
|---|---|---|
| | | |
| | ２月　雨宮雅子：女性の老いの歌〜齋藤史と葛原妙子〈短歌〉<br>３月　＜**齋藤史特集**＞〈歌壇〉（自選200首、菱川善夫、高橋睦郎、桶谷秀昭、持田鋼一郎ほか） | |
| ７月　後遺症５　〈小説新潮〉 | ５月　岩田正：齋藤史『現代の歌人』新版　（牧羊社）<br>７月　高嶋健一：貴種のうた・齋藤史　〈短歌〉<br>７月　安永蕗子：昭和歌人の群像Ｉ齋藤史　〈短歌〉<br>９月　樋口美世：齋藤史『女歌人小論』女人短歌会編（短歌新聞社） | ４月　多久麻：齋藤瀏論〈短歌人〉 |
| １月４月　真冬３〈中日新聞〉<br>１月13日　雪昏昏５〈毎日新聞〉 | ２月　若山いく子：（第三回）牧水賞をお届けして〈創作〉<br>６月　馬場あき子：齋藤史と | ６月　轟太一：齋藤瀏『波濤』〈短歌現代〉 |

| 年 | 史の著書・動向 | 史の短歌作品・散文<br>(心の花、短歌人、日本歌人、短歌作品、オレンジ、原型) | 史の短歌雑誌掲載短歌・散文<br>歌数の(　)内は歌集収録歌数 |
|---|---|---|---|
| | 『昭和文学全集35昭和詩歌集』(小学館) | 2月　一睡14転載<br>3月　真冬3、雪昏昏5、転載<br>4月　元年拾遺5<br>5月　元年拾遺5(巻頭1頁)<br>6月　足型5(巻頭1頁)<br>7月　欠詠。美しき、妖怪――私の短歌感、転載<br>8月　薄紅梅20転載、1首追加<br>9月　牧水の手紙(齋藤瀏宛、2通紹介)<br>10月　仙人掌3転載<br>11月～12月　欠詠 | 〈現代短歌雁15〉<br>8月　仙人掌3〈NHK短歌春秋30号〉<br>9月　前川佐美雄追悼〈短歌研究〉<br>12月　氷菓6〈短歌四季冬号〉 |
| 1991 | 6月　齋藤史100『現代の短歌』高野公彦編 | 1月　氷菓6転載<br>2月　鉛筆14転載<br>3月　ちゃぼ7転載<br>4月　雪の香10転載<br>5月　レンズ10転載<br>6月　国境20転載<br>7月　欠詠<br>8月　をがたま20転載<br>9月　雪の季節10転載<br>10月　藍染5転載<br>11月　余白22転載<br>12月　野火7転載 | 1月　鉛筆14〈短歌〉<br>2月　ちゃぼ7〈短歌往来〉<br>3月　国境20〈歌壇〉<br>春　レンズ5〈暗32号〉<br>6月　「濁流」(創刊六十年を振り返る)〈短歌研究〉<br>6月　をがたま20〈短歌四季夏号〉<br>7月　海の歌鑑賞〈短歌現代〉<br>7月　雪の季節10〈花神13号〉<br>9月(追悼)いく子さん〈創作〉<br>9月　野火7〈短歌現代〉<br>10月　絶滅7〈短歌500号〉<br>10月　余白22首〈短歌研究〉 |
| 1992 | 5月　『原型』創刊30周年記念大会開催<br>『原型創刊30周年記念合同歌集』刊<br>9月　『原型』30周年 | 1月　絶滅7、転載<br>2月　白鳥来る2転載追加1<br>3月　霊仙寺みち25転載<br>4月　二月14転載<br>5月　創刊号のことば・文学 | 1月　白鳥来る2〈中日新聞〉<br>1月　霊仙寺みち25〈短歌現代〉<br>1月　現代10人一首〈短歌研究〉<br>3月　二月14〈短歌〉<br>7月　海の歌・海の歌鑑賞 |

| 史の新聞・総合・文芸・女性雑誌等掲載の短歌・散文<br>歌数の(　)内は歌集収録歌数 | 主な齋藤史関係文献 | 齋藤瀏の動静及び著作・主要関係文献 |
|---|---|---|
| | 葛原妙子〜その生と死をめぐって　〈短歌研究〉<br>6月　雨宮雅子：昭和の歌集Ⅲ『魚歌』　〈短歌現代〉<br>7月　**＜齋藤史特集＞**　〈現代短歌雁15号〉(佐佐木幸綱、志垣澄幸、河田育子、雨宮雅子、轟太市)<br>9月17日　歌のちから・齋藤史さんに聞く（5回連載）　〈読売新聞〉<br>9月　俵万智：齋藤史の歌　〈国文学解釈と鑑賞〉 | |
| 1月18日　雪の香10　〈朝日新聞〉<br>9月　藍染5　〈小説新潮〉<br>9月3〜6日　インタビュー（聞き手・伏見博武）昭和十六年を語る1〜4 齋藤史　〈中日新聞夕〉 | 1月　安永蕗子:歌人のデビュー作・齋藤史　〈短歌研究〉<br>1月6日　人物に見る熊本の青春・女流歌人齋藤史さん　〈熊本日日新聞〉<br>6月　森岡貞香：くらい荒れた谷間・齋藤史〈短歌研究〉<br>8月　三枝昂之:戦争と平和・八月十五日はどう歌われたか・齋藤史　〈短歌〉<br>9月　笠原伸夫:齋藤史論「現代女流歌人の世界」〈短歌研究〉<br>9月25日　片山貞美:齋藤史の「湾岸」の現実感〈読売新聞〉 | 7月　武下奈々子：齋藤瀏とその時代1〜18（1992年12月まで）　〈短歌人〉 |
| 2月21日　ゆくとも見えず7　〈読売新聞〉 | 1月　轟太市：歌碑を訪ねて　〈短歌往来〉<br>2月　雨宮雅子：齋藤史　〈短歌現代〉<br>4月〜1994年2月　赤座憲 | |

| 年 | 史の著書・動向 | 史の短歌作品・散文<br>(心の花、短歌人、日本歌人、短歌作品、オレンジ、原型) | 史の短歌雑誌掲載短歌・散文<br>歌数の(　)内は歌集収録歌数 |
|---|---|---|---|
| | 記念歌碑長野市大豆島建立「思ひ草繁きが中の忘れ草いづれむかしと呼ばれゆくべし・史」 | の晩学の原型、再録。三十周年に寄せて<br>6月　ゆくとも見えず7転載<br>7月～12月　欠詠 | 〈短歌現代〉<br>10月　絶滅7　〈短歌〉 |
| 1993 | 8月　『ひたくれなゐ』［文庫版］(短歌新聞社)<br>9月　『秋天瑠璃』(不識書院)<br>〔94年第5回齋藤茂吉短歌文学賞、第9回現代日本詩歌文学館賞〕<br>12月　日本芸術院会員となる | 1月　三十周年6<br>2月　欠詠<br>3月　銀霊草14転載<br>4月～5月､8月～12月　欠詠<br>4月　「現代短歌入門」抄1の連載始まる。1998年7月、44回で終了。<br>6月　白鳥去る20転載<br>7月　北辺6転載 | 1月　春の歌一首鑑賞〈短歌現代〉<br>1月　銀霊草14　〈短歌〉<br>2月　読者が選び作者が応える〈短歌研究〉<br>5月　(追悼) 安藤寛〈心の花〉<br>5月　白鳥去る20　〈歌壇〉<br>6月　北辺6　〈短歌四季夏号〉<br>9月　夏草20　〈短歌研究〉<br>9月　インタビュー言葉・真実･詩的空間　〈短歌新聞〉<br>10月　水無月手帖18〈雁28号〉<br>10月　書評『花の雨』(藤田湫連)〈短歌現代〉 |
| 1994 | 3月　第9回詩歌文学館賞受賞<br>5月　『秋天瑠璃』第5回齋藤茂吉短歌文学賞受賞 | 1月　水無月手帖18転載<br>2月､5～6月　欠詠<br>3月　天窓10転載<br>4月　木耳10転載<br>7月～8月､11月～12月　欠詠<br>9月　鬼剣舞即興4転載<br>10月　窯変8転載 | 1月　木耳10　〈短歌現代〉<br>1月　天窓14　〈短歌〉<br>2月　わが第一歌集『魚歌』〈短歌現代〉<br>3月　先は雪7　〈短歌研究〉<br>7月　春の石7　〈短歌〉 |

| 史の新聞・総合・文芸・女性雑誌等掲載の短歌・散文<br>歌数の（　）内は歌集収録歌数 | 主な齋藤史関係文献 | 齋藤瀏の動静及び著作・主要関係文献 |
|---|---|---|
| | 久:齋藤史著作解題1〜18〈原型〉<br>5月　舟知恵・楠田立身・藤原光子・志垣澄幸・百々登美子・高槻文子：齋藤史歌集評論〈原型〉<br>8月　五所美子：戦後の女流短歌を廻る〈歌壇〉 | |
| 2月　鳥5〈小説新潮〉 | 10月　齋藤史『朱天』紹介〈新潮臨増〉<br>11月14日　佐佐木幸綱:『秋天瑠璃』書評〈朝日新聞〉<br>11月14日　三枝昂之：『秋天瑠璃』書評〈産経新聞〉<br>11月20日　芸術院会員に4氏、齋藤史さん〈朝日新聞〉<br>12月　岡井隆ほか:齋藤史と葛原妙子（昭和短歌を読み直す）〈短歌〉<br>12月　安永蕗子：『ひたくれなゐ』書評〈短歌現代〉 | |
| 8月　窯変8〈文藝春秋〉<br>8月　鬼剣舞即興4〈すばる〉 | 1月　伊藤一彦：女性歌人初の芸術院会員〈短歌新聞〉<br>1月　横田正義：齋藤史の短歌(うた)のうた〈短歌現代〉<br>1月6日　短歌の風景3長生きも芸のうち「老い」を華やかにうたう〈朝日新聞夕〉<br>**以下『秋天瑠璃』書評：**<br>1月17日　酒井佐忠〈毎日新聞〉<br>2月　加藤克己〈短歌新聞〉<br>2月　雨宮雅子〈短歌〉 | |

| 年 | 史の著書・動向 | 史の短歌作品・散文<br>(心の花、短歌人、日本歌人、短歌作品、オレンジ、原型) | 史の短歌雑誌掲載短歌・散文<br>歌数の( )内は歌集収録歌数 |
|---|---|---|---|
| | | | |
| 1995 | 2月『ひたくれなゐの人生』[樋口覚対談](三輪書房)<br>7月　第2回信毎賞受賞　(信濃毎日新聞) | 1月　春秋拾遺6<br>2月　欠詠<br>3月　森20転載<br>4月　川辺にて5転載<br>5月〜6月､9月〜10月　欠詠<br>7月　遠天10転載<br>8月　ゆめのうきはし20転載<br>11月　エッセイ抒情〈短歌新聞1958年6月再録〉<br>12月　欠詠 | 1月　森20　〈歌壇〉<br>1月　川辺にて5　〈短歌新聞〉<br>5月　遠天10　〈短歌往来〉<br>6月　ゆめのうきはし20　〈短歌研究〉<br>8月・9月　インタビューこの人に聞く（聞き手水原紫苑）1・2　〈歌壇〉<br>11月　黒点40／対談・八十年生きればそりゃあなた――生の輝きと抗争(大原富枝)　〈短歌〉 |

| 史の新聞・総合・文芸・女性雑誌等掲載の短歌・散文<br>歌数の(　)内は歌集収録歌数 | 主な齋藤史関係文献 | 齋藤瀏の動静及び著作・主要関係文献 |
|---|---|---|
| | 2月　山中智恵子〈短歌研究〉<br>3月　落合けい子ほか：小議会・齋藤史のうた〈短歌現代〉<br>3月　歌集紹介　〈沃野〉<br>4月28日　酒井佐忠:風のことば・命をさらし切って〈毎日新聞〉<br>6月　第9回詩歌文学館賞・齋藤史『秋天瑠璃』〈すばる〉<br>6月13日〜16日　齋藤史の世界1〜4　〈朝日新聞〉<br>7月　**<齋藤史の世界>**〈短歌〉(塚本邦雄、安宅夏夫、轟太市、笠原伸夫、馬場あき子、桶谷秀昭、篠弘、佐佐木幸綱ほか)<br>7月　山下真由美：ひたくれなゐの歌人齋藤史〈アステイオン35号〉 | |
| | 5月　大原富枝:詩歌と出会う時齋藤史『秋天瑠璃』〈短歌〉<br>5月16日　ひと・女性初の芸術院会員　〈毎日新聞〉<br>6月　大谷和子『ひたくれなゐの人生』書評　〈短歌〉<br>8月　吉川宏志:戦後歌集『うたのゆくえ』　〈歌壇〉<br>8月　水原紫苑：傑出した戦後詠・齋藤史・貴種流離への道　〈短歌〉<br>9月〜97年5月　河野裕子:鑑賞・現代短歌・齋藤史1〜21〈歌壇〉 | |

| 年 | 史の著書・動向 | 史の短歌作品・散文<br>(心の花、短歌人、日本歌人、短歌作品、オレンジ、原型) | 史の短歌雑誌掲載短歌・散文<br>歌数の(　)内は歌集収録歌数 |
|---|---|---|---|
| | | | |
| 1996 | 6月　長野県明科町父瀏と歌碑建立「つゆしぐれ信濃の秋は姥捨のわれを置きさり過ぎしものたち・史」<br>8月　塩尻市に短歌フォーラム第10回記念歌碑建立 武川忠一・岡野弘彦とともに「ひらひらと峠越えしは鳥なりしや若さなりしや聲うすみどり」 | 1月　秋拾遺5<br>2月、10～11月　欠詠<br>3月　枯野10転載<br>4月　秋光5転載<br>5月　三十五周年に寄せて具象と抽象と<br>6月　厳冬15転載<br>7月　冬7転載<br>8月　乗客6転載<br>〈短歌四季95年夏､96年春〉<br>9月　稚魚10転載<br>12月　果実酒10転載 | 1月　秋光5　〈短歌研究〉<br>1月　枯野10　〈すばる〉<br>3月　冬7　〈短歌研究〉<br>3月　『空』(長澤美津）書評　〈短歌現代〉<br>3月　体の変貌とついあう　〈短歌研究〉<br>3月　厳冬15　〈短歌新聞〉<br>5月　冬拾遺6　〈短歌現代〉<br>6月　稚魚10　〈NHK短歌〉<br>6月　姫路短歌大会講演「現代短歌について」<br>11月　果実酒10　〈ぽあ10〉<br>12月　夏より秋30　〈短歌〉 |
| 1997 | 1月　歌会始召人務める「野の中にすがたたゆけき一樹あり風も月日も枝に抱きて」<br>5月　『齋藤史全歌集1923～1993』付別冊　(大和書房)<br>9月12日　『全歌集』 | 1月　拾遺5<br>2月　剪定5転載<br>3月～4月、7月～8月、10月～12月　欠詠<br>5月　夏より秋14転載<br>9月　夢いくつ10転載<br>12月　『齋藤史全歌集』出版を祝う会(9月12日)特集 | 1月　流星群20　〈歌壇〉<br>1月　剪定5　〈短歌研究〉<br>3月　春へ7　〈短歌研究〉<br>3月　歌人日記　〈短歌研究〉<br>7月　夢いくつ10　〈短歌朝日創刊号〉<br>9月　101人が選ぶ現代秀歌101首　〈短歌〉 |

| 史の新聞・総合・文芸・女性雑誌等掲載の短歌・散文<br>歌数の(　)内は歌集収録歌数 | 主な齋藤史関係文献 | 齋藤瀏の動静及び著作・主要関係文献 |
| --- | --- | --- |
| | 10月　雨宮雅子:作品にあらわれたる作者齋藤史〈短歌研究〉<br>11月　＜**特集・齋藤史の現在**＞〈短歌〉(樋口覚ほか)<br>11月　道浦母都子：齋藤史——渉りゆかむ『乳房のうたの系譜』　(筑摩書房)<br>12月　道浦母都子：齋藤史、始めも終りもよろし（特集「戦後の女流歌人」）〈短歌〉 | |
| | 4月　桜井琢己:齋藤史と現代短歌『夕暮れから曙へ——現代短歌論』(本阿弥書店)<br>5月　吉岡治:「黒点」の母音構成の分析　〈原型〉<br>7月　雨宮雅子:『ひたくれなゐ』〈短歌（迢空賞歌集研究)〉<br>9月　日本人探訪齋藤史〈正論〉 | 5月　齋藤史、明治神宮にて「明治の歌人齋藤瀏」講演(『明治短歌講座平成八年綜合歌会』収録)<br>6月　長野県明科町父瀏と歌碑建立「わが立つは天のさ霧の中ならず眞日遍く照る大地の上・瀏」 |
| 4月〜9月　歌のある風景1〜6　〈NHK 歌壇〉 | 2月　渋谷篤弘：二・二六事件から戦後の再生へ——齋藤史の場合『われらが内なる隠蔽』　(径書房)<br>2月　対馬恵子：齋藤史〈短歌現代「新風十人の時代」〉<br>2月2日　佐伯裕子:短歌TOPICS 召人齋藤史〈毎日新聞〉 | 10月　大屋幸世：追悼雑誌・文集あれこれ（13）齋藤瀏〈日本古書通信〉 |

| 年 | 史の著書・動向 | 史の短歌作品・散文（心の花、短歌人、日本歌人、短歌作品、オレンジ、原型） | 史の短歌雑誌掲載短歌・散文 歌数の（　）内は歌集収録歌数 |
|---|---|---|---|
| | 出版記念会<br>10月　『全歌集』現代短歌大賞（現代歌人協会）<br>11月　勲三等瑞宝章受章<br>12月　第20回現代短歌大賞受賞 | | 11月　おないどし　〈潮音〉<br>11月　作る側　〈短歌研究〉<br>11月　インタビュー日本のことばとの縁　〈短歌新聞〉<br>12月　歌人日乗　〈短歌現代〉<br>12月　女達のつないだ手　〈女人短歌192〉 |
| 1998 | 3月　『ひたくれなゐに生きて』［俵万智・佐伯裕子・道浦母都子対談集］（河出書房新社）<br>3月　『白い手紙 White letter poems』［川村ハツエ英訳］（AHA Books）<br>10月　『新風十人』復刻版　（石川書房） | 1月～3月、7月～9月　欠詠<br>4月　冬茜7転載<br>5月　青山25転載／秋の叙勲受章、現代短歌大賞受賞報告　〈原型〉<br>6月　無色5転載<br>8月　原型全国大会（5月22～24日）叙勲受章・短歌大賞受賞祝賀会記録<br>10月　日本の衣10転載<br>11月　冬より春へ10 | 1月　無色5　〈短歌研究〉<br>2月　青山25　〈短歌現代〉<br>3月　1（二十世紀を語るおんなうた九十九首（一））〈ぼあ14〉<br>6月　日本の衣10（心の花創刊100年記念）7月　冬より春10　〈短歌往来〉<br>7・8月　冬より春へ10　〈短歌朝日〉<br>11月　その時を自ら語る『うたのゆくへ』（昭28刊） |

| 史の新聞・総合・文芸・女性雑誌等掲載の短歌・散文<br>歌数の（　）内は歌集収録歌数 | 主な齋藤史関係文献 | 齋藤瀏の動静及び著作・主要関係文献 |
|---|---|---|
| | 5月　塚本邦雄：残紅黙示録<br>岡井隆：このしたたかな同時代の人（『全歌集』解題）<br>高野公彦、河野裕子、小池光、佐佐木幸綱、長谷川櫂、浅羽通明：齋藤史小論<br>初版『全歌集』付録、『日本歌人』「歴年」批評特集再録〔『全歌集』別冊〕（大和書房）<br>6月 大原富枝：齋藤史「秋天瑠璃」『詩歌と出会う時』（角川書店）<br>7月　木幡瑞枝『齋藤史―存在の人』（不識書院）<br>8月　「齋藤史＆俵万智」〈文藝〉<br>9月　雨宮雅子：齋藤史のいま『全歌集』書評〈短歌〉<br>10月　河野裕子『齋藤史』（本阿弥書店）［「鑑賞現代短歌　齋藤史」『歌壇』再録］<br>12月　森岡貞香：97年を振り返る　美しき実り——齋藤史全歌集刊行〈歌壇〉 | |
| 1月　冬茜7〈新潮〉<br>1月　歌・歴史・人生（対談　桶谷秀昭）〈新潮〉<br>12月12日　蔵楽知昭：インタビュー齋藤史さん〈読売新聞（大阪）夕〉 | 1月1日　「余禄」に引用〈毎日新聞〉<br>2月　佐伯裕子『齋藤史の歌』（雁書館）<br>3月　菱川善夫：『うたのゆくへ』論——ロマン主義の宣言〈日本現代詩歌研究〉<br>4月25日　川野里子：『齋藤史の歌』書評〈図書新聞〉<br>5月　山口泉：齊藤史『ひたくれなゐに生きて』〈文芸〉 | 8月　小池光：齋藤瀏、歌人将軍の昭和〈短歌〉（『昭和短歌の再検討』砂小屋書房2001年7月所収）<br>9月　昭和短歌の再検討・齋藤瀏ほか（座談会篠弘ほか）〈短歌〉 |

| 年 | 史の著書・動向 | 史の短歌作品・散文<br>（心の花、短歌人、日本歌人、短歌作品、オレンジ、原型） | 史の短歌雑誌掲載短歌・散文<br>歌数の（　）内は歌集収録歌数 |
|---|---|---|---|
| | 11月　『齋藤史全歌集』に第8回紫式部文学賞 | 〈短歌朝日転載〉<br>12月　冬より春へ10<br>〈短歌往来転載〉 | 〈短歌研究〉<br>この年　青紫蘇10〈月光28号〉 |
| 1999 | 5月　齋藤史100『現代短歌の101』（小学館） | 1月　青紫蘇10転載<br>2月　片々小文<br>3月　流星群5転載<br>4月　雪5転載<br>5月〜7月　欠詠<br>8月　ジェームズ・カーカップ氏<br>9月　ブラックサファイア10 | 1月　流星群5　〈歌壇〉<br>1月　雪5　〈短歌新聞〉<br>1月　天象一首　〈短歌春秋〉<br>1月　ブラックサファイア10〈抒情文芸91号〉<br>5月　椿5　〈短歌〉<br>7月　自選二首　〈短歌春秋〉<br>8月　蝸牛20　〈短歌研究〉 |

| 史の新聞・総合・文芸・女性雑誌等掲載の短歌・散文<br>歌数の（　）内は歌集収録歌数 | 主な齋藤史関係文献 | 齋藤瀏の動静及び著作・主要関係文献 |
|---|---|---|
| | 5月22日　阿木津英：『ひたくれなゐに生きて』書評〈週刊読書人〉<br>6月　津田道明：齋藤史の世界〈新日本歌人〉<br>6月　古谷智子：『ひたくれなゐに生きて』評　〈短歌〉<br>7月～2000年3月　内野光子：齋藤史～戦時占領下の作品を中心に1～10〈風景〉<br>9月　前川佐重郎：『齋藤史の歌』評　〈短歌〉<br>11月　内野光子：『全歌集』に見る「未刊歌集」の虚実〈短歌朝日〉<br>11月　名歌・問題歌・難解歌の謎「暴力のかくうつくしき世に住みて……／齋藤史」〈国文学解釈と教材の研究〉<br>11月　井川京子：わが師に学ぶ出会いの一首 齋藤史に学ぶ　〈歌壇〉<br>11月5日　［大波小波］『齋藤史全歌集』への疑問〈中日・東京新聞夕〉 | |
| 4月　齋藤史・松井覺進対談集『人物十一景』(青木書店)<br>4月　文学館のはなし『私たちの全仕事』(郷土出版社) | 1～2月　武下奈々子：齋藤史の「創作語」1～2〈短歌研究〉<br>2月　雨宮雅子：齋藤史〈短歌現代〉<br>6月～2008年11月　楠田立身：齋藤史のうた1～57〈原型〉<br>6月　森まゆみ：いのちさら | |

| 年 | 史の著書・動向 | 史の短歌作品・散文<br>(心の花、短歌人、日本歌人、短歌作品、オレンジ、原型) | 史の短歌雑誌掲載短歌・散文<br>歌数の(　)内は歌集収録歌数 |
|---|---|---|---|
| | | 転載<br>10月　天象、転載<br>11月　蝸牛20転載<br>12月　水流25転載 | 11月　水流25　〈短歌現代〉 |
| 2000 | 9月16日〜10月22日　塩尻短歌館にて「齋藤史の世界展」開催<br>12月　『風翩翻』(不識書院) | 1月　山国に住むこと五十五年<br>2月　渋柿5転載<br>3月、5月〜6月　欠詠<br>4月　創刊号のことば・文学の原型、再録<br>7月　百鬼百神10転載<br>8月　名残雪31転載、追加1<br>9月〜12月　欠詠 | 1月　選者自選二首〈短歌春秋〉<br>1月　渋柿5　〈短歌〉<br>6月　百鬼百神10　〈短歌〉<br>7月　名残雪31　〈短歌朝日〉 |
| 2001 | 2月　『過ぎてゆく歌』(河出書房新社)<br>5月　『齋藤史歌集』 | 1月　欠詠<br>2月　あられ5転載<br>3月　氷塊5転載 | 1月　三首3〈短歌朝日22号〉<br>1月　あられ5　〈短歌研究〉<br>1月　氷塊5　〈短歌新聞〉 |

| 史の新聞・総合・文芸・女性雑誌等掲載の短歌・散文<br>歌数の（　）内は歌集収録歌数 | 主な齋藤史関係文献 | 齋藤瀏の動静及び著作・主要関係文献 |
|---|---|---|
| | し切ること——齋藤史『恋は決断力』（講談社）<br>7月　長島洋子：うさぎの眼——齋藤史のうた〈やまなみ〉<br>11月　＜**齋藤史の歌集**＞〈短歌現代〉（本林勝夫、田井安曇、大野道夫ほか）<br>11月　菱川善夫：「新風十人」の美と思想〈北海学園大学人文論集 14〉 | |
| 2月　夕茜8　〈文藝春秋〉 | 2月　谷川健一ほか：座談会・歌の源流を考える・齋藤史〈短歌往来〉<br>3月30日　篠弘：日本文学の百年・現代短歌の歩み・齋藤史の美意識〈中日新聞〉<br>4月　小池光ほか：作品季評齋藤史「水流」〈短歌研究〉<br>4月　塚本邦雄：齋藤史『新研究資料日本文学5短歌』（明治書院）<br>7月　佐伯裕子：齋藤史の死生観友等の刑死、われの老死〈歌壇〉<br>9月　菱川善夫：昭和十年代の花——「新風十人」の美と思想〈労働文化〉<br>10月　赤座憲久『師事して半世紀——齋藤史と私』（洛西書院） | |
| 2月　またたき5　〈新潮〉 | 1月　山形裕子：老母を史のように歌いたい　〈歌壇〉<br>2月9日　［大波小波］骨太の | 9月　曠野『現代短歌全集』改訂版　（筑摩書房） |

| 年 | 史の著書・動向 | 史の短歌作品・散文<br>（心の花、短歌人、日本歌人、短歌作品、オレンジ、原型） | 史の短歌雑誌掲載短歌・散文<br>歌数の（　）内は歌集収録歌数 |
|---|---|---|---|
| | ［自選 改訂版］<br>（不識書院）<br>9月 『齋藤史歌文集』<br>（講談社） | 4月　創刊後のことば、再録　瘤瘤16転載<br>5月　またたき5転載<br>6月　手術（2月6日2回目）<br>7月　病窓日日9<br>9月　個人乃面影11<br>11月　夏逝く11<br>11月　四首4<br>12月　記憶（二）7 | 1月　瘤瘤16　〈歌壇〉<br>7月　手術の後に10　〈短歌現代〉 |
| 2002 | 1月　ジェイムズ・カップ他訳『記憶の茂み』［和英対訳歌集］<br>（三輪書店）<br>4月26日　死去（93歳）<br>5月8日　お別れ会・偲ぶ会（メトロポリタン長野ホテル）<br>1月・2月・5月 『現代短歌全集』8・9・12巻増補版<br>（筑摩書房） | 1月　水位11<br>2月　過疎集落（一）5、過疎集落（二）転載<br>3月　記憶（一）7転載<br>4月　夢すぎて15転載<br>5月　（創刊40周年記念号）自薦作品10／四十周年に寄せて／七・五調 五・七調<br>6月　遺詠2<br>7月～9月　魚歌抄<br>10月～12月　朱天抄 | 1月　三首　〈短歌朝日28号〉<br>1月　過疎集落（一）5　〈短歌研究〉<br>1月　鹿の仔猪の仔（過疎集落二）16　〈歌壇〉<br>1月　落葉深沈5　〈短歌新聞〉<br>1月　記憶7　〈星座〉<br>3月　夢すぎて15　〈短歌四季春号〉 |

| 史の新聞・総合・文芸・女性雑誌等掲載の短歌・散文<br>歌数の（　）内は歌集収録歌数 | 主な齋藤史関係文献 | 齋藤瀏の動静及び著作・主要関係文献 |
|---|---|---|
| | 老いの歌〈中日・東京新聞夕〉<br>**以下『風翩翻』書評：**<br>1月13日　小笠原賢二〈神戸新聞〉<br>1月18日〜2月1日　久世光彦　〈週刊新潮〉<br>2月　樋口覚　〈神戸新聞〉<br>3月　雨宮雅子　〈短歌新聞〉<br>4月　雨宮雅子　〈短歌研究〉<br>6月　栗木京子　〈短歌往来〉<br>8月　吉川宏志　〈短歌〉<br>＊<br>**以下『過ぎてゆく歌』(小説)書評:**<br>3月11日　川村二郎〈読売新聞〉<br>4月8日　篠弘　〈産経新聞〉<br>6月　前川佐重郎　〈短歌〉<br>8月　日高堯子　〈短歌往来〉<br>＊<br>7月　＜**齋藤史特集**＞〈短歌朝日〉<br>9月　内野光子：敗戦前後の女性歌人たち『扉を開く女たち』　(砂子屋書房)<br>9月　樋口覚：齋藤史の詩的履歴書『齋藤史歌文集』[解説]　(講談社) | |
| 5月1日　齋藤史語録〈中日新聞夕〉 | 1月　＜**特集齋藤史**＞〈歌壇〉(武下奈々子、大塚寅彦、紀野恵、目黒哲朗ほか)<br>2月　短歌の源流を遡る〈新風十人〉　〈短歌往来〉<br>4月26日　二・二六事件歌の核に齋藤史さん　〈中日・東京新聞夕〉<br>4月27日　[天声人語]齋藤史さん逝く　〈朝日新聞〉<br>5月　赤座憲久ほか:『過ぎてゆく歌を』をめぐって／石川路 | |

| 年 | 史の著書・動向 | 史の短歌作品・散文<br>（心の花、短歌人、日本歌人、短歌作品、オレンジ、原型） | 史の短歌雑誌掲載短歌・散文<br>歌数の（　）内は歌集収録歌数 |
|---|---|---|---|
| | | | |
| | | | 7月　『歌の源流を考えるⅡ』<br>7月・8月　＜**齋藤史追悼1・2**＞<br>（篠弘：「昭和」における齋藤<br>7月　＜**齋藤史追悼特集**＞〈短歌<br>7月　岩田正：木霊なす――齋<br>8月　＜**齋藤史追悼**＞〈歌壇〉（河 |

| 史の新聞・総合・文芸・女性雑誌等掲載の短歌・散文<br>歌数の(　)内は歌集収録歌数 | 主な齋藤史関係文献 | 齋藤瀏の動静及び著作・主要関係文献 |
|---|---|---|
| | 子ほか:齋藤史論をめぐって／和泉鮎子ほか:『風翩翻』をめぐって、など〈原型〉<br>5月　文学にみる病いと老い(9)　〈介護支援専門員〉<br>5月1日　岡井隆:齋藤史さんを哀悼する　歴史の底流を重く見つめ〈中日・東京新聞夕〉<br>5月2日　森岡貞香:齋藤史さんを悼む　〈読売新聞〉<br>5月3日〜7月7日　齋藤史さん追悼展〈熊本近代文学館〉<br>5月11日 [大波小波]後半生のかがやき〈中日・東京新聞夕〉<br>5月12日　米川千嘉子:齋藤史の女歌　〈毎日新聞〉<br>5月26日　小屋敷晶子:歌人齋藤史さん〝濁流〟越え艶なる老い　〈読売新聞〉<br>6月　佐伯裕子:動乱の美学――影の語り部齋藤史〈国文学解釈と教材の研究〉<br>6月18日　酒井佐忠:オピニオン・悼齋藤史さん〈毎日新聞〉<br>6月23日　文化という劇場　齋藤史さんの英訳歌集〈毎日新聞〉 | |

(ながらみ書房)
〈短歌研究〉
史　主題としての滅びの意識ほか)
朝日〉
藤史と湖『現代短歌をよみとく』(本阿弥書店)
野裕子、酒井佐忠ほか)

| 年 | 史の著書・動向 | 史の短歌作品・散文<br>(心の花、短歌人、日本歌人、短歌作品、オレンジ、原型) | 史の短歌雑誌掲載短歌・散文<br>歌数の（　）内は歌集収録歌数 |
|---|---|---|---|
| | | | 8月　**＜さようなら齋藤史＞**〈短<br>9月　**＜齋藤史追悼特集＞**〈短歌<br>9月　齋藤史追悼展（塩尻短歌<br>11月　道浦母都子：歌のモダ<br>12月　東京新聞編集局：独り |
| 2003 | 10月　『風翩翻以後』（短歌新聞社） | 1月〜3月　『やまぐに』より<br>4月　**＜齋藤史追悼号＞**<br>未発表の歌7<br>5月〜6月　杳なる湖抄<br>7月〜12月　うたのゆくへ抄 | 1月　山名康郎：評伝不死鳥の<br>3月　山屋真由美：エキゾティ<br>4月　**＜齋藤史追悼号＞**〈原型〉<br>齋藤史論――中年期の歌・あ<br>（その他、齋藤史論再録、追悼<br>4月　佐伯裕子：齋藤史と葛原<br>9月　**＜齋藤史の遺言＞**〈短歌〉<br>9月　片桐百苑(書)：『ひびき合 |
| 2004 | 5月22日　齋藤史を偲ぶ原型全国歌会（長野県千曲市） | 1月〜　齋藤史講話（松本中日文化センターでの講述記録1994年3月1997年12月、高槻文子リライト）連載始まり、ほぼ隔月のペースで2009年12月まで続く<br>1月〜6月　密閉部落抄<br>7月〜12月　風に燃す抄 | 2月・4月・6月　竹内光江：「齋<br>3月　岩寺萌：二・二六事件か<br>4月　山名康郎『不死鳥の歌人<br>5月　和泉鮎子：わたしの齋藤<br>8月　「小議会・齋藤史の歌」〈短<br>9月　阿木津英：『魚歌』（短歌<br>9月　松坂弘：齋藤史論ノート<br>9月　内野光子：溢れ出た女た<br>10月　石川路子：わたしの齋<br>11月9日　レファレンス協同デ |
| 2005 | | 1月〜6月　ひたくれなゐ抄<br>7月〜12月　渉りゆかむ抄 | 2月26日〜　長谷川櫂：「四季」<br>4月　岩田正：をのこの歌をみ<br>6月　**＜特集齋藤史＞**〈現代短歌<br>100首選・年譜・著者解題<br>8月　森まゆみ：命さらし切る<br>8月　河野裕子：二・二六事件<br>8月〜2008年6月　寺島博 |

| 史の新聞・総合・文芸・女性雑誌等掲載の短歌・散文<br>歌数の(　)内は歌集収録歌数 | 主な齋藤史関係文献 | 齋藤瀏の動静及び著作・主要関係文献 |
|---|---|---|
| | 歌〉(森岡貞香、雨宮雅子ほか)<br>往来〉<br>館)<br>ニズム——齋藤史・葛原妙子『女歌百年』(岩波書店)<br>で生きていく齋藤史『ありがとう。この言葉』(大和出版) | |
| | 歌人齋藤史、連載始まる〈短歌四季〉<br>シズムの相克塚本邦雄と齋藤史〈Jissen English Communication〉<br>(喜多昭夫:瞠りたるまま——齋藤史と二・二六事件、沢口芙実:るいは「雪の靈」について、寺尾登志子:齋藤史論——風の旅人文多数収録)<br>妙子〈図書〉<br>(小高賢、岡井隆、佐伯裕子、大辻隆弘、村永大和ほか)<br>う華(齋藤史歌)』(美研インターナショナル) | 4月　齋藤史:語る齋藤瀏(1996年明治神宮講演録)〈原型〉<br>12月　三橋一夫:齋藤瀏の二・二六事件1～13［2004年12月まで］〈月刊日本〉 |
| | 藤史の遺言」〈短歌〉を検討する1～3〈原型〉<br>ら見た『魚歌』〈ノルテ2003〉<br>齋藤史』(東京四季出版)<br>史論〈原型〉<br>歌現代〉<br>現代)<br>『定型の力と日本語表現』(雁書館)<br>ちの戦争詠——若山喜志子と齋藤史の場合『女たちの戦争責任』(東京堂出版)<br>藤史論〈原型〉<br>ータベース「それでも咲くのか……」について(市川市中央図書館) | 3月　篠弘:20世紀の短歌論(15)齋藤瀏〈短歌〉 |
| | 欄で数回取り上げられる(～2013年8月26日)〈読売新聞〉<br>なの歌・佐藤佐太郎と齋藤史〈歌壇〉<br>雁60号〉(米川千嘉子、今井恵子、広坂早苗、轟太市、楠田立身)<br><br>こと——齋藤史『昭和快女伝・恋は決断力』(文藝春秋)<br>齋藤史〈短歌研究〉<br>齋藤史のうた1～35〈朔日〉 | |

| 年 | 史の著書・動向 | 史の短歌作品・散文<br>(心の花、短歌人、日本歌人、短歌作品、オレンジ、原型) | 史の短歌雑誌掲載短歌・散文<br>歌数の(　)内は歌集収録歌数 |
|---|---|---|---|
| 2006 | | 1月～6月　秋天瑠璃抄<br>7月～12月　風翩翻抄 | 2月　川野里子:二つの影とし<br>3月　目黒哲朗:齋藤史先生の<br>5月　**＜もう一度ながめ直す齋**<br>枝浩樹、道浦母都子)<br>6月　佐伯裕子:齋藤史のうた<br>7月　小林朋子:齋藤史『朝未<br>12月3日　酒井佐忠:「今朝の |
| 2007 | | 1月～6月　風翩翻以後抄<br>7月～　魚歌抄始まる | 3月　塚本邦雄:齋藤史『展望<br>3月　佐伯裕子:むれしことに<br>8月　久我田鶴子:生き継ぎ語 |
| 2008 | | 1月～12月　魚歌抄 | 1月　工藤美代子『昭和維新の<br>9月　齋藤史『現代短歌朗読集<br>10月　神谷佳子:現代の歌枕・<br>12月　寺島博子『額という聖 |
| 2009 | | 1月～12月　魚歌抄 | 2月　岸本節子:一首鑑賞齋藤<br>2月　**＜齋藤史生誕百年＞**〈短歌<br>登美子、尾崎左永子ほか)<br>6月17日　レファレンス協同<br>8月　寺山修司:齋藤史『寺山<br>9月　『齋藤瀏・齋藤史展——<br>11月　佐伯裕子:想い出の人々<br>11月　佐伯裕子:「敗戦後」とい<br>11月　正津勉:近代悼詞抄(5) |
| 2010 | | 1月　断絶、原型から転載(以下のエッセイは、原型旧号からの転載)<br>2月　目の埃り<br>3月　歌が出来ないという友へ<br>4月　ことばのひびき<br>5月　土器 | 2月　『前川佐美雄編「日本歌人」<br>6月　中西亮太:齋藤史『濁流』<br>6月　喜多昭夫:瞑たるまま<br>8月　工藤美代子『昭和維新の<br>8月　齋藤愼爾:齋藤史『占領期<br>11日9日　レファレンス協同<br>喜図書館) |

| 史の新聞・総合・文芸・女性雑誌等掲載の短歌・散文<br>歌数の(　)内は歌集収録歌数 | 主な齋藤史関係文献 | 齋藤瀏の動静及び著作・主要関係文献 |
|---|---|---|
| | ての齋藤史と妙子〈歌壇〉<br>お宅で『目黒哲朗集』(邑書林)<br>**藤史特集**＞〈短歌〉(小高賢、佐伯裕子、中川佐和子、小池光、三<br>『生のうた死のうた』( 禅文化研究所)<br>き頃――時代を紡いだ信州の女性たち』(信濃毎日新聞社)<br>うた」〈毎日新聞〉 | この年　佐伯裕子：刑事被告四百五十号齋藤瀏の愛〈禅文化 199 号〉 |
| | 現代の詩歌6短歌1』(明治書院)<br>黙す〈禅文化 203〉<br>り継ぐ宿命齋藤史『久我田鶴子歌集』(砂小屋書房) | |
| | 朝――二・二六事件と軍師齋藤瀏』(日本経済新聞出版社)<br>成 CD 版』(同朋舎メディアプラン)<br>齋藤史・姥捨山〈短歌研究〉<br>域　齋藤史の歌百首』(不識書院) | 1月　工藤美代子『昭和維新の朝』(日本経済新聞出版社) |
| | 史の歌1～〈開放区 84 号〉<br>現代〉(岡井隆、前川佐重郎、三枝昂之、佐伯裕子、雨宮雅子、百々<br>データベース「疎開中の住所について」(長野市立図書館)<br>修司短歌論集』(国文社)<br>旭川ゆかりの歌人』(旭川井上靖記念館編刊)<br>齋藤史の声〈短歌〉<br>う出発後――齋藤史と森岡貞香を中心に〈短歌研究〉<br>額の真中に弾丸を〈表現者〉 | |
| | 目次集 (戦前期分)』(石原深予)<br>論『殺しの短歌史』(水声社)<br>――齋藤史と二・二六事件『うたの源泉』(沖積舎)<br>朝――二・二六事件を生きた将軍と娘』(筑摩書房)<br>雑誌資料大系文学編第5巻(占領期文学の多面性)』(岩波書店)<br>データベース「うすずみのゆめの中……」について (埼玉県久 | |

| 年 | 史の著書・動向 | 史の短歌作品・散文<br>（心の花、短歌人、日本歌人、短歌作品、オレンジ、原型） | 史の短歌雑誌掲載短歌・散文<br>歌数の（　）内は歌集収録歌数 |
|---|---|---|---|
| | | 6月　藁馬<br>7月　表現者<br>8月　仮面雑感<br>9月　歌会の評について<br>10月　自選ということ<br>11月　ことば<br>12月　ふたたび仮面について | |
| 2011 | | 1月　一人称<br>2月　風流<br>3月　転合<br>4月　花を分ける<br>5月　邂逅<br>6月　劇<br>7月　栃の実<br>8月　無題<br>9月　やりなおし<br>10月　仕事部屋<br>11月　おとなの質問<br>12月　一年 | 1月　佐伯裕子：なつかしい歌<br>3月　菱川善夫：齋藤史『うた<br>4月　花山多佳子：口語の変化<br>4月　川野里子：疎開という文<br>9月～12年2月　佐伯裕子： |
| 2012 | 4月　『原型』終刊<br>『齋藤史講話集』<br>（原型歌人会） | 1月　書く<br>2月　すききらい<br>3月　夜の雪<br>4月　創刊のことば「文学の原型」<br>5月　「なにを」と「いかに」<br>6月　もう一度<br>7月　石<br>8月　くろい　いやなやつ<br>9月　「が」と「の」<br>10月　未完成<br>11月　雑誌「四季」<br>12月　冬花火 | 1月～3月　對島恵子：齋藤史<br>2月12日　佐伯裕子：齋藤史<br>4月　**＜齋藤史没後十周年・創刊**<br>文子、矢野佳津ほか）<br>7月　**＜齋藤史没後十年＞**〈歌壇〉<br>北原あき、楠田立身）<br>7月　佐伯裕子：戦後短歌の時<br>8月　宮川達二：小熊秀雄と歌<br>8月　佐伯裕子：あはれ幾春の<br>9月21日　レファレンス協同デ |

| 史の新聞・総合・文芸・女性<br>雑誌等掲載の短歌・散文<br>歌数の(　)内は歌集収録歌数 | 主な齋藤史関係文献 | 齋藤瀏の動静及び<br>著作・主要関係文献 |
|---|---|---|
| | | |
| のこと・前川佐美雄〈短歌〉<br>のゆくへ』論『菱川夫著作集７』(沖積舎)<br>──齋藤史・五島美代子・前川佐美雄〈短歌研究〉<br>学空間──葛原妙子・齋藤史・齋藤茂吉〈短歌研究〉<br>なつかしい歌のこと 齋藤史１～６〈短歌〉 | | |
| ノートⅠ～Ⅲ〈原型〉<br>二つの春の間〈朝日新聞〉<br>**五十年記念号**＞〈原型〉(石川路子、北原あき、楠田立身、高槻<br><br>(川本千栄、佐伯裕子、目黒哲朗、安田純生、小高賢、貝母文平、<br><br>間軸・阿部静枝・葛原妙子・齋藤史〈短歌研究〉<br>人齋藤史〈Coal sack「詩の降り注ぐ場所」〉<br>花散りにけり〈禅文化 224〉<br>ータベース「『濁流』の初出雑誌について」(立命館大学図書館) | | |

| 年 | 史の著書・動向 | 史の短歌作品・散文<br>(心の花、短歌人、日本歌人、短歌作品、オレンジ、原型) | 史の短歌雑誌掲載短歌・散文<br>歌数の(　)内は歌集収録歌数 |
|---|---|---|---|
| 2013 | 12月　『原型』終刊 | 1月　あたらし<br>2月　＜くた＞考<br>3月　1首（終刊号） | 3月　旭川中央図書館編『旭川 |
| 2014 | | 12月～15年1月　篠弘：戦争と歌人たち・齋藤史の抽象技法 | |
| 2015 | | 7月　沢口芙美：齋藤史歌集『秋天瑠璃』〈短歌往来「平成の名歌<br>8月　石川路子『式子内親王ノート・風の旅人齋藤史』(短歌研<br>9・10月　岸本節子：齋藤史論　二・二六事件〈桜狩 169〉<br>10月　Tanka of Fumi Saito：Miyuki Aoyama 訳（Design | |
| 2016 | | 1・2月　岸本節子：齋藤史論　二・二六事件②〈桜狩 171〉<br>2月～　佐藤光江：『魚歌』から『風翩翻』まで貫くもの1～<br>12月　佐川佐重郎：齋藤史の Virtue『佐川佐重郎歌集』(砂子 | |
| 2017 | | 3月　寺島博子『葛原妙子と齋藤史──『朱霊』と『ひたくれな<br>7月17日　八十二文化財団主催シンポジウム「齋藤史・清原 | |

※図書・雑誌・新聞の検索・閲覧・複写については、主として国立国会図書館・日本現代詩歌文学館、日本近代文学館、立教大学図書館によった。

※齋藤史の関係の短歌雑誌および短歌総合雑誌、その他の雑誌に掲載の短歌作品・散文などについては、可能な限り現物にあたった。作品の表題に数字を付したものは歌数で現物を確認したものである。

※現物が確認できた作品については、歌集『朱天』から『うたのゆくへ』までの採録可能期間に限って、どの歌集に何首収録されたかを（　）内に示した。未収録とわかった作品を資料2として集め、その初出及び重複発表の雑誌名・年月を示した。それらの歌集の前後に刊行した『魚歌』『密閉部落』『風に燃す』の場合も、今回の作業でわかった範囲で参考のため、歌集への収録歌数を付している。

※『心の花』『日本歌人』『短歌作品』『オレンジ』『原型』は、国立国会図書館・日本現代詩歌文学館・日本近代文学館所蔵の限りで確認し、他は『「日本歌人」目次集（戦前期分）』(2010年）に拠った。『短歌人』『女人短歌』は全巻通覧、『原型』は、創刊号から2013年12月まで通覧したが、1970年代は未見が多い。女性雑誌については、国立国会図書館・石川武美記念図書館における検索により現物検索ないし複写により確認した。新聞については、各紙縮刷版、朝日新聞『聞蔵Ⅱビジュアル』読売新聞『ヨミダス歴史館』、毎日新聞『毎索』などのデータベースを利用し、できる限り記事を確認した。日付の記載がない新聞記事、月数や歌数のない雑誌記事は、未見ながら、参考のために記載した。

| 史の新聞・総合・文芸・女性雑誌等掲載の短歌・散文<br>歌数の(　)内は歌集収録歌数 | 主な齋藤史関係文献 | 齋藤瀏の動静及び著作・主要関係文献 |
|---|---|---|
| 叢書34 道北を巡った歌人たち』(旭川振興公社) | | |
| 1〜3〈歌壇〉 | | 3月　小川靖彦:齋藤瀏『萬葉名歌鑑賞』をめぐって〈青山学院大学文学部紀要〉(『万葉集と日本人』所収) |
| 集を選ぶ」〉<br>究社)<br><br>Egg) | | |
| 〈ポポオ〉(『短歌21世紀』付録)<br>屋書房) | | |
| ゐ』(六花書林)<br>日出夫」開催 | | |

※アメリカ占領期の検閲資料は、「占領期新聞・雑誌情報データベース」検索により国立国会図書館憲政資料室のプランゲ文庫マイクロ版からの複写を典拠とした。
※収録歌数の少ない短歌作品のアンソロジー、評伝、歌集紹介などが掲載されている辞典・事典、新聞・短歌雑誌などは多いが、多くは省略した。文学全集、短歌全集などに収録された場合は、収録に努めた。齋藤史特集、書評特集の場合は太字で示した。
※欠号・未見・欠詠などが続く場合の注記は、＊を付してゴチック体・小文字で示した。
※歌集収録の開始と終了については、わかる範囲で、——で挟んだ太字で示した。
※『全歌集』収録の『朱天』から削除した短歌の初出を、判明した限り「資料2」の作品番号で示し、**【全歌集から削除①】**のように太字で示した。
※雑誌名などの旧漢字は、一部を除いて新漢字としている。

資料２

## 齋藤史「歌集」未収録作品、『齋藤史全歌集』編集時の加除作品

――『魚歌』から『うたのゆくへ』

作品末尾に初版所収の頁数を示した。

判明した初出掲載雑誌名・重複掲載雑誌名・題名・歌数・年月の順で示した。

作品の旧漢字・旧仮名は原本通りとしたが、一部確認できない場合があった。資料名・見出しは、一部を除いて新漢字とした。ふりがなは原則として原本通りとしたが、省略した場合もある。

初出が判明しない場合は「初出不明」と記した。
＊は、下線箇所と雑誌初出との異同を示した。

Ⅰ.『魚歌』（1940 年）になく『齋藤史全歌集』（1977 年・1997 年）収録時に追加された作品
Ⅱ.『歴年』（1940 年）から『齋藤史全歌集』（1977 年・1997 年）収録時に削除された作品
Ⅲ.『朱天』（1943 年）から『齋藤史全歌集』（1977 年・1997 年）収録時に削除された作品
Ⅳ.『朱天』（1943 年）の収録期間における未収録作品
Ⅴ. 未刊歌集「杳かなる湖」の収録期間における『齋藤史全歌集』（1977 年・1997 年）未収録作品
Ⅵ.『やまぐに』（1947 年）から『齋藤史全歌集』（1977 年・1997 年）収録時に削除された作品
Ⅶ.『やまぐに』（1947 年）の収録期間における未収録作品
Ⅷ.『うたのゆくへ』（1953 年）の収録期間における未収録作品

### Ⅰ.『魚歌』（1940 年）になく『齋藤史全歌集』（1977 年・1997 年）収録時に追加された作品

〈３首〉

①いのち凝《こ》らし夜ふかき天《あめ》に申せども心の通ふさかひにあらず
　「昭和十一年」内の小題「濁流」の末尾から二首目に追加、『新風十人』「題を伏す　昭和十一年」（七首）に既載。『歴年』「濁流　昭和十一年」（二二首）に既載。

②天地《あめつち》にただ一つなるねがひさへ口封じられて死なしめにけり
　「昭和十二年」内の小題「暮春」の末尾から２首目に追加、『新風十人』「題を伏す　昭和十一年」（七首）に既載。『歴年』「濁流　昭和十一年」（二二首）に既載。

③夜は我をつつみやさしく語るらく眼は閉じて視よ闇の美《くは》しさ
　「昭和十四年」内の小題「白夜」の末尾に追加。

### Ⅱ.『歴年』（1940 年）から『齋藤史全歌集』（1977 年・1997 年）収録時に削除された作品

〈11 首〉

**紀元二千六百年頌歌**（一頁）

天《あめ》を仰ぎ祖《みおや》があげし歓喜《よろこび》の聲のとどろきを今のうつつに
　輝ク　頌歌１（歴１）　81 号　1940 年２月
　＊「祖《みおや》」は、初出では「祖先《みおや》」となっている。

**靖國神社に遺兒参拜の日に**（一～二頁）
みづみづし愛《かな》し命をなげうちてわがますら雄は神となりませり
　輝ク　遺児の日　白扇揮毫3（歴1）95号　1941年4月
　＊「雄」は、「輝ク」では「夫」に。
御前にぬかづきまつるいとし兒や神なる親を呼びて止まずも
かくやさしく強く生ひ立ちゆく子らをみそなはしたまへわが精神よ
ここだくの日本の血のながれたる土をまもりて我等生き繼ぐ
　輝ク（九段面談の日　二首2（歴1）83号　1940年4月

**黒き犬**（七一頁）
まつ黒き痩せ犬がひとつわが顔をうかがひながら追ひこし行けり
その犬を呼べば振り向き垂れし尾を振らむとして止め向ふをむくも
痩せ尾垂れのつそりとせる知らぬ犬と同じ向きに歩き久しかりけり

**黒石原吟行**（七二頁）
こもごもにわれらが撫づる緬羊の深毛の背は陽にぬくもれり
緬羊を呼ぶと伸ばせしわが雙のてのひらの上に秋の陽は照る
緬羊のひとつが口をすり寄せし季節はずれのたんぽぽのはな

Ⅲ．『朱天』（1943年）から『齋藤史全歌集』（1977年・1997年）収録時に削除された作品
〈17首〉
**（1）「戦前歌」より**
①國大いなる使命《よざし》を持てり草莽のわれらが夢もまた彩《あや》なるを　（六頁）
　「とどろき」の最後一〇首目
　『日本短歌』（秋から冬へ15）　一九四一年二月　＊初出「理想」を改め
②たのめざるものも頼みきしどろなる野草の霜を今は云ひそね（二二頁）
　「ぼたん雪」六首目
　『短歌研究』（ぼたん雪9）　一九四一年二月
③煌めける祖國の歴史繼《つ》ぎゆかむ吾子も御臣《みたみ》の一人と思へば（七二頁）
　「使命」四首目
　初出不明
④神使命《かむよざし》負へる我らと思ほへりひかりとどろき近づけるもの（七四頁）
　「使命」九首目
　『女流十人短歌集』（飛沫45）　一九四二年五月　＊「思ほへば日日に」を改め

⑤ますら夫はむしろ美しもひとすじに行きてためらはぬ戰場《ところ》を賜びき（七八頁）
「訓練」九首目
初出不明
（2）「**開戦**」より
⑥かすかなるみ民の末の女ながらあかき心におとりあらめやも（八五頁）
「四方清明」最後一二首目
『婦人朝日』（国民の誓ひ5）　一九四二年三月
『新日本頌』（開戦15）　一九四二年一一月　＊「かそかなる御民の末の女《をんな》ながら丹きこころに劣《おとり》」を改め
⑦現《あき》つ神在《ゐ》ます皇國《みくに》を醜《しこ》の翼つらね來るとも何かはせむや（九五頁）
「わが山河」六首目
『公論』（四方清明5）　一九四二年三月
『日本短歌』（春花また6）　一九四二年四月
⑧襲ふものまだ遂《つひ》に無き神國の春さかりや咲き充ちにけり（一〇九頁）
「たたかふ春」最後一六首目
初出不明
⑨國をめぐる海の隅隅ゆき足らひ戰ひ勝たぬ事いまだ無し（一一四頁）
「珊瑚海海戦」六首目
初出不明
⑩みづからのいのち浄らに保《も》ちも得で説く事多き人を見るかも（一二二頁）
「微小」二〇首目
『短歌人』（くろき炎5）　一九四二年九月
⑪たばかられ生きし憤《いか》りは今にして炎と燃えむインド起たむとす（一二六頁）
「荒御魂」二首目
初出不明
⑫まつらふは育くみゆきて常若《とこわか》の國悠《はろ》かなり行手こしかた（一二九頁）
「荒御魂」最後一〇首目
『文芸世紀』（十二月八日7）　一九四二年一二月
⑬動物を燒く匂ひに乾く着馴れ服火をかき立てて君も干さすや（一三七頁）
「防人を偲びて」七首目
『文藝春秋』（北の防人を偲びて10）一九四二年一二月
『短歌人』（北なる人に4）　一九四三年二月
『軍神頌』（アッツ島山崎部隊11）　一九四四年一二月
⑭重傷のわがつはものをローラーにかけし鬼畜よ許し得べしや（一四六頁）
「ニューギニヤ進撃」三首目

初出不明
⑮半島、高砂、インドネシヤの友打つづき撃ちて止まむと進む神いくさ（一四六頁）
「ニューギニヤ進撃」四首目
『短歌人』（進撃4）　一九四三年四月　＊「やむと」を改め
⑯背戸畑の土の少しを守り袋に入れてゆきたる人如何に在る（一四六頁）
「ニューギニヤ進撃」五首目
『短歌研究』（冬樹7）　一九四三年四月　＊「すこし」を改め
『短歌人』（進撃4）　一九四三年四月
⑰神怒りあがる炎の先に居て醜《しこ》の草なすが何ぞさやらふ（一四七頁）
「ニューギニヤ進撃」六首目
『文藝春秋』（北の防人を偲びて10）　一九四二年一二月

## Ⅳ.『朱天』（1943年）の収録期間における未収録作品

掲載年月順に、掲載雑誌・新聞名などを太字で、題のつぎに掲載歌数を（　）内に、発行年月を付して、初版『朱天』に未収録の作品のみを示した。末尾に付した数字①などは、『全歌集』収録の際に削除した作品で、上記Ⅲの一七首と重なるが、参考のため、掲載年月順の流れの中での位置づけを示した。掲載誌が重複する場合は判明した限り記した。

**日本短歌**（秋から冬へ15）1941年2月
國大いなる使命《よざし》を持てり草莽のわれらが夢もまた彩《あや》なるを　①
わがゆく道は隈なく照りたればむしろ酷くふみいでにけり

**短歌研究**（ぼたん雪9）　1941年2月
たのめざるものを頼みきしどろなる野草の霜を今は云いそね　②

**日本短歌**（蜥蜴6）1941年9月
夜をひと夜降りたる雨のいくばくか土に沁みいくばくか流れ去りにし

**逓信協会雑誌**（秋夜7）1941年10月
あかときは窓より來りねむりふかきわが幼子の頬に及べり

**読売新聞**（近詠3首）1941年11月19日
昨日《きぞ》の日の篠笛《しのぶえ》や鳴り鈍りむしろすがしき秋夜となれり

**短歌人**（無題4）1942年1月

をみな子の歩みは鈍し神在りてましぐらなれと鞭うちたまへ

**短歌研究**（天業 8）1942 年 1 月（「宣戦の詔勅を拝して」特集）
**短歌人**（開戦 4）1942 年 2 月
日の本の民のいのちの甲斐ありて國大いに興るとき逢へらく　＊「逢へるも」と改め

**婦人朝日**（国民の誓い 5）　1942 年 3 月
撃たむかな勝たむかな我ら必ずや大き歴史を生きつらぬかな
かそかなるみたみの末の女《おみな》ながらあかき心におとりあらめやも　⑥

**公論**（四方清明 5）1942 年 3 月
**日本短歌**（春花また 6）1942 年 4 月
現《あき》つ神在《ゐ》ます皇國《みくに》を醜《しこ》の翼つらね來るとも何かはせむや　⑦

**女流十人短歌集**（飛沫 45）1942 年 5 月
神使命《かむよざし》負へる我らと思ほへば日日にとどろき近づけるもの　④
身にふかく戰ひの歌ひしめきて一途にすぎる我の思ひか

**短歌人**（夏 4）1942 年 8 月
夏くろき道の曲りに何事を計るとしばし立止りつる
聲低く我の記憶を云ひしかばその母人や泣きたまひけり

**短歌人**（くろき炎 5）1942 年 9 月
みづからのいのち淨らに保《も》ちも得で説く事多き人を見るかも　⑩
ひそめたる苦しみに觸れてゆく風はくろき炎のあほるごとしも
その事に思ひはゆきていらいらし炎天の道に足早まりぬ
寢につかむしばらくの間の月明り心休息《やすら》へといざなふごとし

**日本短歌**（日常 9）1942 年 10 月
寢につかむしばらくの間の月明り心流せといざなふごとし
夏くろき道のと切れに何事を計るとしばし立止まりつる
ひそめたるくるしみに觸れてゆく風はくろき炎を煽るごとしも
燈にてらし出されて移りゆく秋の夜靄よわが思ひ冷ゆる

**『新日本頌』**（開戦 15）1942 年 11 月

忍びたる日の長かりきおほいなる行手展けて今朝のすがしさ
かそかなる御民の末の女《をんな》ながら丹《あか》きこころに劣《おとり》あらめやも　⑥
なみだ垂り言葉貧しきわが歌よこの大いなる歴史の前に
昨日《きぞ》の日のわが篠笛《しのぶえ》や鳴り終り今日あたらしき律《りつ》ありにけり

**短歌人**（うつつにあらぬ 5）1942 年 12 月
くぐまりてする手仕事の山なせりくぐみ果てむと思はざれども

**文芸世紀**（十二月八日 7）1942 年 12 月
まつらふは育《はぐ》くみゆきて常若の國悠かなり行手こしかた　⑫
醜の敵撃てと詔らせしかの八日の空のすがしさよ忘らふべしや
言上げて何をか云はむ荒雄ら血しぶきあげて地に伏す今を

**文藝春秋**（北の防人を偲びて 10）1942 年 12 月
乾きゆく裝具より湯氣ほこほこと立上るときねむり樂しき
ぬれし兵と濡れたる鳥と行きながらかたみに賴りかなしかるもの
神怒りあがる炎の先に居て醜の草なすがなんぞさやらふ　⑰

**短歌人**（日常 3）1943 年 1 月
世をぬきてつたへ來たれることだまの髙き調べを享けてうたはむ（愛國百人一首成る）

**短歌人**（北なる人に 4）1943 年 2 月
乾きゆく裝具より湯氣のほこほこと立上るとき來る眠りや
動物を燒く匂ひに乾く着馴れ服火をかきたてて君も干さすや　⑬

**『大東亜戦争歌集・愛国篇』**（14）1943 年 2 月
南の海濤《うみなみ》の色戀ひ思《も》へばいのちの底にかよふ蒼さか

**文芸**（撃ちてしやまむ 5）1943 年 3 月
四方《よも》の醜《しこ》撃ちなびけゆく時つ世をまさめにし見る民の幸はや
つたなかるわが祈り歌したためてはるかに念ずつはものの上

**短歌人**（進撃 4）1943 年 4 月
半島髙砂インドネシヤの友打ちつづき撃ちてしやむと進む神いくさ　⑮

**短歌人**（進撃 4）1943 年 4 月

**短歌研究**（冬樹 7）1943 年 4 月

背戸畑の土の少しを守り袋に入れてゆきたる人如何に在る　⑯

**短歌人**（春雑歌 3）1943 年 5 月

いちづなるもの短かしといふ事を笑ひ話にする人のあり

あまたたび寂しさの打返しつつ春は終りに近づくらしも

**朝日新聞**（畏き御仁慈 3）1943 年 5 月 20 日

后の宮みそなはしますかしこさに運ぶ手先のふるふとするも

仰ぐだにかしこきものを吾がどちが働く場を踏み立たします

臣の女ささげまつるは理《ことは》りを嘉みしたまふときくがかしこさ

## V. 未刊歌集「杳かなる湖」の収録期間における『齋藤史全歌集』(1977 年・1997 年)未収録作品

発行年ごとにまとめた。掲載雑誌・新聞名などを太字で示し、題・歌数を（　）内に、発行年月を記した。後のカッコ内には、『全歌集』に収録された歌数を示した『朱天』を「朱」、「杳かなる湖」は「杳」と略した。収録されていない場合は（0）とした。

1943 年（昭和一八年）

**日本短歌**（身辺歌 13）1943 年 5 月　（朱 5 杳 2）

いちづなるもの短かしといふ事を笑ひ話にする人のあり

血しぶきの中よりひびくかちどきを魂の底ひにききてひれ伏す

たかぶりて物云ひおごり世に一人生くるふりなす憎し敵共《あだども》

たたかへる人を思へば國内のわが日日よおこたり多き

ひたすらの女のいのち念じつつ添ひてを行かな御戰《みいくさ》の場《には》

蒼く寒き日昏れの中に身を靠《もた》す病み居てふかきこころの疲れ

**短歌人**（春終る 4 ）1943 年 6 月　（杳 1）

しなやかに搖れて咲き居る山吹のその花の色のなんぞ強きよ

少年工らのらつぱの音ややにととのひて春は終りとなりてしまへり

一面の菜の花の濃き夕昏れはうつそ身に翳《かげ》も射す照りもなし

**婦人公論**（花あかり 7 ）1943 年 7 月　（杳 1）

八ツ手葉もにこ毛若葉となりにつつ古葉を落すばさと大きく

若き等が今日は皆出で訓練の身輕にはこぶ梯子火たたき
少年工らのらつぱの音《ね》ややにととのひて春は終りとなりてしまへり
思はざる一隅に來て散りて居る八重のさくらの殘り花びら
一面の菜の花の濃き夕昏れはうつそ身に翳も射す照りもなし
おたまじやくし防空桶に育ちつつ蛙子となる今年の春は

**短歌人**（残りなく 6）1943 年 7 月　(0)
殘りなく戰ひ死にに死ぬ同胞《とも》が仇擊て擊てと叫ぶ聲きこゆ
故國《ははくに》に寄する思ひのいかなりし十八日を堪へたたかひつ
一兵殘らず死ぬべくよしと決めしとき目には顯ちけむ故鄕の山河
胸煮ゆるわが替り得ぬ丈夫《ますらを》が死するを聞けば死するを聞けば
口惜しき御魂の憤《いか》りくにたみの總てにうつり勝たずあらめや
一億の血しほに生きて丈夫《ますらを》の魂よみがへる千よろずまでに

**文學界**（アッツ島の英霊にささげまつる 8）1943 年 7 月　(0)
傷病兵自ら斷ちてさきがけつ殘る百餘人一丸と爆《は》ず
殘りなくたたかひ死にに死ぬ兵が仇《あだ》擊《う》て擊《う》てと叫《よ》ぶ聲きこゆ
一兵殘らずしぬべくよしと決めしとき眼《め》には顯《た》ちけむ故鄕の山河《さんが》
ますら夫が血潮染《そ》みたる島の雪の永久《とは》に消ゆると我が思はなくに
故國《ははくに》に寄する思ひの如何《いか》なりし十八日を堪へ戰ひつ
ますら夫の道をゆきたるたふとしと言へど盡きせぬうらみあるなり
口《くち》惜《を》しきみたまの憤《いか》り國民《くにたみ》のすべてにうつり勝たずあらめや
魂《たま》に彫《え》りこれの思ひを我ら繼ぎ擊つべき力炎と燃さむ

**短歌人**（海軍航空隊 5）1943 年 8 月　(0)
いつせいに空を仰げる整備員の若き頤《おとがひ》すこやかなるも
手がけたるエンヂンの音を聞き分けていとしむらしき面する兵は
視界すでに青きばかりとなりゆけば戰ふ心一途となりつ
地に向けしレンズの視野のたまゆらに日の丸ありて美しきかも
生死すでに超えし荒雄が天かけりかへらぬ際《きは》も笑みて手を振る

**婦人画報**（アッツ島の英霊にささげまつる 5）1943 年 8 月　(0)
繼《つ》ぎて擊《う》て必ず擊《う》てとますら夫が最後《いまは》のきはの叫びきこえ來《く》
つつしみて悠久《とは》の大義につきませし君らが御魂《みたま》あに絶えめやも
一億の血潮に生きてますら夫の魂《たま》よみがへる千よろづまでに

いきどほり國内《くぬち》に溢《み》てり我がどちの涙は武器に代へて立つべし
胸に彫《え》りこれの想ひを我ら繼《つ》ぎ御屍《みかばね》こえて撃《う》たずあらめや

**短歌人**（挺身隊 3）1943 年 9 月　（0）
つつしみて挺身の命受けまつり一期の榮えを出でゆきしかも
戰友《とも》の言葉に眸《まみ》笑ましてはうなづきつ歸り來べしと云はざりにけり
大いなる使命《よざし》とぐるとますら夫が生死《しやうじ》はすでに外に在りたまふ

**短歌人**（人はいのちに 4）1943 年 10 月　（0）
晨《あした》置きてすでに久しきしらつゆの人は生命《いのち》に馴れ居たりけり
十年經てややに寂けくなりゆける想ひといふもあはれなるべし
思ひ凝りては苦しと思ひし一途さも過ぎてゆくなるあはあはしさや
傾けていとほしむものいよいよ深く年重ねゆく我が世と思ふ

**短歌人**（いのり 3）　1943 年 11 月　（0）
秋くもりわがうすさむきとりなりをいのち屈《くぐ》むと或は見むかも
大みいくさに生れあひ得し我生命ぞ生くる限りを光あらしめよ
身を責めて光あれよといのれども低きにつきて安らふ多し

**日本短歌**（九月ごろ 4）1943 年 11 月　（0）
晨《あした》置きてすでに久しき白つゆの我は生命《いのち》に馴れ居たりけり
日日の塵にまみれてともすれば心低く墮ちる女と云はずや
つくつくと待避して居て思ふなる北に南にたたかふ人を
銃後とふ言葉に甘へて戰線にいまだも遠し未だも遠し

**短歌人**（朝富士 3）1943 年 12 月　（0）
日に追はるる女の口の多きをも振り捨つるとき見ゆる朝富士
大御戰《みいく》くさかげ人のわが身にも映ればかしこさきはいにけり
朝晴るる冨士の大嶺を見てしより姦しき口閉じて營めり

**短歌研究**（海の図 7）1943 年 12 月　（杏 1）
ひと枝の花に俄かにほぐれ來し思ひのありて押し流さるる
思ふことそこに至りて動かざる御くさいよいよしげき海の圖
荒御たま天をかけりて雄たけぶに地に伏すものも起たずあらめや
年齢《とし》のさかりにこれの御戰《みくさ》に仕へまつる我等が幸を深く思ふも

女子の兵の心の無きにあらずすみやかにして行かしめたまへ
思ひすべて御國の上にかへりくる戰ふ秋の冴えし日のいろ

1944年（昭和一九年）

**文學報國**（決戦新春に詠める3）1944年1月10日　(0)
ひたぶるにゆきて勝成すこの道を御祖《みおや》もふみてかへりみざりし（大和）
ささげまつり命悔いなき最後《いやはて》に美《くは》し山河はゆめみたらずや（つはもの）
遠つ世ゆ青き山河ぞうけ繼ぎていよよ大和《やまと》に光凝《こ》らしめよ

**短歌人**（学徒征く5）1944年1月　(0)
海のはて空のはたてぞ輝やける身の置き場所と征く若き等は
幼な名にいまだ呼ぶ子を大空に送ると母も心つくせり
死にて歸れと我等云はむや勝ち勝ちてなほ仕へまつれ一生《よ》を長く
旗振りて送る若人一人おちず勝ちてし歸れみ親のもとに
我半生むなしかりしにあらざるや若き等ゆくに省る多し

**短歌人**（花よりも3）1944年2月　(0)
かがよへる雲をし見れば廿五の餘の人生を云はぬ人かも
花よりもさやけくふれる雪見つつ生くる思ひに日日を保たな
霜萎えし青菜すらだにみづみづし固き蕾を抱くと云はずや

**日本短歌**（冬空5）　1944年2月　（杏1）
朝晴るる冨士の大嶺を見てしより姦しき口閉じて營めり
たはやすく勝つと思はぬ御いくさの日日美しき冬ますみ空
かがよへる雲をし見れば廿五の餘の人生を云はぬ人かも
大みいくさ草かげ人のわが身にも映ればかしこさきはひにけり

**短歌人**（二月7）1944年3月　（杏4）
倒るる音踏み亂るる音も交じり居しかの夜の深き歌よみがへる
空遠く風は吹きつつ靡くものすでにあらざる冬野となれり
野に呼びてわが火を分つ集ふものけもの小鳥であるもよからむ

**短歌研究**（閾5）　1944年4月　（杏1）
やゝ早き午餉を終へてとりかかる疎開調査衣料切符調査おさつ配給
いのち涸れずみ冬を越すとうすゆきに濡るる閾《しきい》をみつつたまたま

溷みなき心となりしあかつきに我に歌ありや無しや知らずも
夕昏れを子供泣き立つ人の家や我家や共に煮物などせり

**短歌人**（樹液 7） 1944 年 4 月 （杏 2）
夕ぐれを子供泣き立つ人の家や吾家や共に煮物などせり
心足りて生くるや知らず飼ひ魚の紅滲ませてひねもす遊ぶ
うそぶきもつくらひもなし身一つとなりて寄り居る冬の日向に
わが心感じやすくてならぬ日よなべての言語綺羅の如しも
月光のすべり來ればひたひたと春は纖《こまか》き泥美しき

**短歌人**（春のみぞれ 6） 1944 年 5 月 （杏 2）
夜ふけて春のみぞれのふる時しいよいよあかき椿の一花
春やうやくに開かむとしてかへりみる心荒びて居るにあらずや
窓近く花傾きて搖れやまぬ夕ひとときのいのちをうつせ
國土のいぶきを思ふ夜ふかく和みて渡る遠き風音

**短歌人**（日常 5） 1944 年 6 月 （0）
我手すら御戰《みくさ》につづけ家仕事をとく片付けて作業にかかる
わが作業品空より降りて將兵のみいのち保つ祈らざらめや
訓練に聲からして驅けとほる家裏の畑の菜の花の黄
門先の緋桃の下の救護所に負傷者寄りてひそやかに居り
わが群員よく働くをみてほしいとひそかに思ふ群長われは

**短歌人**（扉 4） 1944 年 8 月 （杏 1）
生死をしひて語らふ事もなく古りし扉を閉じて去りたり
將すでに次戰を策し居たまふとあり頼みつつ國内しづけし
山河のうつくしき季《とき》におとろへて眼伏《まなふ》しくらす五月のおほかた

**短歌人**（太鼓 5） 1944 年 9 月 （0）
(北邊の兵が故郷へ送る演藝會の模様をききて)
手づくりの太鼓小太鼓うちはやしひとときあそぶ兵《つはもの》の聲
心深き思ひもあらなふるさとへ送るラヂオに聲をのせつつ
つはものが手づくりの太鼓音ひくしてこてことあはれ我にきこゆる
夏短かき北の國邊ゆふるさとへ太鼓ひびきね手づくり太鼓
明日は又たたかふ兵がひとよさを心あそぶと思へば愛《かな》しも

**日本婦人**（燃ゆる憎み5）1944年11月　(0)
大和女《やまとをみな》たたかひ盡きしいやはてはしづかなる死を捧げまつりぬ
いとし子のいのちおのれが手にかけて護り貫《ぬ》きたる民の誇りを
子を抱きて敵に眞向きしその母の燃ゆる憎みぞ我等に徹《とほ》る
最後《いやはて》に皇國萬歳を叫ぶなる幼兒《おさなご》目に顯《み》ゆその聲きこゆ
をさならがそれの一生《ひとよ》の幾春をにじりし敵ぞ許さふべしや

**短歌人**（夕べの花5）1944年11月　(0)
みいくさのさ中きびしく省るいのちに透る秋の陽のいろ
低きにつきて生くる我すらつらつらと今更なげく厨邊の塵
穩《おだ》しくも夕べの花のうす濁り默す心の定まりにけり
燃え終る木の葉の灰の淨《すが》しさを美しむ心弱しといふや
ひそやかに心は閉す此處も又我のやすらふ場所ならなくに

**『軍神頌』**（13）　1944年12月　(朱9)
動物を燒く匂ひに乾く着馴れ服火を搔きたてて君も干さすや　⑬
故國《ははくに》に寄する思ひのいかなりし十八日を堪へたたかひつ
一兵殘らず死ぬべしと心決めしとき目には顯《た》ちけむ故鄕の山河
一億の血しほに生きて丈夫《ますらを》の魂よみがへる千よろづまでに

**短歌人**（秋夜5）　1944年12月　(0)
乾きたる山羊齒の葉の音するを焚きてあはれといふ事もなし
塗物の黒きぬぐひて居る時に秋夜はいたく冷えにけるかも
冬近き厨の隅に吹き起す小鍋煮立てむほどの炭火を
秀つ枝よりもみぢそめたる樹々の屯三階に來て見おろしにけり
つゆじもの冷たき朝を厨邊に物きざみ居りこまごまと青く

1945年（昭和二〇年）

**短歌人**（幼等6）1945年1月　(0)
敵憎し時おきてする投彈のひびきは地より腹につたはる
ひた土は夜深く冷ゆる幼等に風邪ひかすなと見廻る我は
夜の壕の底冷えすらしねむり居る幼子がしばしば尿をするは
この幼等命勁く生きよ勝ち抜きて御代榮えゆく日をになふため
つゆじもの至らむとする山河に今年はしみて名殘を惜しむ

いついかに死ぬ日來たらむさもあらばあれ淺宵たのし秋の夜な夜な

**短歌研究**　(無題 7) 1945 年 1 月　(杳 1)
となり家の壕とかたみに聲交し警《いまし》めあへりまづ良しと思へり
をさな等に安眠におちぬその親が土に敷きたる手枕の上
夜の壕の底冷えするらしねむりゐる幼兒がしばし尿をするは
三時間の空襲すみて背を伸ばしまづ腰の邊を撫でおろしたれ
物量にておどさば女子供等が心萎ゆると思へるか敵
毀たれしちまたをさはも嘆かふな美しやまとに山河ひろし

**短歌人**（杳かなる湖 8）1945 年 2 月　(杳 6)
低し淺しと我をいとへばくぐもりて冬の夕べを聲さへ立てず
空に近くすみて堪ふる湖のいろ我が現し世の哀樂ならぬ

**短歌人**（夜の雪 6）1945 年 3 月　(杳 2)
ふりつもる雪の重さを耐へてゐてまれに物言ふ苦しかりけり
しとしとと今宵雪ふる人や我やこころの上に今宵雪降る
我は女にてこの空襲の朝朝も髪粧ひす七分間ほど
かの冬もきびしかりしよ凍て雪を踏みて身ぶるふ幾日なりし

**短歌研究**（山の賦 10）1945 年 9 月　(杳 8)
わが日日よ淺からずや山山の襞はかくまで蒼くきざみぬ
東京に果つるいのちと思ひしが此處に來てする訓練をまた

**文藝春秋**（愛《かな》しき國土《くにつち》5）1945 年 10 月　(0)
われも女《をんな》にてこの空襲の朝々も髪よそほひすしばらくが間《ひま》
住みなれしわれらが巷荒るるときいよよ愛しきところとおもふ
自《し》が生命《いのち》の終りの日など言はずかも飯《いひ》もま水も咽喉《のみど》にうまし
逢ふこともなくなりし人の誰かれを思へばやさし誰もかれもの人
こぼたれし巷をさはも歎かふな美《くは》し日本《やまと》に山川廣し

Ⅵ.『やまぐに』(1947 年)から『齋藤史全歌集』(1977 年・1997 年)収録時に削除された作品
＜5首＞
①幾世はるかに覧《み》てすませるみほとけの唇邊《くちべ》の反《そ》りや笑みたまふなり（一八頁）
②苦しかりし記憶をおほふ美しき日をもたらすとなほ呻《うめ》くらし（五三頁）

③山の鳥の眼にはうつるや原始なるすがたのままに心の飢ゑが（五五頁）
④再びは逢はざりし人も生きたまへ牛馬にもおとる糧は食ふとも（五九頁）
⑤倒れ木の如く我は在りつつ苔類の小さき花咲くたのしさも見む（七五頁）

## Ⅶ.『やまぐに』（1947 年）の収録期間における未収録作品

1946 年（昭和二一年）

**短歌研究**（山の茜 12）1946 年 1・2 月　（や 3）
山脈のあかねする時跪伏《ひれふ》して絶えなむばかり希求《もと》むものあり
埴土の郭公笛はうつくしき音ならねども我は吹きつつ
土地人はこの山河の音《と》に馴れて心搖らるることすらもなき
人間の擾《みだ》れ心のかなしかる反映《はえ》もゆるせよ山茜なす
この花の此處にも咲ける哀れさは口に出して言ふべくもなし
むらさきに山の膚のけむらへば昏るるわが生《よ》も穏《おだ》しといはむ
人世世に想ひ異なり見るものか雲居はるけき山もいにしへ
わが仰ぐ眼には知らねど古へゆ山谿もややに移推《うつり》たるべし
微雨《こさめ》ふり心にしみる日の夕べせつなく呼ばふものなからめや

**少女クラブ**（春のいろ 5）1946 年 4 月　（や 2）
にごりたるかの日の空を殘りなくぬぐひて春はよみがへらずや
あらはれずともやさしかる世を保《も》つ者の一人と生きてあらむねがひを
いく世はるかに見てすぎませるみ佛の口邊《くちべ》の返《そ》りやゑみたまふなり

**短歌人**（山の賦 7）1946 年 4 月　（や 6）
**あをば**（山の賦 6）1946 年 9 月　（や 5）
ひと度だに云はぬ想ひも打沈め雪山のひだよ見るべかりけり

**短歌研究**　（春いたる 9）1946 年 6 月　（や 7）
過ぎし日の花に咲けどもこの國や敗れ果てたる我等なりけり
くぐみたるこころの態《さま》を山河の風やゝ荒く打消しにつつ

**日本短歌**　（酷寒以後 8）1946 年 6 月　（や 1）
凍《い》てきびしく雪さへ硬きあけくれは野の鳥けものすら聲立てず
土も草も凍てて死に◇る夜をひと夜せせらぐものは人の息吹か　（◇＝不明）
心養ふもの一つだに無く過ぐる我起き伏しをいたまざらめや

三度ほど我に云はせてやうやくに物を應《こた》へしとげとげしさよ
弱くくるしきお互の手をここに取り生きてゆかなと言はまくも居り
細く纖《こまか》く我の五感のひびきしも何時の昔となりゆくらしも
河岸の砂に落ちつぐ梢《うれ》しづく巷にとほき朝夜なりぬ

**短歌人**（やまのかげ７）1946 年 9 月　(や 5)
ここにまた花咲かしめよ祕やかに年齢にそぐへる命のさまを
受くべき苦惱は深く受けゆかむ曇りには重き眼の果ての山

**オレンジ**（杳かなる湖 10）1946 年 10 月創刊号　(杳７)
夕昏るるみづうみの色ひろごりて我を涵《ひた》すあらがはぬかも
空に近く澄みて湛ふる湖のいろわが現《うつ》し世の哀樂ならぬ
湖のいろいよよ冷たき夜となれば行き處に迷ふ人間我は

**信濃短歌**（ゆめあさく 5）1946 年 11 月　(や 4)
外界より目をそらすときひらけくる五感の聲の我を行かしむ

**短歌研究**　(無題 5）1946 年 12 月　(0)
よひ早く昏るる空よりこぼれくる時雨のあめは粗き音しつ
みじかかる山國の秋の陽にあてて干しいそぐなり芋干《いもほし》すこし
衿さむき朝《あした》の霜や千曲堤のあかざももみぢも今は終らむ
岩の間の水のたぎちに乘るときに砂もながるるかそかなる砂
一羽飛ぶ鳥のするどさざわざわと一日すごせし我の見るべく

1947 年（昭和二二年）

**八雲**（日常 10）1947 年 1 月　(や 7)
うつうつとりんごの花はきのふにてみのり猛々しあら草の實は
一片《ひら》の炭の配給すらも無き我にかぶさりて冬至るなり
寒冷の中にまばたく鳩なしてわが瞠《みひら》けばおきふしの態《さま》

**少女クラブ**（永劫のゆめ 2）1947 年 1 月　(0)
にげざりし鳩《はと》はいづくにこの寒き朝夜《あさよ》ををらむ何食《は》みてゐむ
くくみ音《ね》に我を呼びてしかの鳩の聲もきかず正月三日

**オレンジ**　(我生昏るる 10）1947 年 1 月　(や 5)

春おそき山の國邊や夕空は燃えて想ひを深むるらしも
こぼれ水忽ち凍てし緣側を這ひ拭ひ居りさびしとは言はね
いつかしき山と驚き仰げども此處に居着かば馴寄りゆくべし
あんずさくら一夜に咲くとわが書けるしなの便りはのどけきごとし
この花の此處にも咲けるあはれさは口に出していふべくもなし

**婦人画報**（鳩５）　1947年１月　（や２）
寒冷の中にまばたく鳩なしてわが瞠《みひら》けばおきふしの態《さま》
山の鳥の眼には映るや原始なるすがたのままに心の飢えが
世を經《ふ》りて割れしは何の礎石《しきいし》か年あらたまる今日を祝《み》るべく

**信濃短歌**（千曲川べのうた５）1947年３月　（0）
千曲川大きかれども山川の一途さみせてたぎちは荒し
ながき橋朽ちてし橋といつの日か想ひ出さむかこの板橋を
翳りくる雲の色なすさびしさや濡れ川砂を踏みゆきにつつ
渦まきて流れゆきつつ千曲川ふかき一處《ひとど》は音もせなくに
雪煙りしまき來れば身のめぐり白さ濃すぎてかぐろきばかり

**オレンジ**（祈願11）　1947年３月　（や３）
微雨《こさめ》ふり心にしみる日のあしたせつなく呼ばふもの無からめや
埴土《はにつち》の郭公笛はうつくしき音ならねども我は吹きつつ
夏近く安茂里《あもり》の村の敷石に落ちし杏を踏みつつゆくも
うつつなる言葉ならずと思ひ決《き》めわがもの戀ひは世をへだたりぬ
むらさきに山の膚《はだけ》のけむらへば昏るるわが生《よ》も穩《おだ》しといはむ
人世世に思ひ異なり見るものか雲居はるけき山もいにしへ
わが仰ぐ目には知らねどいにしへゆ山山もややに移りたるべし
あかときの光に應へ立上る山は祈願の姿をなせり

**新日光**（雑草６）1947年４月　（や５）
うつうつと林檎の花はきのふにてみのり猛々し雑草の實は

**ちくまの**（冬５）1947年４月　（0）
倉庫部屋我の灯《あかり》のいささかは冬荒れ畑によごととどきぬ
凍て果つれば乾くに似たり歩み來てひと掬ひの雪にぎりて食《お》すも
雪食みて冷えしぶりたる唇の鈍《にぶ》きあやつりもの云ふあはれ

ふかぶかと雪つもる夜をつぶやきてラヂオの聲の濁れるを云ふ
つぎの上につぎせし足袋をあなうらにごろごろとしてはきいでにけり

**明星**（鳥一羽6）1947年5月　(0)
わが頭上にばさと音して大き鳥くろき鳥一羽たちてゆくとり
雪空をよぎりし大きはばたきのいづくをさすと耳に追へども
ゆきはつばさに重たかるべし鳥一羽うめくに似たる羽音うちつつ
雪くらむ空の中處《なかど》に鋭かるまなこみひらき飛びつつ在《あ》るや
さむざむと袖うち合せ軒《のき》に立つ我の聴覺はあはれみじかし
鳥がゆく空にひらきてむなしかるひとみに沁みて降るはらら雪

**山と川**（やまぐにより8）1947年10月　(や7)
苦しかり記憶をおほふ美しき日をもたらすとなほ呻くらし

## Ⅷ.『うたのゆくへ』(1953年)の収録期間における未収録作品

**八雲**（寒夜20）1947年6月　(う16)
(短歌人 1947年11月に転載)
月の無き夜のくらさに眼《め》はあけていかに荒寥の顔なす我か
いささかの泥をふくめる水汲みて冬も過ぎつつ日毎飲み食ふ
泥くらふことにも何かあるならむみみずを見よと言ひすてにつつ
我を責めて止まざればこそいささかのくれなゐ渡る空に戀ひつつ

**短歌人**（感傷7）1947年8月　(0)
手放しになりてなげきつこの朝散れるりんごの花目の限り
我はかくりんごの花に感傷すれどみのりもうけむ人は然らず
精神のつながりを村の若人に求めてゆけばと迷ふ多し
追ひかけて青葉ぞ至る山の人野の人もきらきらと目を輝やかす
單調なる土の生活の原始さを健康の故に稱めあぐべきか
土地になじまむ心焦りはしばしばもおもねり笑ふ事なしとせず
新しきつり鐘鑄られこの村の寺も鐘つく夕昏れ頃を

**短歌人**（修羅5）1947年9月　(う1)
我の生のはやおほかたをあきらめしこの座より生きゆくべしまことに
生きなむとはがきは書きつ一枚の葉書に盡きる思ひにあらず

つきつめてゆけば修羅なす四十近き女一人が生きむ思ひも
よろぼへる我にしあれば流されて時にあなやと歌つぶやきつ

**短歌研究**　(水５) 1947年９月　(0)
にごりつつ湧き盛り上る水絶えず砂地をこえてなほ流れたり
農といひ士といふふるき階級を緣談となりて急に云ひ出づ
濁りては人も見向かぬ湧き水のいのちつよく止まざりにけり
みやこべに在らばと云へる人の前泥しむ足のややり場なし
土地になじまむ心あせりは時にしておもねりわらふことなしとせず

**短歌雑誌** (村棲み10) 1947年11月　(0)
わがせまき内側にのみこだはれば春夏のさかひ忽ちに過ぐ
山國の春夏のさかひとくすぎて吹き出づる匂はせにけり
ひしめきて花の押し合ふ　枝をさし終へてやや遠ざけにける
花過ぎてしつこくなれるりんご樹をたたきて降れる雨強きがよし
我にとなりて草搔くをとめあせばみていたく体臭を匂はせにつつ
青葉こき視野となり來つしぶとくは物を見む思はむと思ひつつ居り
丹つつじの花咲き荒れし庭づづきおかぼの畑をよくならしたり
みやこべに學び居る子がかへり來て親との話題多からず居り
かつこうの聲もおさまる日の暮れに泥しむ足を洗ひて終る
一年に幾度か來る配給の古魚匂ふ煮るにつれひどく

**短歌往来** (雪けむり20) 1947年12月　(0)
草の日にしづかに虫のやすらへる冬の近さとなりゆきにつつ
蚤絶えてひといきをつく頃なれば虱の類はまたふえるかも
子の髪にたかる虱をよるよるに梳かむ仕事がまたふえにけり
村住みの日日を低しと云はねどもしびれ墮ちゆくものなしとせず
この一間を追はるれば我等宿無しにてあへて從ふ古き慣習《ならひ》にも
倉庫部屋我の灯《あかり》のいささかは冬荒れ畑に夜毎とどきぬ
凍て果つれば乾くに似たり歩み來てひと掬ひの雪にぎりて食《お》すも
雪食みて冷えしぶりたる唇の鈍《にぶ》きあやつりもの云ふあはれ
ひと握りの汚《よご》れぬ雪をしみじみと食《は》みてし思ふ冬のながさ
ふかぶかと雪つもる夜をつぶやきてラヂオの聲の濁れるを云ふ
かくばかり我をひそめて生きてゆく生氣地《いくぢ》なしには出來ずと思へ
もろこし粉をリュックに貰ひ背負ひ上ぐるときあさましいやうなわが仲間等よ

落漠とりんご樹林もなりたればいつそさばさばと人にも對す
おろかなりし日をば嘆くは常識となりてた易く誰も彼も云ふ
ゆめは破れてといふ俗歌がいたくはやりつつ闇屋もうたひ入りて來にけり
蒼暗く急に野面《のづら》のなりしをばわが立ちくらむゆゑと思ひき
ぜんたいに暗きかげりの世に生きてうつつの命何ほど映《て》らふ
凍て南瓜のくされをえぐり捨てにつつ誰もたのしまぬ世ぞと思へり
雪けむりしまき來れば身のめぐり白さ濃すぎてかぐろきばかり
觀念には明るがり居る新《あら》た世のうつつの日日やなほ生くべくも

**短歌研究**（自選歌十首集 10）1947 年 12 月 （う 7）
水みちは間《ま》なくしかはる山川の今日のすがたを我は見にけり
我の生のはやおほかたをあきらめしこの座よりいきてゆくほかなし
これは自虐にゆく志向なれど立ち向ふひとときは氣負ひの如きをもてり

**新日光**（風雪 30）1947 年 12 月 （う 10）
しんじつを希《ねが》ひたれども我の世のせまく在り經《へ》て流されたりき
字に書けば町のくらしも野良の日もやや美しくなる部分あり
これは自虐にゆく志向なれど立向ふひとときは氣負ひの如きを持てり
我の生《よ》のはやおほかたをあきらめしこの座より生きてゆくほかなし
いづくにも子の手を取りて引き歩く女といふを見たまはずやも
何處どこまでも我につきくる子のあるを息苦しよと思ふ日のあり
土にくぐみ一日を居れば思考さへ薄るるを云はず健康ですといふ
体力とつり合ひがたき一日の終りを土にへたへたと坐る
家々の素壁の腰の濡れそぼち陽あたるときに湯氣あげにけり
いのち終りし三十五年をいためどもこの農女の上に更に何が來るべかりし
くちをしきおほかたごとに馴れゆきておのれをらくに流すなりはや
やれやれと口に出し居る夕方なり食べる仕事を片付け終へて
わが歌の底うす寒きさまは見てなほ突き放ちやらなむものを
水みちは間《ま》なくし變る山川の今日のすがたを我は見にけり
激《たぎ》ち淀みいちづなれども山川のいづれかぼそき流れなりけり
いつよりかわが坐り居る石の座にひびく流れの音もうつらふ
墮ちゆきてなほおち足らぬ懸崖のなまなかにある思ひをぞしつ
絕望の此處より今は否應《いやおう》なく生きてまことの文字かかしめよ
あはれ虛構のたのしさもあれがわが文字のあまりに狹くいちづなるらし
風雪に曝《さ》れてすがしくみゆる樹のまことはもろくなりても居らむ

**信濃短歌**（或る日 5）1948 年 1 月　（う 3）
霧ヶ峰のあたり積亂雲を飛ばしめて我は見て居る秋の終りを
物欲の人より激しくあらざるはおほかたあきらめ居る故ならむ

**オレンジ**（夏 7）1948 年 1 月　(0)
うそうそとゆく老猫に堪へずして追ひやらはむと聲あげし我は
レンズの中に置きし花粉の光るをみつ差明といふ語を持ちて居し
夏山は眞晝の思惟の中に居てうつとうしければ我は横に見る
落葉の上を澄みてながるる水ひとすぢ細き泥とみればながしつ
おろかなりし日をば嘆くは常識となりてたやすく誰も彼も云ふ
夢は破れてといふ俗歌がいたくはやりつつ闇屋もうたひ入りて來にけり
ひとつらになだれ落つれば新た世と口にとなへて闇も賣り買ふ

**文藝春秋**（雪白し 6）1948 年 2 月　（う 3）
身に近くいのち亡びしいくたりがしばしば我にまなこを向くる
可能性の限界などと云ふべくはひしひし寒き窓際《まどぎは》の相《さま》
いづくより光來るとも思はれず雪なれば白し夜のさ中も

**武蔵文化**（秋のおはり 10）1948 年 3 月　（う 5）
兩の眼をひらけばうつる千曲野の四邊の山の秋さらむとす
生まれてこのかた幾たびめぐりあひにけむ今日また出逢ふよき積亂雲よ
しばしかつと照らす光りの額に來る秋の終りの土堀り居れば
まどら《(ママ)》みの覺めぎわに見し山なりし海なりし青く打ち重なれり
雲のかけ峯を驅けつつ登りしがのぼりきりたるときにむなしさ

**女性短歌**（風化 3）1948 年 3 月　(0)
ごくわずかに水の濕《しめ》りの傳ひゆく岩の割れ目ありいづこまで深く
風化のはては紛《(ママ)》末となり終わるべき岩の群れなり人よりもながき
人よりもながき過程と云へれども岩また崩《く》えて終りゆくべし

**短歌人**（風雪 14）1948 年 3 月　（う 5）
川巾に充ちてゆらげる水蒸氣の盛んとなれば陸《くが》にも靡く
濕りたる樹皮乾きつつ微《かそ》かにし時にして彈《はじ》く音あるらしも
樹々をめぐり陽の光充てば山樹々の夢ふかぶかと實るならしも

山樹々は山に妥當《そぐひ》き枝かたく髙きは葉さへ捨てて晒《さ》れつつ
霧くらき谷よりたちて空にゆく朝《あした》の鳥のいちづさは見き
我よりも早く樹よりも早く天がける鳥はあしたの光に染みつ
天がけるもの髙きにつれて翼うつ誇りいよいよ無礙《むげ》となるらしも
水みちは間《ま》なくし變る山川の今日のすがたを我は見にけり
わが魂は我の知らざるものに多く觸《ふ》りてゆけどもわれには告げず

**短歌人**（かげり 7）1948 年 4 月　(0)
蒼黒く急に野面のなりしをばわが立ちくらむ故と思ひき
凍て南瓜の腐れをえぐり捨てにつつ誰も樂しまぬ世とぞ思へり
體力とつり合ひ難き一日の終りを土にへたへたと坐る
これは自虐にゆく志向なれど立向ふひと時は氣負ひの如きを持てり
ぜんたいに暗きかげりの世に生きてうつつの命何ほど映らふ
もろこし粉をリユツクに貰ひ背負ひ上げる時あさましやうなわが女らよ
落漠と林檎樹林もなりたればむしろさばさばと人にも對す

**短歌世界**（村境 30）　1948 年 4 月　（う 15）
山を壓《お》し大き夜降るしづけさに呼吸《いき》するもののいのちもふかし
けだものの匂ひをかげば愛《かな》しみと憎しみとふたつわがせんもなし
いよいよこれが野のはづれかと眼を凝《こら》すおのれの椅子を置かむとて來し
これはひどい傾斜道なれば腰およぎ危《あぶ》なく行くは我のみならず
歌うつくしと聞くひとときのなかなかにだらしなきをば知りたまへるや
こもり居の夕べとなりて立上がるきはに云ひたる獨りごとひとつ
冬ながくなほ飢えもせず山國のもそろもそろとけものも我も
紘月が尖りて三つに重なれる我の視力のあやまち知りつつ
ひたぶるに雪も降るものか見て居るにさびしさすぎて賑やかなるも
來む年になさむ仕事を描きつつ架空の城に入りゆくあはれ
惡意か善意かわれにわからぬ農良人の我《が》に籠《こも》るとき俄に手强《てごわ》し
氣溫俄にゆるみてあたり靄《もや》だてば我もわがそばの牛もまたたく
植物にかこまれて低き空家を村境ひまで來てながめ居り
こころから我は吹かれて千曲野の風春めくと爪立ちて居り
光りある雪さつさつとけ立て行き今日はこころの舁りてあるも

**短歌往来**（水の音 5）1948 年 4 月　（う 2）
ながれつつうねれる水の上暗み堪へてを見しむ春は未だし

穴に吸はるる水の音ありて底ごもるこの道をゆくたびに聞かるる
どうで一度は底の底まで洗ふべきわが傷口のくさびなりこれは

**短歌人**（雪道 10）1948 年 5 月　（う 6）
しばしばと憤れる聲を放ちつつ我とかなしむは食物のこと
手のひびに滲むに血の色鮮紅《あか》からず乾きてゆけばゆたかならぬも
生きの限り我に憑きくる渇きあり肉體の餓えを充たしてもなほ
わがいのち細くも湧ける水盡きずいまだも生きて土に流れよ

**令女界**（花粉 5）1948 年 5 月　(0)
千曲堤の上ふく風の荒ければうねれる髪を梳きなびかせつつ
俄に焦點を子が動かせてレンズの中の黄なる花粉たちまちにじむ
畑かこふ柵にまつはるえんどうの幼な莢實《さやみ》となるもえ黄いろ
空蒼く水とのけじめなき今日は木も水草のごとくなびけり
花すでにおとろへむとし匂ふなりかくして我の日も移ろはむ

**道程**（日常 5）1948 年 5 月　（う 4）
風雪に曝《さ》れてすがしくみゆる樹のまことはもろくなりても居らむ

**人間**（林の中 10）1948 年 5 月　（う 7）
(短歌人　1948 年 8 月に転載)
疎林いまだ芽吹かぬ明さつもりたる去年《こぞ》の落葉ははや朽ちむとす
絶望さへ我にはかくもなまぬるき黴《かび》のかたちに擴がるものか
わが髪にしづかにつゆも結ぶべしこの座に生きてゆくほかはなし

**短歌研究**（夕映 12）1948 年 6 月　（う 3）
淨らかに枯れし芝生によこたわるはげしき咳の去りていささか
人の前に身をよこたえて事もなし病みつつしかも若くもあらず
しづかなるおもひ沈めてゆくものを若きは言葉追つめて來る
こもり馴れては目も沈滞《とどこほ》る河水は絶えず行き行くとおどろくごとし
若ければこの人も甘くうたふらし低めて聲をふるはせにけり
どどこほらず河は流れてめまぐるし置き忘らるる明るさに耐ゆ
身を低めまことに低き夕映よ鈍き頭痛は絶えずひそめり
火食馬が炎を食ふ形相を思ひ描きしこと無かるべし
もろこし粉を食ふなる我があるときは炎を食わむ身を迫められつ

**日本短歌**（冬いささか15）1948年6月　（う5）
ほのぼのと在りしはいつの前世ぞと歴史の巻を閉ぢて云ひたり
いささかの我のまことの座とはいへ冬晒《さ》れはててひとりなるかも
いかなる世の淀みぞこれはぬけぬけと生き居て時に歌などよめる
山の湖のひと隈《くま》に來て手を洗ふ水の搖れよどのあたりまでゆかむ
こらえ得ず移らふものをわがいのちすでに昏《くら》むといふはせつなし
粒あらき雨は消《け》のこる雪の上をたたき落ち來てそのまま沁みる
或るとき我に音なく充《み》つるもののあれど形成《な》さむにいささかよわし
きりぎしの上にのし出て雪つららかかれる下はおそれつつゆく
さびしめる我に見よとて東山の鞍部のむかふ雪の山光る
わがもんぺつぎの上なる當《あ》てつぎの伸びてよごれし膝つきのまま

**短歌人**（ことば7）1948年6月　（う2）
限りなく寄する波なす慾望の至當なるものもかなりにあらむ
純粋を追ひ求めつつ死にゆけり死せしおのれを賴むにもあらず
君はおのれの孤獨に首つたけになつて居る四十の我はぬけぬけと云ふ
ふいに叫びの如き突き上げて人間よと言葉に云へば早にがにがし
いささかの我のまことの座とはいへ冬晒《さ》れはててひとりなるかも

**黒姫**（雨降る6）1948年6月　（う5）
冬ながくなほ飢えもせず山國のもそろもそろとけものも我も

**原始林**《国鉄労組長野工機部支部文化部》（野草7）1948年7月　（う1）
この國の思想いく度變轉せしいづれも外より押されてのちに
(GHQ　削除)（Possible Violation)
夫の子の辨當箱を音たてて幾年がずつとつづくなり
りんご畑みながらけむる花梢《はなうれ》の日となれながら晝のしづけさ
けだもの匂ひをかげば愛《かな》しみと憎しみとふたつわがせんもなし
想ひたどれりてやうやくここに歸りくる心の在處《ありど》受けとめて居り
千曲川なぎさの石の濡るるさへ春べとなればやさしく見ゆる

**短歌雑誌**（梨花6）1948年7月　（う1）
ここに吹く風に諸向く木々の葉の綺羅《きら》は我にまぶしも
しなの路の山の春べは淡くして强ひらるるほどのものとてなし

塵無盡あした夕を掃きすててごくまれまれに我はおどろく
部屋近く散りくる梨のはなびらのしきゐを越して入ることはなし
思ひ捨つるとおのれに決めてやや寒き五日あしたを梨花盛り過ぐ

**短歌人**（無題 10）1948 年 7 月　（う 5）
山暗くみるみる荒れてゆくさまを見て居り此處にまた陽はさしながら
おもひ迷ひやうやくにここに歸り來る心の在り方を受けとめて居り
どうで一度は底の底まで洗ふべきわが傷口のくさびなりこれは
若ければこの人も甘くうたふらし低めし聲をふるはせにけり
川水の我にかかはらず流れたりげに流るれば置き忘らるる

**小説新潮**（春の雲 5）1948 年 7 月　(0)
おのづからうすれ來る夢のせんもなししらしらとなりやがて眼が覺む
子の瞳に映《うつ》れる春の雲がありいかなる生涯を持ちゆくとする
昔ひととき榮え朽ちたる人を埋め盛りし岡あり今にのぼらず
疲勞の中に沈みて聲も立てず居ればこれも平安の場と思ふなり
我はまたひそかに一人まばたきて身の底に沈ましむ白き炎を

**信濃短歌**（雨降る 5）1948 年 8 月　（う 3）
あはあはと咲けるしなのの一重ざくら激しき戀を持つにもあらず
どうで一度は底の底まで洗ふべきわが傷口のくさびなりこれは

**短歌人**（林の中 10）1948 年 8 月　（う 7）
疎林いまだ芽吹かぬ明さつもりたる去年の落葉ははや朽ちむとす
絶望さへ我にはかくもなまぬるき黴のかたちに擴がるものか
わが髮にしづかにつゆも結ぶべしこの座に生きてゆく他はなし

**オレンジ**（無題 8）1948 年 8 月　（う 1）
まどろみにおちてゆくとき底もなしまこと險しく明るく墮つる
蟻ぢごく養ふ蟻ををりをりに子が忘るれば我が拾ひ來る
わがかつぐ麥の束ねは人並みのなかばほどにて肩身がせまし
このみゆる須坂の町のうら山に我ののぼらむ日はなかるべし
落ちつく所まだ無き道に添ひつづく水引きあとのどぶ泥の照り
今日の日の命はふかく保てりとおのれ賴むもまことに左様《さう》か
風雪に曝れてすがしと見る樹々のまことはもろくなりても居らむ

**短歌人**（塵 11）1948 年 9・10 月　（う 1）
下ふかく未だいとなむ根を持てば切株がやにを吹き上げ覩しむ
咳やうやくにしづまりて眠るあかときに不安が來る何とも暗いがらす戸
若い心の苦しむ見つつ放ち居りいとほしくてなほ手傳ひがたし
不自然な死硬直の形せる溺死體も寫すニュース寫眞は
ああここに居たのかと土に座つた自分を見おろすやうなひとときの西日
ここにまたひそかに捨つる思ひありある程度燃えしめて打切るべくす
思ひ捨つると心に決めてやゝさむき五月あしたを梨花盛り過ぐ
塵無盡あした夕べを掃きすててごくまれまれに我はおどろく
火食ひ鳥が炎を食ふときの形相を思ひゑがきし事なかるべし
もろこし粉を食ふなる我があるときに炎を食はむ身を迫められつ

**科野雑記**（夕あかね 4）1948 年 9 月　(0)
夕映《ゆうば》えをはかなむはやや甘くして明日のひらかむ事も疑はず
明日なしと思ひたる日の夕あかね常にも增してこころ溺れき
夕空にこころを放ち寛《ひろ》やかに今日のねむりを導《みちび》かむとす
わづらひに我は疲れてねむる夜もかの雪山は照り透るなり

**短歌研究**（重き芳香 12）1948 年 9 月　(0)
(短歌人 1949 年 3 月に転載)
意地わるきうつくしき顏となりゆきひとつの言葉切りすてるべく
わが精神がまた暴虐をふるふゆえ我は背中を丸めて堪ふる
手の指にあをきみどろをすくひしがまつはりて溫るし日向のみどろ
欠伸する口のついでに歌ひたるは流行歌に似てえせまじめの歌
音聲の虛僞にのりつつ云ふことのいかにたのしく在る愛情か
白く若き額つきよとへだたりて見て居るときの青葉のなだれ
沒りつ日に虹立ちわたるたまゆらを我は美しきものをいぶかる
今我が奈落におちて居るならば重き芳香を流し來るあり
身の内をいま透きてゆく自然があり風の如し悠々とあせらずにゆく
水の邊に枝垂るる花もありながら流れ早くして映すことなし
此處に棲み麥こき草搔きすることもよき日なりしといつか思はむ
いよよふかくいよよ美《くは》しく樹にも人にも我の一生《よ》をわが戀ひやまず

**りんどう**（無題 5）1948 年 11 月　（う 3）

我の中に或日立つなる光焔の殘酷にすぎて我を追ひまくる
沈みゆきしは太陽のみにあらざりき翳《かげ》ふかき顔に人も我もなりゆく

**短歌雑誌**（白きうさぎ 14）1948 年 11 月　（う 12）
どうで一度は底の底まで洗ふべきわが傷口のくさびなりこれは
やや近く散り來る梨のはなびらのしきゐを越えて入ることはなし

**短歌人**（ねむり 9）1948 年 11 月　（う 5）
幾度かおちいりてまた取りもどす爭ひに似るねむりのきわが
いぎたなき抜け道をゆく氣易くてやりきれなくていくたび通る
我の孤獨の夜にひそかに來るもの心なじみとなればまた汚なし
かしこに冷たき雨ふるなよとつつましく思ひ送ることも甘し

**オレンジ**（無題 7）1948 年 12 月　（う 1）
魂《たま》おそふごとくも來る風のたむろ夜の野面をくろぐろと壓し
一日の終りがたなる空のいろおちつき來ると目にとどましむ
明日無しと思ひたる日の夕茜つねにも增してこころおぼれき
わが歌のそこうすさむきさまは見てなほつき放ちやらなむものを
炊きあげて白き飯なりかへり來る二人の子等が聲あげしめむ
夢は破れてといふ俗歌がいたくはやりつつ闇屋もうたひ入りきにけり

**短歌人**（黄な蜂 7）1949 年 1・2 月　（う 4）
おとろへの今年はふかき夏なりき物につき當たりし夜蟬の聲
花咲く木の陰に居れども愛情は重たきものをともなふかなしさ知れり
やさしさが心に溢れている事が気はづかしくて甘くてならず

**北日本短歌**（光焔 10）1949 年 1 月　（う 7）
沈みゆきしは太陽のみにあらざりき翳ふかき顔に人も我もなりゆく
かしこに冷たき雨ふるなよとつつましく思ひ送ることも甘し
野にひとり私を置いて風が渡ればふしぎもなし　我が穢れさへ　秋來る

**オレンジ**（無題 10）1949 年 1 月　（う 2）
歌うつくしと聞くひとときのなかなかにだらしなきをば知りたまへるや
雪にくされべとべととくろき草株の雨にぬるるときまた光り居り
いよいよこれが野の終りかと眼を凝《こら》す己の椅子を置かむとて來し

どうで一度は底の底まで洗ふべきわが傷口のくさびなりこれは
ひばりひとつ空に浮かびて流れねば午後二時はしばしとどまるとする
こもり馴れては目も沈滞《とどこほ》る河水は絶えず行くよとおどろくごとし
たえまなくおそひ來るものを假定して山のけものは生きるならずや
ごくわずかに水の濕りの傳ひゆく岩の割れ目あり何處まで深く

**短歌研究**（濡れてゆく 12）1949 年 2 月　（う 10）
（短歌人　1949 年 4・5 月に転載）
ネオンなど野には無けれどこの様にがらんどうに素朴なる夜空となる
實を持ちすぎて裂けたる乾の陽に乾く午後をゆくとてわが疼くなり

**月刊信毎**（春のうた 5）1949 年 5 月　（う 4）
春の雲のごとく我をもしばし流すべし樹枝むらさきに搖るる日となり

**短歌新潮**（春の河 5）1949 年 5 月　（う 2）
虐《しひた》げず傷つけざるものついになし愛情の中にさへ雪冷たく降る
わが精神を虐げ果つるあはれなり身にもこたへてうつ伏すばかり
華麗なる虹たちてより焼けビルのただれし色がまことに赫し

**短歌研究**（冬虹 16）1949 年 5 月　（う 11）
ふるへる黒い一點となり鳥が行くうつろひてなほ保ちいる茜ぐも
我の孤獨の夜にひそかに來るもの心なじみとなればまた汚なし
夜虚空に飛ぶものもなしよぎりゆくは汚穢《おえ》ふかきわがまなこのかすみ
人は責められず、虚空より灰色の雪片、目に近く來てやうやく白し
すなほなる草木の生と共にある村人の中をまた出でてゆく

**日本短歌**（七首 7）1949 年 6 月　（う 6）
今われの堪へて居るなるせつなきものせつなきものはやや甘くして

**短歌人**（つばさ 7）1949 年 6 月　（う 2）
虐げず傷つけざるものついになし愛情の中にさへ雪冷く降る
或るつばさ我を微風にさそひゆく悠々と甘く今は乘るべし
花を盛りて笑へる樹々よもつともらしく苦き顔して居るが恥しき
乾きたる落葉明るくて平安なる谷に入りゆく些かのためらひ
干反りたる落葉にこまかき雨ふりいで山は靜かなる冷たさとなる

**短歌人**（無題８）1949 年７月　（う２）
花畑は遠き隅より昏れて來ぬ今日のおのれを視て終りなむ
夜の更けの春の穩しさ嫋やかに枝垂るる花もたけてゆきつつ
月光遠く心に流れ誰彼のひとの悲しかりともせんかたなし
野の隅に人の來ねども木に花充ち命咲かせりしあはせそうな
切なきものはつきつめ得ずて心搖れ漾ふばかり春のふかきを
現し世にいつまで搖れて亂れつつ生きゆくものぞわが命また

**短歌人**（五月の森７）1949 年８月　（0）
華麗なる虹たちてより燒ビルのただれし色がまことに赫し
凭りている椅子不安定にて目にとどく水の反射の白きを嫌ふ
わが皮膚のかわきて白き春眞晝青き羊齒を置きてここにも埃
ぬけぬけとわが在り方を肯へばすでにうすづく夕かげろひの
捨てかぬる甘き春夜ゆえ指先ばかり溫く滲してゆく流れあり
我の五官の閃きと搖れ漂ひと光の影五月の森に來て流しやる
五月の空に肺活量も大きくて吾が命からだの撓ふたのしも

**諏訪**（昨年の落葉５）1949 年８月　（う３）
虐げず傷つけざるものついになし愛情の中にさへ雪つめたく降る
干《ひ》反《そ》りたる落葉にこまかき雨降りいで山はしづかなるつめたさとなる

**信州自治**（秋の落日２）1949 年９月　（う１）
ひともとは折れて亂るる髙あしの穗先あやふく水にとどかず

**短歌人**（四首４）1949 年９月　（う１）
月明の蒼きがらす戸閉めて居ても少しながく生きると思ふ
南の切なき戀歌を歌はせおき我はじやが芋の食事にかかる
何のしよせんもない事ばかり飽きはてて日常の顔にまたもどり來る

**短歌人**（草の穗４）1949 年 10・11 月　（う３）
空の片處に雲にえかえる野のま晝我はあをあをと昏倒をしぬ

**短歌研究**（顫音 15）1949 年 11・12 月　（う９）
すでに嫌厭の形をとりし愛情なればわがやさしき心情かならず瞼を開くな

野にひとり私を置いて風が渡ればふしぎもなしわが穢れさへ、秋來る
ぬけぬけとわが在り態をうべなへばすでにうすづくゆうかげろひの
顫音がとほく退《の》きゆき廢れたる古き歌きこゆもろく抒情的に
つめたさに身をふるひつつ遠く低く潮退きゆくと濡れて立ちたり
蠟引きの布の上に置く青りんご三つしばらくは埃り氣なく眺められる

**女人短歌**（赤い月 4）1949 年 12 月　（う 3）
いつはりて居ればいちおううつくしくきらきらと目をまばたきて見す

**短歌人**（無題 6）1949 年 12 月　（う 4）
顫音がとほく退きゆき廢れたる古き歌きこゆもろく抒情的に
冷たさに身を顫ひつつ遠く低く潮退きゆくときひえて立ちたり

**文藝春秋**（夜の色 6）1949 年 12 月　（う 1）
危さをひそかに堪ふる日日なれば我はやさしき目をして居れり
ながれながれておちゆく速度甘ければ通俗的な薔薇も開花す
花火開きて消ゆ、冷たい衝動の情熱を夜空にくり返し、聲をあぐ
湖に向く窓の中に居て今日まとふ黑のきもの、葦髙ければ搖れて止まず
夜の色に肩冷えてゆくしづかなりこの落漠を徹すほかなし

**短歌研究**（くらい荒れた谷間 15）1950 年 1 月　（う 14）
あかつきの目覺めゆるがす潮がありひたひた杳《とほ》き無邊際よりとどく

**短歌人**（無題 5）1950 年 1・2 月　（う 3）
湖にむく窓の中に居て今日纏ふ黑の着物葦髙ければ搖れて止まず
流れ流れておちゆく速度あまければ通俗的の薔薇も開花す

**短歌雑誌**（月光 7）1950 年 2 月　（う 5）
月光とほくこころにながれ人誰かれのかなしかりともせんかたもなし
波紋ひろがりてやがてしづまる水のゆれを見つつ石うつ樂しむにもあらず

**短歌人**（無題 4）1950 年 3 月　（う 1）
不意に燃上がらせる凝縮の焦點の爲わがレンズ冷徹に動かすな
痛ましい傷を暗示して切れこむ谷間にそれ丈青く空は垂れたり
否定の歌の早い流れを押し切つて遡り來る意志あり視むとす

**短歌作品**　(無題 10) 1950 年 3 月　(う 5)
ながれながれておちゆく速度甘ければ通俗的の薔薇も開花す
花火開きて消ゆ、冷たい衝動の情熱を夜空にくり返し、声をあぐ
湖に向く窓の中にゐて今日まとふ黑のきもの、葦髙ければ搖れてやまず
白い眼をときにあげて視るわれのけものしなやかにねむき四肢を持つゆえ
くらい風にのり風に送られさまよひゆく傷口のやうな谷間の上を

**短歌作品**　( 無題 5) 1950 年 5 月　(う 2)
透明な毛根をふかく垂らしてゆく目に見えがたき關聯の濕度
がまんしかねて立去るとすぐここの燒砂に清い水が湧く意地わるなはなし
みすぼらしいここの河原に水がわき納得しないままに押しやられるばかり

**短歌人** (無題 4) 1950 年 6 月　(う 3)
椿の花落ちる重さに堪へ居れどこは森に春のめぐる先ぶれ

**短歌研究** (良薬と毒薬 12) 1950 年 6 月　(う 11)
古びたる燭臺に火を點し持ちしかば見えているはゆたかなる下あごの線

**短歌雑誌** (迷妄 5) 1950 年 7 月　(う 2)
幻燈の中に音なく雪ふれりしんしんと多く積らず降れり
われの目に見えつつふれど幻燈の雪なればはたらきかくることなし
語らざる雪ありてここに消えもせず降りしきるばかりむなしさ過ぎぬ

**短歌人** (無題 3) 1950 年 7 月　(う 2)
このやうに荒寥たる景色の中なればやたら首のながい花ばかり咲けり

**短歌人** (無題 3) 1950 年 8 月　(う 2)
今日の旅路のわが足跡ににじみいる砂のしめりも夕べとなれり

**短歌作品** (不清浄天使 30) 1950 年 10 月　(う 23)
はなびらをむしられたれば蕁蒼く白きを見せて無慙なばかり
夕茜來て一日の雪の面踏みにじられし恥の朱《あけ》渡る
暮色せまる湖の面のゆれやまぬ波よ是《こ》を見てしより人が點《とも》す灯
いにしへの髙麗の鼓銅をうちならしふぶき來るとき心磨《と》がれつ

さまざまな生物意識が消えてゆき白く磨かれた貝殻となる
思惟の海ほのくらければひらめける極光のごとき時劫の合図
老醜のつばさうちつつゆく鳥の氷の窓に見て放心す

**日本短歌**（自選小歌集白炎 62）1950 年 10 月
今ここにかく生くるべき身を追ひて馴れぬ日毎の豆もたたきぬ
＊ほか未調査

**短歌人**（無題 7）1950 年 11・12 月　（う 6）
いささかのひそむ亂れを知りたれば月あたたく匂ひたりしよ

**女人短歌**（くれなゐ 5）1950 年 12 月　（う 2）
ひそまりて冬に入らむとす山の木のおとろへなればかくもくれなゐ
花辯のふち白くあせたる花を折りて捨つるばかりのわが淡さなれ
あはくあればきよまるものを底ふかき秋花の色に觸れてなげくも

**短歌人**（無題 5）1951 年 1 月　（う 4）
茶色なる枯穗しごきて散らし居るあはあはしさに陽が射しにけり

**短歌人**（無題 6）1951 年 2 月　（う 5）
髙きにのぼり見渡すと◇に聲に出で呼びたしと呼ばむものはあらぬを　（◇＝不明）

**短歌人**（無題 5）1951 年 3 月　（う 1 ）
水たまりの氷が車輪にくだかれしを見しばかりにて我は歸れり
すきとほるもろき氷がこなごなになるばかりなり何とて我眼にとまる
純粋を求めてゆける人のこと聞き流して我の眼は乾きたり
海の潮が逆にのぼらむこともなきこの山國の河よ一途にて

**短歌人**（無題 6）1951 年 4・5 月　（う 5）
まちの上を流れる夜空河のごとく青ければわが髪につゆ置く

**短歌人**（無題 5）1951 年 7 月　（う 4）
風たちて花苑におこる混乱のやさしきさまを見て居ねばならぬ

**短歌研究**（氷火 30）1951 年 8 月　（う 28）

何のゆえに拾ひし石か冷たくて或は投げ捨てたいといふ事のため
うちはやすまぼろし共のくろき舌炎をなせばまたうつくしき

**短歌人**（無題6）1951年10月　（う5）
うすら冷めたき物云ひも今必要にて掌の上に青き松かさふたつ

**日本短歌**（まなじり5）1951年10月　（う3）
水に一度沈みしものはまなざしにあの青き藻をかくし切れぬ
額に飾るは青き水藻のたぐひにて再び生きるべく粧ひたり

**短歌人**（無題6）1951年11・12月　（う2）
あやふくもうつくしかりしとき過ぎて二日の月といふはかく清らけし
壁重くわが上に日毎傾けば背骨支へて一夏を超ゆる
流らふる夜の雲明り思ほえば出でていふかなしみは恥多きかも
いくたびかつらきがまんの眼は伏せて我と心を裂かねばならぬ

**短歌人**（無題5）1952年1月　（う1）
紅すぎて黒きりんごのつや立ちの妖しきまでに秋ふかしもよ
歌書も住家もかくぱたぱたと手離して何の用意をするにやあらむ
おとろふるいのちの明日は知らざれど心いそぎてしたき事多し
終りに近きものの美しさ身にしめば一日は紅葉見る日つくらむ

**短歌雑誌**（月光7）1952年2月　（う5）
月光とほくこころにながれ人誰れかれのかなしかりともせんかたもなし
波紋ひろがりやがてしづまる水のゆれを見つつ石うつ樂しむにもあらず

**短歌人**（無題5）1952年2・3月　（う4）
山の月にかそかに石も照らされてかたへの人といふも杳し

**日本短歌**（裸木6）1952年3月　（う4）
冬の月にかそかに石も照らされてかたへの人といふも杳し
人氣にも社交にもとほく歌よみて一生を終るそれも持ちまへ

**女人短歌**（かなた7）1952年3月　（う6）
面そむくる術もこころえ年へたり花のみだれを見ればにがくて

**短歌人**（愛憐 6）1952 年 6 月　（う 5）
風にあがる蝶は背後の笠岳の丸みを超えて眼におぼつかな

**短歌人**（無題 5）1952 年 7 月　（う 4）
たち切りて身をひるがへす眼に空したんぽぽの黄の灼くる强さは

**短歌人**（無題 7）1952 年 8 月　（う 5）
低き街角を曲がりて待てるバスが來る図体ばかり派手に塗られて
白き雞の三羽を外に遊ばせてりんご盛りなる午後の陽があり

**短歌人**（無題 6）1952 年 9 月　（う 5）
麦の花盛りのときも際立たずつつましくして実をむすぶらし

**短歌研究**（あくた 29）1952 年 10 月　（う 27）
夕支度せずて事足る旅宿《やど》の昏れむなしきまでに景色ばかり見る
夕空にかげとなりたる淺間嶺が今日の始めて雲をまとわず

**短歌雑誌**（〈自選〉百首）1952 年 11 月
ひそまりて冬に入らむとす山の木のおとろへなればかくもくれなゐ
＊ほか未調査

**短歌人**（無題 7）1952 年 11・12 月　（う 6）
夕支度せずて事足る旅の昏れむなしきばかり景色ばかり見る

**短歌人**（生涯 5）1953 年 1 月　（う 1）
西空の夕くれなゐのうすらぐに一夜を宿る山に風立つ
夕空にかげとなりたる淺間嶺が今日の始めて雲をまとはず
す早く暗き夕べのかげに犯されて向山のみどりすでに眼をひかず
りんご樹林茜染みしは一日の終り舞台の効果のごとし

**短歌人**（残菊 4）1953 年 2 月　（う 2）
感傷のことばがきざす時あるをの嚥み下してはいささか惜しむ
わが子等の世代に希ふものありて花や鳥ある絵本をひらく

**日本短歌**（雪片々 12）1953 年２月　（う 5）
黒みみず頭《づ》か尾か知らね土の中にちぢみ入らむとしてゐるところ
蠟燭の尺のあかりに物食へりくらき記憶をよみがへらせて
暖房のなき汽車ぬちに足踏みてストの行方を云ふ聲低し
岩角の壞《く》えしいたみに觸れて散り雪片々と白く抒情す
わがねむる夜半のあはひにいくたびか白き霰ははららぐらしも
ゴム長をはきてダンスをする音のずさずさとひびくときあなあはれ
おもほへば動物じみし愛欲を持たぬものをわが戀ひわたり居る

**美しい暮しの手帖**（自選春の歌 8）1953 年３月　（う 7）
岩角の壞《く》えしいたみに觸れて散り雪片片と白く抒情す

**短歌人**（無題 6）1953 年３月　（密２、う 1）
山なみの白さきはまるあしたにて新年來るとこころ整ふ
崩るるごごく一夜に散れるもみじ葉を掃くこともなく冬に追はるる
薄微光青き翳ある夜の空に透明となる追憶はあり

**短歌人**（無題 4）1953 年５月…　（密１、う１）
雪の汚れ目に立つちまた夕まけてまだともされぬ心やすけさ
岩角の壞《く》えしいたみに觸れて散り雪片々と白く抒情す

**短歌研究**（十首抄 10）1954 年 12 月　（う 9）
埴土の郭公笛はうつくしき音ならねども我は吹きつ

資料3

**齋藤史関係雑誌3館所蔵リスト**　付／齋藤史の出詠が多い短歌総合誌所蔵リスト

| 所属歌誌（創刊年月） | 国立国会図書館 | 日本現代詩歌文 |
|---|---|---|
| 心の花　1898年2月 | 復刻：1898年2月～1960年12月<br>デジタル：1922年1月～2000年12月<br>**2001年1月～** | 復刻：1898年2月～<br>1961年6月～欠多<br>1980年代からほぼ所蔵 |
| カメレオン | —— | —— |
| 日本歌人　1934年6月 | マイクロ1951年10月（103号）～1963年2月（176号）欠有<br>1939年8月（63号）、1940年（67号）のみ | 1934年6月(創刊号)～（629号）欠多 |
| 短歌人　1939年4月 | デジタル1946年4月（復刊1号）～2000年12月　欠多（1952・53・54欠）<br>**2001年1月（703号）～**欠有 | 1939年4月(1巻1号)<br>12月（11巻8号）<br>1957年11月(19巻11<br>1975年～ほぼ所蔵 |
| オレンジ　1946年11月 | プランゲ文庫<br>1948年12月（2巻7号）、1949年1月（3巻1号）2冊のみ | 1946年11月（創刊号）<br>月(3巻1号）計8冊 |
| ①短歌作品　1931年1月<br>②短歌作品　1950年1月 | —— | ——<br>1950年3月(1巻2号)、<br>(3号)、50年10月(4 |
| 灰皿　1957年8月 | デジタル1957年8月(1号)～1959年4月（6号） | 1957年8月（1号）～<br>(6号) |

(2017年8月)

| 学館 | 日本近代文学館 | 備考（記念号ほか） |
|---|---|---|
| 1960年12月 | 1898年2月（創刊号）～<br>2016年11月（1417号）欠多 | 1930年10月　『植物祭』批評号<br>1957年2月　700号記念<br>1965年6月　800号記念<br>1982年1～3月　999・1000・1001号記念 |
| | ── | 1933年11月（1巻4号）小玉朝子「黄薔薇」批評特集<br>1934年3月松本良三追悼、終刊？ |
| 2009年2月 | 1950年1月～1996年3月(474号）欠多 | 1940年1月発行停止、3月まで休刊<br>1941年8月終刊<br>1991年7月418号 前川佐美雄追悼号<br>2010年2月『目次集（戦前期分）』（石原深予）刊 |
| ～1949年<br><br>号）～欠多 | 1940年1月（2巻11号）～<br>2017年2月（79巻2号）欠有 | 1975年12月　400号記念<br>1984年2月　500号記念<br>1989年3月　創刊50年記念<br>2017年6月　900号記念 |
| ～1949年1 | 1946年1月（創刊号）1冊のみ | 1949年11月　終刊 |
| 50年5月<br>号)3冊のみ | ──<br>1950年1月（創刊号）のみ | 1932年8月まで7冊発行 |
| 1959年4月 | 1957年8月(1号)～2・4・5号のみ | |

| 所属歌誌（創刊年月） | 国立国会図書館 | 日本現代詩歌文 |
|---|---|---|
| 原型　1962 年 4 月 | 1984 年 3 月（23 巻 6 号）～ 2013 年 3 月（52 巻 3 号） | 創刊号、1963 年～ 2013 |
| ＊短歌研究<br>1932 年 10 月 | マイクロ 1932 年 10 月（1 巻 1 号）～ 1944 年 7 月<br>デジタル 1945 年 1 月～ 2000 年 12 月　欠有<br>**2001 年 1 月～** | 1932 年 10 月（1 巻 1 号）月（13 巻 7 号）<br>**1944 年 11 月（1 巻 1** |
| ＊日本短歌<br>1932 年 10 月 | マイクロ 1932 年 10 月（1 巻 1 号）～ 1945 年 4 月（14 巻 4 号）<br>1946 年 1 月（15 巻 1 号）～ 1954 年 12 月（23 巻 10 号） | 1932 年 10 月～ 1954 年 |
| ＊短歌　1954 年 1 月 | デジタル 1954 年 1 月（1 巻 1 号）～ 2000 年 12 月（620 号）<br>**2001 年 1 月（621 号）～** | 1954 年 1 月（1 巻 1 号）～ |
| ＊女人短歌　1949 年 9 月 | デジタル 1949 年 9 月（1 号）～ 1997 年 12 月（192 号） | 1949 年 9 月（1 号）～ 1997 年 12 月（192 号） |
| ＊短歌現代　1977 年 7 月 | デジタル 1977 年 7 月～ 2000 年 12 月<br>**2001 年 1 月～ 2011 年 12 月** | 1977 年 7 月～ 2011 年 |

※デジタル資料では、精粗の違いはあるが、目次がネット上で閲覧できる。閲覧・複写はデジタル資料が優先で、太字は原本を示す。

| 学館 | 日本近代文学館 | 備考（記念号ほか） |
|---|---|---|
| 年3月　欠有 | 1962年4月～欠多<br>1984年～ほぼ所蔵 | 1970年7月　100号記念<br>1978年11月　200号記念<br>1996年5月　創刊35年記念<br>2002年5月　創刊40年記念<br>2003年4月　齋藤史追悼号<br>2012年4月　齋藤史没後10年・創刊50年記念<br>2013年3月終刊 |
| ～1944年7<br>号）～ | 1944年11月（1巻1号）～<br>2016年11月（73巻11号） | 1941年1月　100号記念<br>2000年12月　800号臨時増刊<br>2017年7～9月　総目次Ⅰ～Ⅲ（1932年10月～1945年12月）<br>2017年8月　1000号記念 |
| 12月 | 1932年10月～1954年12月　欠多 | 1955年8月終刊 |
|  | 1954年1月（1巻1号）～ | 1991年10月　500号記念<br>1993年7月　創刊40年記念 |
|  | 1949年9月（1号）～<br>1997年12月（192号） | 1997年12月（192号）終刊<br>付年表 |
| 12月 | 1977年7月～2009年2月 | 2011年12月終刊 |

※『「日本歌人」目次集（戦前期分）』（石原深予解説・刊　2010年2月）は、『短歌作品』『カメレオン』（一号分）を含む『日本歌人』の目次集である。